新潮文庫

毒母ですが、なにか

山口恵以子著

新潮社版

11288

目次

毒母ですが、なにか

第一章

　室内は空調が効いて二十六度に保たれているが、りつ子の全身からは汗が噴き出した。分娩台(ぶんべんだい)の上にまな板の鯉(こい)よろしく寝かされて、間欠泉(かんけつせん)のように襲ってくる陣痛に、為(な)す術(すべ)もなく苛(さいな)まれている。こんな状態が半日も続いていて、もう体力の限界だった。時々意識が混濁して、医師や看護婦の顔がぼやけて見える。

「……！」

　空気を震わせる元気な産声(うぶごえ)を聞いたのも夢うつつだった。精も根も尽き果てて、産み落とした瞬間に気を失ってしまったらしい。

　目を覚ますと枕元(まくらもと)に赤ん坊の顔が二つ並んでいた。一瞬、寝ぼけて物が二重に見えるのかと思い、パチパチ瞬(まばた)きをした。

「おめでとうございます」

　看護婦が笑みを浮かべて言った。そこでにわかにお腹(なか)の子供が双子だったことを思い出した。妊娠初期から健診で分かっていたのだが、産みの苦しみの中ですっかり記憶が飛んでしまったのだ。

「赤ちゃんは男の子と女の子ですよ」

りつ子はホッと息を漏らした。それが合図のように、朦朧（もうろう）としていた頭がはっきりして、仮死状態にあった感情が息を吹き返した。

「二人とも、無事ですか？」

「ええ。どちらも健康で、とても元気の良いお子さんですよ。良かったですね」

「ありがとうございます……」

安堵（あんど）と歓（よろこ）びが同時に押し寄せた。胸がいっぱいになり、涙が溢（あふ）れてきた。

やっと生まれた、私の赤ちゃん。男の子と女の子。なんて素晴らしいの……！

りつ子は生まれたばかりの小さな顔に見入っていた。すでに看護婦の手で産湯を使い、二人ともすやすやと眠っている。まだ髪の毛も充分に生え揃（そろ）っていないが、それでも赤ん坊の顔立ちが違っているのが見て取れた。一人は明らかに夫の面影を宿していて、もう一人はりつ子の亡（な）くなった母に似ているような気がした。

……きっと、こっちが男の子で、こっちが女の子だわ。

自然に頰がゆるんで笑みがこぼれる。

ああ、早くこの子たちを迪彦さんに見せてあげたい。

りつ子は夫の喜ぶ顔を想像して、さらに幸せな気持ちが増した。会社が終わったら大急ぎで駆けつけるはずだが、それまでが待ち遠しくて堪らない。結婚して三年、この日が来るのを二人ともどれほど待ち望んだことだろう。立て続けに二度も流産して、子供は一生望めないのではないかと、諦めかけたことさえあったのだ。

それが、こうして元気な赤ちゃんを二人も授かった……たった一度のお産で。今までの苦労が報われた。

りつ子は大きく膨らんだ幸せではち切れそうだった。これですべてがうまく行くだろう。戦いは終わった。勝利を手にしたのだ。これからはきっと幸せになれる。お伽噺のヒロインのように……。

うっとりと目を閉じて、りつ子は再び眠りに落ちていった。

夕方六時を少し過ぎた頃だった。

「りつ子!」

ノックも無しにドアが開き、迪彦が病室に入ってきた。大股でベッドに近づくと、屈み込んでりつ子の顔を見下ろした。

「ああ、良かった。本当に良かった。おめでとう」

「赤ちゃん、見た?」

「うん。よく眠ってた」

　赤ん坊は新生児室に移されていた。異常がなければ明日からは同じ部屋で過ごすことが出来る。

「一度に二人の子供のパパになったご感想は?」

　迪彦はわずかに目を潤(うる)ませて、りつ子の手を握った。

「歓びが三倍になったよ。新しい二つの命を授かったこと、そして、何より君が無事で良かった……」

　二人はどちらからともなく腕を伸ばして抱き合い、しばらく互いの存在を確かめるように、じっと黙って身動きもしなかった。腕を解(ほど)いて身を離してから、迪彦は思い出したように口を開いた。

「家に電話したら、お袋も大喜びだった。明日、見舞いに来るって」

「そう」

　りつ子は努めてさり気なく答えたが、胸の中は波立っていた。

　迪彦には女のきょうだいが三人いる。姉が一人と妹が二人だ。姑(しゅうとめ)の允子(のぶこ)は嫁に行った迪彦の妹たちが出産したときは、生まれる前から病院に詰めて出産に立ち会い、産後も毎日病院へ通って甲斐甲斐しく世話を焼いたものだ。しかし、同じ家に住んでいながら、りつ子が産気づいても病院へ付き添おうともしなかった。

あまりに露骨な差別待遇は允子の幼稚さと短慮を証明するようなもので、他人事なら笑って済ませられるが、自分の身に起こるとそうはいかない。特に不愉快さだけは如何ともし難かった。

もし、母が生きていてくれたら……と思うのはそんなときだった。孫の誕生をどれほど喜んでくれただろう。毎日病院に通い、付きっきりで世話を焼いてくれたに違いない。蕩けるような笑顔で、私と赤ちゃんを包み込んでくれただろう……。

よそう。こんなこと、考えたって仕方ない。どんなに嘆いたって、過去は変えられないんだから。

感傷が胸に忍び寄る度に、りつ子は無理矢理それを払いのけた。弱気になったら負けだと、自分に言い聞かせた。感傷に浸るのは老後の楽しみに取っておけば良い。

九年前の晩秋、両親は列車事故で亡くなり、りつ子は十六歳で孤児となって世の中に放り出された。それから孤軍奮闘して、やっと摑んだ今の幸せなのだ。

「何か、欲しい物はある？」

「大丈夫。必要な物は全部準備して持ってきたわ」

　それから面会時間が終わるまで、迪彦はベッドの傍らのパイプ椅子に腰掛けて、りつ子に付き添ってくれた。二人が話すことと言えば、生まれたばかりの子供たちのことばかりだ。たわいもない内容を、ああだこうだとしゃべっているのが幸せで堪らない。

　端から二人を見れば、持って生まれた美貌を武器に玉の輿に乗った女と、その美しさに血迷って骨抜きにされた名家の御曹司という、あまりにも分かり易いカップルだろう。

　何しろりつ子は女優にも希なほどの美人で、用もないのに医者や看護婦が病室を覗きに来たほどなのに、一方の迪彦は品が良くて優しそうではあるが、およそ女心をときめかすにはほど遠い容姿だったからである。

　だが、りつ子は迪彦を心から愛していた。その心根はもちろん、大柄でぽってりと肉のついた身体も、白くてすべすべの肌も、小さくて丸い、時に哀しげに見える目も。それらすべてがりつ子をふんわりと包み込み、安心という宝物を与えてくれるのだ。

　初めて会った頃は、何故自分がこれほどまで迪彦に惹かれるか分からなかった。だが、今はハッキリ分かる。

　迪彦は真っ白い大きな象だった。子供の頃読んでもらった童話に出てくる、神の尊い化身だった。それはりつ子の幸せの記憶と抜きがたく結びついている。だからりつ子は迪彦に心を奪われた。そして迪彦のそばにいると心が温まり、満たされるのだった。

時は昭和四十七（一九七二）年八月二十六日、ミュンヘン・オリンピックの開会式の日に当たっていた。

記念すべき日に生まれてきたんだもの。子供たちはきっと、ついてるわ……。

この幸せがいつまでも続くのだと、りつ子は信じて疑わなかった。

「まあ、この子、みっちゃまの赤ちゃんの頃にそっくり！」

允子はベビーベッドに並んで寝ている赤ん坊の顔を見下ろして、嬉しそうな声を上げた。允子は三十二歳になった息子を、今でも幼い頃と同じく「みっちゃま」と呼ぶ。りつ子はそれを聞く度に言いしれぬ嫌悪感に襲われて虫酸が走った。

「おかしなものねえ。双子なのに、全然似てないなんて」

さらにまじまじと赤ん坊の顔を見比べて、今度は不満そうな声を漏らした。りつ子が予想したように、迪彦似の赤ん坊は男の子、亡き母似の赤ん坊は女の子だった。

「二卵性双生児というのだそうです。兄妹がいっぺんに生まれてきたようなものらしいですわ」

りつ子はベッドに半身を起こして枕に寄りかかり、当たり障りのないことを言った。

「ふうん」

允子はまだ腑に落ちない顔で首をひねっている。

「まあ、ともかく二人とも五体満足に生まれて良かったわ。ちゃんと母乳は出るの？」

「はい。二人ともよく飲んでくれます」

「そう。今のことだし、何しろ二人分だから、母乳が足りなかったら人工栄養を足せばいいわね」

迪彦の姉妹たちはみな母乳の出が悪く、赤ん坊は人工栄養だった。允子がそれを「昔なら、当然乳母がいたはずだから」と、まるで出自の良さの証明のように語るのが、りつ子には滑稽だった。そして、不愉快で堪らなかった。さすがに双子で生まれたことを「畜生腹」とは言わなかったが、時代が三十年ほど前だったらどうか分からない。允子ならいかにも言いそうだ。

早く帰ればいいのに。

りつ子はおっとりした表情を取り繕いながらも、内心はイライラし始めていた。允子がいたところで、どうせ役に立つことはない。赤ん坊の顔を眺めながら、迪彦とその姉妹たちの愚にも付かぬ思い出話を垂れ流すだけだ。しかもそこには少なからず、当てつけがましい自慢が混じっている。自分たちはりつ子とはまるで身分が違うと言わんばかりの。

「大鷹さん、検診のお時間ですよ」

ちょうど良いタイミングで、看護婦が入ってきた。

「それじゃ、明日また来ますから。お大事にね」

バッグを取ろうとして、允子は不意に口元に笑みを浮かべた。

「『お大事に』はおかしいわね。お産は病気じゃないんだから」

「お姑さま、本日はどうもありがとうございました」

りつ子は体温計を脇に挟みながら、軽く頭を下げた。

允子が病室を出てドアが閉まると、つい溜息が漏れた。看護婦は気づかぬ振りをしているが、内心苦笑しているだろう。

……本当にこの病院にして良かった。

そう思うと、もう一度安堵の溜息を漏らしそうになる。新宿にあるこの高田レディースクリニックという産婦人科病院は、最新設備と完全看護を謳っている。允子には「うちは代々峰岸先生のところでお産をしてきたんだから」と反対されたが、過去二回の流産を理由に「最新設備のある病院でないと困る」と押し切った。迪彦も積極的に後押ししてくれた。

峰岸産婦人科で出産したくない本当の理由は別にあったが、それ以外にも允子の協力が得られないと分かっていたので、完全看護は絶対条件だった。

この病院には看護婦と助産婦の他に付添婦が常駐していて、入院中ずっと身の回りの世話をしてくれる。基本は母子同室だが、頼めば新生児室で預かってくれるので、夜泣きに悩まされて寝不足になる心配もない。

りつ子は結婚以来初めて、周囲を気にせず、のんびりと過ごした。そのせいか母乳の出は至って良く、二人の赤ん坊はほとんど人工栄養を必要としないほどだった。

ちなみに、現在の大鷹家はりつ子と迪彦夫婦、允子が三人で暮らしている。迪彦の父成親(まさちか)はりつ子が結婚した翌年に心筋梗塞(しんきんこうそく)で急死し、三人姉妹は他家に嫁いでいた。しかし、しょっちゅう子供を連れて里帰りしては長居するので、りつ子は週に何日かは姑と小姑(こじゅうとめ)母子のためにこき使われ、余計な気遣いに神経をすり減らしていたのだった。

結婚後すぐに急死してくれた舅(しゅうと)に対して、りつ子はある意味感謝していた。お陰で姑と連合軍になって嫁いびりされずにすんだ。しかしその反面、夫を失った寂しさから姑の允子がより一層息子への執着を深めたことで、多大な迷惑を被る羽目にもなった。結局はプラスマイナスゼロといったところだろう。もっとも、舅本人の印象となると、一緒に暮らした期間があまりにも短いので、何もないに等しいのだが。

「……星良？」

迪彦は戸惑ったような声で女の子の名前を口にした。

「外人みたいだな」

「あら、ステキでしょ？　小公女と同じ名前よ。それに、外国へ行っても通じるわ」

迪彦はまだ半信半疑といった顔で、星良と書かれた紙を眺めている。

「これから日本もますます国際社会になるでしょ。外国へ行く機会も増えるわ。旅行だけじゃなくて、留学とか、出張とか、駐在とか」

迪彦は根負けしたように肩をすくめた。

「ま、いいさ。女らしくて可愛い名前だし」

妊娠が明らかになったときから、りつ子と迪彦は「男の子の名前は迪彦が考える。女の子の名前はりつ子が考える」と約束していた。男女とも生まれたので、二人の考えた名前はどちらもめでたく子供に付けることが出来るのだ。

「……倫太郎。クラシックね。お侍みたい」

りつ子はちょっぴり不満だった。もっとおしゃれで国際的な名前が良い。だが、星良を認めてくれたので、倫太郎に不満が残ってもお互い様と思うことにした。

「女の子は優しく可愛く、男の子は丈夫で元気に育ってくれると良いな」

迪彦は赤ん坊の頰に指でそっと触れながら言った。

出産から三日が過ぎていた。迪彦はいつものように、会社帰りにまっすぐ病室を訪れた。こうして親子水入らずで過ごす時間の、なんと楽しく快いことだろう。このひととき、りつ子はいつも心の中で勝利の凱歌(がいか)を奏(かな)でていた。

「まったく、なんてことかしら。怖いわねえ」

允子はテレビ画面を見て顔をしかめた。りつ子が双子の赤ん坊を連れて退院してから五日目のことだった。オリンピックの選手村をアラブゲリラが襲撃し、イスラエル人選手を殺害して立て籠(こ)もった……というニュースが流れていた。

「ついこの間、日本赤軍が外国で乱射事件を起こしたばかりだって言うのに」

それは、赤軍派を名乗る三人の日本人ゲリラがテルアビブのロッド空港で起こしたテロ事件のことだ。

「あさま山荘事件の後は大量リンチ殺人だし。本当に、今年に入ってから血なまぐさい事件ばかり起きるわ」

二月に連合赤軍が人質を取って山荘に立て籠もった事件では、警察の突入の模様が全国に生中継された。允子はテレビにかじりついて成り行きを見守っていたが、その表情から窺われたのは人質の安否を気遣う気持ちではなく、迫力ある見世物を楽しむ野次馬根性だった。そして、あさま山荘事件後に発覚した、同じ連合赤軍による仲間同士の大量リンチ殺人に関しては、りつ子は胎教に悪いので報道を見ないようにしていたが、允子は目を皿のようにして新聞や週刊誌を読みあさっていた。それはどう見ても、血なまぐさい猟奇殺人に対する歪んだ嗜好の表れだった。

この人は二言目には自分の血統の良さを自慢するけど、そこに流れている血はとっくの昔に腐っているんだわ……。

りつ子は食い入るようにブラウン管を見つめている允子の横顔を眺め、こみ上げる嫌悪感と戦った。

それに……りつ子は意地悪く付け足した。

この人には明らかに嫉妬が、やっかみがある。美しさの点で、この人やこの人の娘たちが逆立ちしても敵わないほど、私は勝っている。自分でもそれが分かっているから、ことある毎に私をおとしめないと、悔しくてたまらないんだわ。

そこへ、隣りの部屋から赤ん坊の泣き声が響いた。

「あら、赤ちゃん。ミルクが欲しいんじゃないかしら？」

允子がソファから腰を浮かせ、襖を開け放してある隣室を覗き込むようにした。

「見て参ります」

りつ子は素早く立ち上がり、隣室に入った。二台並べたベビーベッドの中で、星良と倫太郎はすでに目を覚まし、つぶらな瞳を瞬かせている。

「おむつは、大丈夫？」

おむつに手を触れてみたが、まだ濡れてはいない。お腹が空いたようだ。

「でも、もうちょっと我慢ね」

りつ子は星良と倫太郎を順番に抱き上げてあやしたが、泣き声は収まらない。

「ねえ、お腹が空いてるのよ。可哀想に」

允子も部屋に入ってきてベビーベッドの中を覗き込み、倫太郎を抱き上げた。

「でも、ミルクの時間までまだ一時間近くありますから……」

入院中、りつ子は看護婦や助産婦から「授乳は三時間置きと決めた方が良いですよ。お母さんも楽だし、赤ちゃんも少し泣いた方が運動になって、おっぱいをよく飲みますからね。途中で泣かれて中途半端に飲ませても、結局またすぐにお腹が空いて泣き出しちゃうんですよ。それじゃ悪循環ですから」と言われ、授乳時間は厳格に守っているのだ。

「そんな杓子定規なこと言ったら、赤ちゃんが可哀想じゃないの。泣いたらすぐミルクを飲ませるべきですよ」

「でも、病院ではきちんと時間を決めるように言われましたので……」

「病院が何と言ったか知りませんけど、私は子供たちが泣いたらすぐミルクを飲ませました。それでも四人とも何の問題もなく、丈夫に育ちましたよ」

允子の声が不機嫌に尖ってきたので、りつ子は諦めて授乳の支度を始めた。

台所で熱湯消毒した哺乳瓶二本に粉ミルクを入れ、沸騰後少し冷ましたお湯を入れ、瓶を振って溶かし、湯冷ましを加え、出来上がり量にする。皮肉なことに、病院では二人が飲んでも充分なほど豊富に出ていた母乳は、大鷹家に帰ってきた日から、ピタリと止まってしまった。允子と同じ屋根の下に暮らすことを身体が拒否したのだと、りつ子は思っている。

出来上がったミルクは冷まし、一度哺乳瓶から手首に垂らして温度を確認し、赤ん坊の元へ持って行く。万が一と言うこともあるので、用心に越したことはない。

「お待たせしました」

りつ子は部屋に戻ると、哺乳瓶の一方を允子に手渡した。受け取ると、允子はすかさず倫太郎を抱き上げ、膝に載せて哺乳瓶をくわえさせた。生まれた直後から「この子は大鷹家の大事な跡取りだから」と言ってやたらと抱きたがり、同じ双子の星良など目に入らぬかのようだ。

この人はいい年をして、えこひいきばかりする。どちらも自分の血を引いた孫だっていうのに、まるで自覚がないんだから。

允子の態度を目にする度にりつ子は神経を逆なでされ、気持ちに荒波を立てられた。それでなくても不安定な産後の精神状態が、より一層乱されるのだった。

ダメ、ダメ。イライラしちゃいけない。

りつ子は星良にミルクを飲ませながら、何とか気持ちを静めようと深呼吸した。母親が神経を尖らせていたら、赤ん坊にその気配が伝わるかも知れない。ゆったりした大らかな気持ちでいないと、赤ちゃんが不安を感じてしまう……。

客観的に見たら、自分が恵まれた境遇にいるのは良く分かっている。何しろ代々木上原の敷地百五十坪を有する庭付き一戸建て住宅に住み、双子を産んだ身体の負担を減らすために、家政婦まで雇ってもらったのだ。文句を言ったらバチが当たるだろう。

それに、年がら年中入り浸っていた小姑たちも、退院後はさすがに遠慮したらしく、訪ねてこなくなった。それだけでも以前よりはだいぶ気楽に過ごせるようになった。しかし、吐く息は重い溜息になった。結婚してから何百回も願っては諦めてきたことを、またしても願っていた。

迪彦さんと子供たちだけで、外国で暮らせたら……。

一人息子の迪彦が両親と別居することは当初から望めなかったが、幸い迪彦は通信社勤務だった。駐在員として海外に赴任する機会は少なくない。りつ子は迪彦に海外赴任の辞令が出る日を心待ちにしているのだが、今以て実現していなかった。

思い描いたシンデレラ・ストーリーの後半が、当初の目論見と微妙にずれ始めたことに、りつ子は戸惑い、苛立っていた。

「先生、どうしたらよろしいんでしょう?」

りつ子は星良を胸に抱き、すがるような目をして小児科の医師に訴えた。生後三ヶ月を過ぎてから、まったくミルクを飲まなくなったのだ。哺乳瓶を見せただけでプイと顔を背け、ひどいときは顔を真っ赤にして火が点いたように泣き出した。無理にゴムの乳首を口に含ませても、舌で外に押し出してしまう。退院後、母乳から人工栄養に切り換えたときならいざ知らず、三ヶ月も同じミルクを飲んできたのに、どうして急に態度を変えたのか、りつ子には皆目見当が付かなかった。

「うちではミルクは三時間ごとに、きちんと量を計って飲ませてきたんです。残さず最後までちゃんと飲みました。それが、先週から急に……」

　医師は丁寧に診察して、星良の口腔（こうくう）に異常がないことを確認すると、困ったように眉（まゆ）を寄せた。

「時々、急にミルクを飲まなくなるお子さんがいるんですよね」

「何が原因なんでしょう?」

「さあ、それも良く分からないんですよ。赤ちゃんにしてみればちゃんと理由があるんでしょうがね……味が嫌いとか」

「この子、起きているときは嫌がって飲まないんですけど、眠くなると少しは飲むんです。完全に眠るまでの間だけ……。だから、味が嫌いではないと思うんですけど」

「ふうむ」

　医師にも赤ん坊がミルクを飲まなくなった原因が分からないのだから、再び飲むにはどうしたら良いかは分からない。結局、経管栄養を勧められた。

「マーゲン・ゾンデと言います。鼻から胃に細い管を通して、そこからミルクを注入するんです」

りつ子は一瞬身を固くした。

「赤ちゃんにそんなことして、大丈夫なんですか？」

「大丈夫ですよ。他の赤ちゃんもマーゲン・ゾンデで栄養補給してますから」

医師は物慣れた口調で言った。

「簡単ですから、やり方を覚えて、退院したらお母さんが家庭で行ってあげてください」

その日、星良は入院して経管栄養の処置を施された。りつ子は星良に付き添って病院に泊まり、マーゲン・ゾンデの扱い方を指導された。

教えられた手順を繰り返しながら、りつ子の胸は不安に色濃く塗りつぶされた。自分と星良の前途に突然出現した難題は、これまで予想だにしていなかった。

赤ん坊がミルクを拒否するなんて！

りつ子は大いに戸惑い、焦っていた。

経管栄養によって星良の命は救われたのだが、授乳の度に赤ちゃんの鼻に管を通す作業は、りつ子をみじめさで打ちのめした。

「母親なのに、わが子にまともにミルクを飲ませることも出来ないなんて」

允子に散々嫌味を言われたのも身に堪えていた。

「りんちゃまは本当に育てやすくて良い子だこと。みっちゃまの小さい頃にそっくりだわ。りつ子を非難する一方で、允子は倫太郎にのめり込んでいった。暇さえあれば抱いてあやしたがった。倫太郎を見る允子の目はうっとりと細められ、目尻が下がって、人相まで変わって見える。

それを眺めてりつ子は皮肉な笑みをかみ殺した。

この人にとって倫太郎は一番新しい恋人なのね。その前は迪彦さん。最愛の恋人を私に奪われて、焼きもちと寂しさで気が狂いそうになっていたら、急に代わりが見つかったってとこかしら。

確かに双子でありながら、倫太郎はまったく手が掛からなかった。ミルクをよく飲み、疳の虫も起こさず、夜泣きもしない。つまらないことで癇癪を起こし、火が点いたように泣き喚く星良とはまるで違っていた。

そして、マーゲン・ゾンデを始めて半月ほど過ぎたとき、とうとう允子は言いだした。

「ねえ、りつ子さん。りんちゃまは私が育てるわ。あなた、星良の世話でとても手が回らないでしょう?」

りつ子は咄嗟に拒否することが出来なかった。「いいえ、結構です」と言い出せないでいるうちに、允子はたたみ掛けてきた。

「夜中にミルクをあげるにしたって、一筋縄じゃ行かないんだもの。あなたも大変だろうけど、満足にミルクももらえないんじゃ、りんちゃまと星良も可哀想じゃなくて？」

そのとき、りつ子の心には「渡りに舟」という気持ちが芽生えていた。確かに、双子の赤ん坊、しかも一人はマーゲン・ゾンデを必要とする育児は、りつ子一人では手に余った。允子に倫太郎の面倒を見てもらえれば、星良一人を世話するだけで済む。ほんの一時だけ……。離乳食が食べられるようになって乳離れすれば、後は大丈夫だから。

睡眠不足が重なって疲労困憊していたりつ子は、うかうかと允子の申し出に乗ってしまった。後にそれがどのような結果を招くか、深く考える余裕を失っていたのだ。

翌年は星良と倫太郎の初節句に当たっていた。

りつ子は昨年と一昨年、二年続けて迪彦の二人の妹、慰子と周子の子供に初節句のお祝いを届けさせられた。男の子には兜、女の子には雛人形。それをデパートから送るのではなく、りつ子がそれぞれの家まで持参したのだ。

特に周子の嫁ぎ先は横浜の山手の、車の入れない細い路地の奥にあったので、りつ子はガラスケースに入った兜を抱えて階段や坂道を上り、全身汗びっしょりになった。允子に「失礼のない服装で行くように」と命令され、袷の付下げを着て行ったのだが、その日は四月下旬だというのに気温二十七度と、初夏並の陽気だった。お陰で汗の量も一通りではなく、頭から水を浴びたような有様になってしまったのだ。

それでも周子からは「まあ、遠くから大変でしたね」「お暑い中を、恐縮でございます」「重い物をわざわざお運びくださって、畏れ入ります」など、およそ普通の人間が言いそうなねぎらいや感謝の言葉はひと言も出てこなかった。応接間ではなく、リビングに通されて薄い茶を一杯振る舞われた他は、何一つ供されなかった。大汗を流して持ってきた兜を眺めて、満足そうに「お母さまによろしく仰ってね」と言われたのが、唯一の答礼だった。

さすがに大いに気分を害して帰宅すると、出迎えた允子は目を吊り上げて額に青筋を立てていた。

「周子から電話がありましたよ。あなた、まるで道路工事の人足みたいに汗びっしょりで、髪はべっとり濡れてるし、白粉はまだらで縞模様になってるし、もう、あんまりみっともなくて、家に上げるのが恥ずかしかったって、そう言ってましたよ！　あれほど不作法な真似をしないように言ったのに、よくも大鷹家の名に泥を塗ってくれましたね！　だから育ちの悪い女はダメなのよ！」

允子は完全に逆上していた。こめかみと口元がブルブル震えて、そのまま口から泡を吹いて倒れそうだった。りつ子は人間のそのような形相を見たことがなかったので、半ば驚き、半ば呆れて、しばし玄関口に突っ立ったまま允子の顔を眺めた。そうするうちに、允子はさっと踵を返して奥へ引っ込んでしまった。りつ子が我に返ったときは言い返す機会は失われ、ただ理不尽に面罵されたという事実だけが残った。

あの、クソばばあ！　今に見てろよ！

りつ子は胸の中で毒づいた。気が付けばいつの間にか拳を握りしめていた。

本来なら、出自の悪さを非難される謂われはない。父は財閥の創業家の息子であり、母は日本赤十字所属の優秀な看護婦だった。しかし、旧公家華族出身の允子に言わせれば、職業婦人だった母は品性に欠ける生き物であり、父の家系は明治に成り上がった百姓の末裔で、下等な血が流れている。その娘であるりつ子が大切な一人息子を「たぶらかして」結婚し、大鷹家に潜り込んで高貴な血を汚したことは、犯罪にも等しいのだった。

三月三日が近づくにつれ、りつ子は周子の嫁ぎ先に初節句のお祝いを届けた日のことを思い出した。

しかし、待てど暮らせど、迪彦の妹の家からは雛人形はおろか、何ひとつ祝いの品は届かなかった。迪彦の姉常子の子供にも中学校の入学祝いを贈ったのだが、そちらからも何もなかった。

日頃から礼儀がどうのこうのってうるさく言ってるくせに、何よ、もらいっぱなしでお返ししないなんて。礼儀知らずはどっち？

考えると怒りがこみ上げてきたが、りつ子は無理矢理それを溜め込んだ。溜めて溜めて、うんと圧縮してから爆発させるつもりだった。

雛祭りには星良のために、允子が嫁入り道具に持参したという、由緒ありげな古臭い雛を飾り付けた。

「戦争中は田舎に疎開させていたから、焼けずに残ったのよ。実家には母や祖母が嫁入り道具に持ってきた、それはそれは見事なお雛さまが幾組も揃っていて、雛祭りの日は本当に壮観だったわ。三つの部屋に、お雛さまやお道具や所縁のあるお人形がずらりと並んで、まるで人形の国に来たみたいな気がしたものよ」

ちまちました雛道具を丁寧に布で拭き、緋毛氈の上に並べながら、允子はくどくどと雛祭りの想い出を語った。りつ子は右の耳から左の耳へ聞き流し、相槌だけ適当に打っていたが、心の中ではやりこめられて面目を失った允子の顔を想像し、ほくそ笑んでいた。

「あなた、今日は星良の初節句だから、楽しみにしてらして。ご馳走作りますから」

朝、迪彦を見送るとき、りつ子は耳元で囁いた。

「なるべく早く帰るからね」

迪彦はいつもするように軽く片手を上げて、玄関を出て行った。

献立は五目寿司、蛤の潮汁、精進揚げ、茶碗蒸しと決めてある。りつ子は朝の掃除が済むと、家政婦と一緒に料理に取りかかった。

夕食の席に、りつ子は星良を、允子は倫太郎を抱いて座った。すでにミルクは飲ませてあったが、倫太郎はテーブルに並んだ料理に興味を示した。

「りんちゃまはね、もう離乳食も食べられるのよ」

允子が茶碗蒸しをスプーンですくって、ふうふう吹いてから口に入れてやると、ぺろりと飲み込んだ。

「面白いもんだね。双子なのに色々違うんだ」

迪彦は星良と倫太郎を交互に見た。優しい、慈愛に満ちた眼差しだと、りつ子は思った。

「星良も、ちょっとおすましを飲んでみる?」

りつ子が潮汁をすくったスプーンを口元に近づけると、星良はプイと横を向いてしまった。

「あらあ、やっぱり口から物が食べられないのかしら?」

允子は露骨に眉をひそめた。

「あわてることはないよ。生後一年はミルクだけで充分だって言うし」

迪彦はりつ子に顔を向け、いたわるように言った。

顔に微笑みを貼り付けたまま、りつ子はさり気なく切り出した。

「せっかくの初節句なのに、どこからもお祝いが届きませんね。常子お姉様も慰子さんも周子さんも、星良の初節句をお忘れなんでしょうか?」

允子はじろりとりつ子を睨み、冷たい声で答えた。

「初節句のお祝いは、嫁の実家が贈るものなのよ」

そして、軽蔑も露わに付け加えた。

「りつ子さんには無理だけど」

一瞬で全身の血が頭のてっぺんに上昇し、熱く煮えたぎって爆発しそうになったが、次の瞬間にはもの凄い勢いで足元に逆流し、全身が冷たくなった。

「雛人形なんか、これ以上もらったって仕方ないよ。女の子一人しかいないんだし、飾る場所だってないし」

迪彦が取りなすように言った。

そのとき突然、星良が断末魔の悲鳴のような叫び声を上げた。お陰でりつ子はやっと我に返った。

「あら、あら、どうしたの？　星良、良い子ね」

星良は火が点いたように泣いている。りつ子は星良を抱いて椅子から立ち上がり、あやしながらベビーベッドへ連れていった。

泣き出した理由は分かっていた。無意識のうちに、強い力でギュッと抱きしめてしまったからだ。

「星良……」

りつ子はベビーベッドに星良を寝かせ、自らの心に問うた。

セーラは『小公女』の主人公。父の死で過酷な運命に陥りながらも、誇りと勇気を失わずに生き、幸せを摑んだヒロイン……。

そう、お伽噺のヒロインはみんな幸せになった。シンデレラも白雪姫も親指姫も鉢かつぎ姫も眠れる森の美女も、王子様と結ばれた。

だから私も幸せになれるはずだった。王子様と結婚したんだもの。

でも……お伽噺には結婚してからどうなったか、続きが書かれてない。王子様と結婚した幸運なヒロインが、どんな結婚生活を送ったか、その先が書いてない。

だれか、教えて。あのヒロインたちがどうなったのか……。

第二章

昭和三十八（一九六三）年は、日本では希望に満ちた年として記憶されている。右肩上がりの高度経済成長は続いており、翌年には首都東京でアジア初のオリンピック開催が決まっていた。

オリンピックに合わせて、東京の街は到(いた)る所で工事の真っ最中だった。選手村、高速道路、ホテルニューオータニ……すべて建築の途上にあったから、化粧半ばの女の顔のように、とても観賞に堪えるものではなく、見苦しいものだった。それでも、完成した暁にはこれまでにない素晴らしい風物が誕生するものと、誰もが信じて疑わなかった。そんな年であり、時代だった。

皮肉なことに、りつ子の運命は、この年を境に変わってしまった。それも、悪い方へ。

りつ子は昭和二十二年、都立高校の英語教師神谷(かみや)建一(けんいち)と亜津子(あつこ)夫婦の子供として東京の菊川という町に生まれた。そのとき建一は二十七歳、亜津子は二十八歳で、りつ子は二人にとって初めての、そしてただ一人の子供となった。

亜津子は日本赤十字社の看護学校出身の看護婦で、太平洋戦争中は二度も応召して中国とフィリピンで勤務した。激戦下、山中の野戦病院で患者と看護婦として出会ったのが二人の馴れ初めだと、りつ子は両親から聞かされた。ただ、亜津子は出産で体調を崩してしまい、りつ子が物心ついた頃には専業主婦になっていた。

菊川は隅田川の東にある、典型的な東京の下町だった。昭和二十年三月十日の東京大空襲で、下町一帯はほぼ全焼して焼け野原になってしまったので、りつ子が生まれた頃、町にはまだ掘っ立て小屋やバラックが多く残っており、近くの錦糸堀は闇市で賑わっていた。名称は闇市だが、露店には電球が何本もぶら下がっていて、夜でもまぶしいほどだった。うんと幼い頃、母の背中で見たその光景を、りつ子はぼんやりと覚えている。

家は平屋造りの借家で、六畳間が二部屋と四畳半が一部屋、それに台所が付いていた。もっと狭い家に何家族も共同で住んでいる人たちが大勢いた時代なので、神谷家は恵まれている方だった。しかも、りつ子は小学校に上がると四畳半を占用に与えられたのだから、当時の子供としては贅沢と言っていい。両親がいかにりつ子を愛し、大切にしていたかの証だろう。

家を出てちょっと北には竪川、東に行くと大横川が流れていて、五百メートルほど南に歩くと小名木川に出た。西側の大通りは本所吾妻橋に通じる三ツ目通りで、隅田川の向こうには浅草の町がある。りつ子が隅田川を渡るのは、両親と都電に乗って浅草へ出掛けるときだけだった。

両親は映画が好きで、日曜日には映画を観に連れて行ってもらうことが多かった。りつ子の一番古い記憶には、昭和二十五年に公開された「イースター・パレード」と「赤い靴」がある。もちろん字幕付きの外国映画のストーリーなど理解出来るはずもないが、カラー映画の鮮やかな色彩が目に焼き付いて残っているのだ。

そして、幼心にもりつ子は、父の美しさに魅了された。小学生になると映画俳優の顔を見覚えるようになったが、誰ひとり父には及ばない。ゲーリー・クーパーもグレゴリー・ペックも池部良も佐田啓二も。後にアラン・ドロンが登場するまで、りつ子は世界で一番ハンサムなのは父親だと信じていたほどだ。

幸いなことに、りつ子は父親似だった。近所の人や家を訪れる客、両親に連れられて入った店の店主などは、必ず「お嬢ちゃんはお父さん似だね。将来きっと美人になりますよ」とお世辞を言ったものだ。りつ子はそれが嬉しくて、得意でならなかった。

家庭にはなんの不満もないりつ子だったが、一つだけ解せないことがあった。親戚がまったくいないことだ。近所には祖父母や叔父叔母が同居している家もあったし、一緒に暮らしていなくても遊び仲間の子供たちの会話には「お祖父ちゃん」や「お祖母ちゃん」が頻繁に登場した。ところが、りつ子の家にはその言葉がまったく存在しなかった。

「どうしてうちにはお祖父ちゃんやお祖母ちゃんがいないの？」

「東京大空襲で、りっちゃんが生まれる前に亡くなったのよ」

ある日何気なく尋ねると、母は至ってさり気なく答えた。そして「兄妹も親戚も、あの時の空襲でみんな亡くなってしまった」と付け加えた。決して態度や表情に変化があったわけではないのに、りつ子は何故か、そのことには触れてはいけないのだと幼心に感じ取った。

父は大変な美男子だったが、母はさほど美人とは言えなかった。色白のきめ細やかな肌と、百六十センチのすらりとした肢体の他、これといって人目を引くところはない。にもかかわらず、父の方が母に熱を上げている様子が見て取れた。りつ子には不可解この上ないことだったが、父はほとんど母を崇拝しているのではないかと思われるほどだった。

それでも、成長するにしたがい、りつ子もある程度納得するようになった。子供の目から見ても、母が周囲の女たちと明らかに違った雰囲気を持っているのが分かったからだ。

りつ子の家は下町、それもかつて本所深川と呼ばれた地域で、上品とは言えない土地柄だった。近所ではよく喧嘩や揉め事が起こったものだ。ご近所同士のつまらない諍い、嫁と姑の確執、親子の対立、兄弟喧嘩、夫婦喧嘩……数え上げればきりが無い。

すると何故か、当事者はりつ子の家に駆け込んできた。正確には母を頼ってきた。両親共にお節介ではなかったし、世話好きでもなかったのに、不思議だった。もっと不思議なのは、母がそのような喧嘩や揉め事を、声を荒らげることもなく、見事にさばいてしまうことだった。

ほとんどの場合、相手は興奮冷めやらぬ様子で、時には泣きながら窮状を訴える。母はいつもじっと相手の顔を見つめ、時折相づちを打つほかは口を挟まず、好きなだけしゃべらせる。そして相手が落ち着くと、穏やかな口調で語りかける。その声音が優しく同情に満ちているのが、隣の部屋のりつ子にも伝わってきた。そして、母は駆け込んできた者を連れて出かけて行き、しばらくすると一人で帰ってくるのだった。

一度、父の留守に、とび職の妻が駆け込んできた。夫の呑む・打つ・買うに愛想が尽きた、離縁したいと泣きむせんだ。すぐに夫が追いかけてきて、もろ肌を脱いで彫り物を見せ、母にすごんだ。

りつ子は恐怖に凍り付いたが、母はまったく動じなかった。

「恥を知りなさい！」

きっと相手を睨んで一喝した。母のそのような厳しい顔も、怒気を含んだ強い声も知らなかったので、りつ子は驚いて呆気に取られた。おそらく相手も同様だったのだろう、目を白黒させた。その間に母は、更に語気鋭く畳みかけた。男は塩を振られた青菜のようにシュンとなった。

すると母は、今度はいつもの落ち着いた声で何事か語りかけた。やがて男はガックリと肩を落とし、力なくうなだれ、最後は神妙に畳に手をついて、妻を連れて出ていった。

どうしてみんな、最後には母の言うことを聞いてしまうのか、りつ子には分からない。金も権力もない、ただの主婦なのに。

母は他人に威張ったり、横柄な態度を取ったりすることは決してなかった。しかし、その佇まいと振るまいは常に毅然として、たいそう立派に見えた。黙って立っているだけで、どういうわけか周囲の人間たちはみな……父でさえも、まるで家来のように見えてしまい、道を歩けば自然と人が脇に避けて道を譲ってくれるのだった。

その後、りつ子は戦争中に母が従軍看護婦として経験した、様々な出来事を聞き知った。二度目に応召したフィリピンではマニラの第十二陸軍病院に勤務したが、戦況の悪化に伴って部隊は移動し、最後はルソン島北部の山中まで逃げ延びた。毎日絶え間なく敵の激しい攻撃に晒され、水も食糧も尽き、何度も生死の境をさまよいながら、奇跡的に生還したのだという。

おそらく、壮絶な経験の中で母が会得した覚悟が、「風格」となってにじみ出て、周囲を圧倒したのだろう。やたらな男は母と対すると「気合い負け」したに違いない。若者言葉で言う「オーラ」があったのだ。

父はそんな母の「オーラ」に魅せられ、伴侶に選んだに違いないと、りつ子は確信するようになった。

りつ子がすべての疑問の答を知ったのは、高校に入学した年だった。旧帝大で英文学を学んだ父からは文科系の、日赤の看護学校を首席で卒業した母からは理数科系の知性を受け継いだためか、りつ子は極めて成績優秀で、高校は旧制の府立三中、戦後は男女共学で両国高校と改称した進学校に合格した。子供の頃から本が好きで世界名作文学全集を読みあさっていたので、実年齢よりかなり大人びてもいた。それで両親もりつ子を一人前と認め、すべてを打ち明ける気になったのだろう。

「実はね、お父さんとお母さんは戦争中に結婚の約束をしたんだけど、家の人に猛反対されてね。とうとう駆け落ちしてしまったの。それで、お父さんは実家や親類の方たちとは縁を切ったのよ」

りつ子も薄々何か事情があるのだろうとは察していたが、父が玉垣家の三男と知ったときは仰天した。銀行・商社・重化学工業・不動産会社・保険会社を傘下におさめる日本有数の財閥企業の頂点に君臨する創業家が玉垣家なのだ。戦後の財閥解体で往時の力は失ったものの、それでもしぶとく立ち回って巨額の財産税や富裕税から逃れて財産隠匿に成功し、今も財界に君臨していた。

建一は大財閥の御曹司であり、たいそうな美男でもあったから、学生時代から恋の相手はよりどり見取だった。その頃は軽薄なプレイボーイで、人生は楽しむためにあると信じていた。

しかし、昭和十九年に応召して南方戦線に送られると、それまでの人生観は一変した。激しい戦闘を生き残り、病に冒され、死を覚悟したとき、収容された野戦病院で亜津子と出会った。武器弾薬は尽きかけ、薬も乏しい中、部隊長に掛け合って糧食の米でお粥を作り、傷病兵に食べさせた。それで死にかけた患者が助かるわけではないが、夢にまで見た白粥と梅干しを口にした兵たちは、涙を流して感謝した。建一もその一人だった。

「生きて日本に帰ったら結婚して下さい」

　建一は亜津子の手を握りしめて懇願した。

　亜津子が頷いたのは、建一がもう助からないかも知れないと思い、成仏して欲しいと願ったからだった。それに経験上、患者の看護婦への恋心は、多くの場合回復すると消えてしまうと知っていた。

　だが、建一は生還した。そして、亜津子への思いは真剣だった。この世の地獄を経験してなお、決して歪まぬ強い心があることに、自分自身の救いを見いだしたのだ。これから先の人生を亜津子なしに生きることは出来ないと、心に強く思い定めた。

　復員後、建一は日本赤十字本社で亜津子の行方を聞き、訪ねていってプロポーズした。変わらぬ心に、亜津子も結婚を決意した。

　もちろん周囲は大反対した。

玉垣家は維新の騒動でボロ儲けした政商で、その功により戦前は男爵位を授けられた大富豪だった。その子弟の結婚相手に相応しいのは旧華族か財閥仲間の令嬢で、庶民は問題外だった。

まして、兄二人が早世したため、建一は三男ながら玉垣家の跡継ぎになっていたのだ。実は当時、建一の両親は本人に知らせぬまま、別の財閥の令嬢との縁談を進めていたのである。

何より障害になったのが、亜津子が所謂私生児で、戸籍上の父親を持たなかったことだ。亜津子の母は未婚で出産し、苦労して働きながら娘を育て上げた。しかし、不幸なことに亜津子が南方に従軍中、三月十日の東京大空襲で命を落とした。

亜津子にも親類縁者が一人もいなかったのは、そのような事情によって、母が実家から絶縁されたためだった。しかし、世間がどうあれ、亜津子にはたった一人の、働き者で優しい母だった。亡き母を侮辱する連中に膝を屈して頭を下げるなど、いかに建一を愛していても、とても出来ることではなかった。

亜津子の心を察した建一は、すべてを捨てて家を出て、結婚して二人で暮らす道を選んだ。

その決心は一通りではなかった。家を飛び出しただけでなく、「玉垣」という名前さえ捨て、亜津子の姓である「神谷」の籍に入ったほどである。

まるでメロドラマのような物語に、正直、りつ子は少し呆れてしまった。目の前の両親は分別のある大人で、そんな無謀な行動をする人たちには見えない。だから、ひどく違和感を感じたのだ。

自分の親にも青春があったことを、子供が実感を伴って理解することは難しい。特に、子供がまだ青春時代にあるときは。

何も駆け落ちをすることはなかったのではないか？　家を飛び出して以来今に至るまで、ずっと絶縁状態を続けなくても良かったのではないか？　少なくともりつ子が生まれた後、家族と復縁出来るように、何らかの働きかけをするべきだったのではあるまいか？

そのような疑問も胸に湧いた。

しかし、死の訪れる瞬間まで、父が自分の決断を後悔することはなかったと思う。りつ子がそう確信するのは、どのように記憶をたどっても、父が実家やかつての贅沢な暮らしを懐かしむ様子を見せたことが一度もなかったからだ。それに加えて、他人を羨んだこともなかった。おそらくは生まれながらの性格と、贅沢の極みに囲まれて育った環境のせいだろうが、父には「もの」と「所有」に対する執着がまったくなかった。「諸行無常」という思想が全身に浸透しているのではないかとさえ思われた。

だからりつ子の想(おも)い出の中の父は、まるっきり浮世離れしていた。もしりつ子が大人になって、妻となり母となる年齢まで両親が生きていてくれたら、もっと深く理解し合えただろう。いたずらに絶対視したり神聖視したりすることなく、存在したに違いない両親の心の痛み、悩み苦しみに気付き、共感することも出来ただろう。老いて衰えて行く両親の姿に苛立(いらだ)ったり、哀れみを感じることだってあったかも知れない。同じ等身大の人間として両親と向き合う機会が、いつかきっと訪れただろう。

だが、それはかなわなかった。高校一年の晩秋、両親は突然りつ子の人生から奪われたのだ。

昭和三十八年十一月九日、土曜日のことだった。

「今夜はお父さんと遅くなるから、りっちゃんはお留守番お願いね」

ハンガーに吊(つる)した父の喪服にブラシを掛けながら、母が振り向いた。りつ子は学校から帰ったばかりで、いつもより早めに職場から帰宅した父と一緒に、茶の間で昼ご飯を食べていた。献立は昨夜のカレーの残りに牛乳を加えて煮直した「二日目のカレー」で、りつ子はこっちの方が作りたてのカレーより好きだった。

「うん、大丈夫」

昨夜電話が掛かってきて、父の大学時代の恩師が亡くなり、土曜日が通夜、日曜日に葬式が行われると連絡があった。

「とても良い先生だったのに。学生時代はよく家に呼んでご馳走して下さって、結婚する時もすごくお世話になったんだ」

父は受話器を置くと、沈痛な面持ちで言った。

教授のお宅は北鎌倉にあった。両親は相談して通夜には夫婦揃って出席し、葬式は父が一人で行くことに決めた。

りつ子は土曜日の夕飯用にと、多めに小遣いをもらったので、昨日から何を食べに行こうかと考えてうきうきしていた。

やっぱり近所で食べるのはつまんない。錦糸町へ行って、駅ビルのレストランに入ろうっと。

二年前、錦糸町にはテルミナという駅ビルが完成して、飲食店、洋品店、雑貨店、書店、レコード店など様々な店が開いていた。隅田川を渡らなくても済む側に、それも家から歩いて行けるほど近くに、そんな近代的でおしゃれなビルが出来たことが、りつ子はとても嬉しかった。

りつ子はカレーを食べ終わると、父の皿と一緒に台所の流し台へ運び、布巾でちゃぶ台を拭いた。父は硯を出して墨をすり始めた。不祝儀の袋に名前を書くためだ。母も洋箪笥から冬の喪服を取り出した。

りつ子は自分の部屋に引っ込んで教科書を広げた。進学校では周りがみんな熱心に勉強するので、特に両親から言われなくても、自然と勉強する習慣が身につくものだ。この日、両親が家を出るまでのわずかな時間を、一緒に茶の間にいて他愛もないおしゃべりをして過ごさなかったことを、後になってりつ子は何度も後悔したのだった。

その夜、十一時を過ぎても両親が帰宅しないので、りつ子は心配になった。十時には帰れると言っていたのに。事情で帰宅が遅れるなら、電話くらいしてくれても良さそうなものだ。

りつ子は茶の間に座って隅の電話を見遣り、その日の行動を思い返した。六時に家を出て錦糸町に行き、テルミナのレストランでポークソテーを食べて、帰宅したのは八時ちょっと前。留守の間に電話が来たとしても、その後まったく連絡なしというのはおかしい。もう一度くらい電話するはずだ。高校生の娘が夜に一人で留守番をしているのだから。

ほんとに、お父さんもお母さんも、どうしちゃったんだろう？

りつ子が電話から柱時計に目を移したとき、不意にベルが鳴り出した。

「はい、神谷でございます」

受話器を耳に当て、習慣的に決まり文句を口にしながら、りつ子は父か母の声が返って来ると信じ切っていた。だが、受話器から流れてきたのは、聞いたこともない男の声だった。

「神谷さん。神谷建一さんのお宅ですね？」

「はい。左様でございます」

男は確認するように、もう一度尋ねた。

「神谷建一さんと神谷亜津子さんのお宅で、間違いありませんね」

「はい。神谷建一は私の父で、亜津子は母です」

男は一瞬ためらった後に、感情を押し殺した声で事実を伝えた。

「お嬢さん、落ち着いて聞いて下さい。お気の毒ですが、今夜東海道本線鶴見(つるみ)駅付近で列車事故があって、ご両親は……」

りつ子は足元の畳が抜け落ちて、そのまま落下して行くような感覚にとらわれた。一瞬で頭から血の気が引いて、貧血状態に陥ったせいだろう。だが、この日を境にりつ子を取り巻いていた明るく希望に満ちた世界は崩れ落ち、一気に奈落の底へ突き落とされたのだから、その感覚は未来を予言していたのかも知れない。

神谷建一・亜津子夫婦の命を奪ったのは、後に「鶴見事故」と呼ばれる列車脱線多重衝突事故だった。同日二十一時四十分頃、東海道本線鶴見駅と新子安駅の間の滝坂不動踏切付近で、貨物線を走行中の下り貨物列車が脱線し、隣りの東海道本線上り線に乗り上げた。そこへ横須賀線の久里浜発東京行き上り列車と東京発逗子行き下り列車が同時に進入し、衝突大破したのである。上下列車合わせて死者百六十一名、重軽傷者百二十名を出す大惨事となった。

奇しくもその日は福岡県大牟田市の三井三池炭鉱でも死者四百五十八名を出す大爆発事故が発生したため、後日「血塗られた土曜日」「魔の土曜日」と呼ばれ、恐れられた。

りつ子はそれからの記憶がはっきりしない。悪い夢を見ているように、途中がところどころ抜け落ちていて、全体としてまるで脈絡がない。

知らせを受けたその夜は、ショックと悲しみでただ泣いていたように思う。りつ子には訃報を知らせるべき親戚が一人もいなかったのだ。翌日になってから担任教師に連絡した。当時はプライバシーという言葉がないも同然の時代で、在校生名簿には教師と生徒の住所と電話番号が載っていた。担任は同情のこもった言葉をかけてくれたはずだが、りつ子は覚えていない。その後すぐに教頭から電話があり、身元確認に付き添ってくれると言い、東京駅で待ち合わせることになった。

その後の慌ただしい一連の騒動は、ぽっかり記憶から抜け落ちている。両国高校の先生たち、仲の良いクラスメートやその両親、近所の人や父が勤めていた学校の先生たちから涙混じりに慰めや励ましの言葉をかけられたはずだが、何一つ思い出せない。葬式の段取りを付けてくれたり焼き場の許可を取ってくれたりしたのが父の学校の職員か、両国高校の先生か、PTAの役員か、区の民生委員か、近所の人かも覚えていない。ただ、民生委員に「どこかに身寄りはないか」と訊かれたとき、ふと生前に両親の語った話が頭に浮かび、玉垣家の名を告げたらしい。それから間もなく建一の両親……りつ子の祖父母が現れた。

事故から一週間後、両親の初七日のことだった。その日は学校へ行かずに朝から家にいた。と言うより、事故以来りつ子は学校へ行っていなかった。突然崩れ落ちた世界の中で正気を保つのが精一杯で、とてもそんな状態ではなかったのだ。

それでも初七日を迎えて、ようやく現実を受け入れる気力が戻ってきた。これからは一人で生きて行かなくてはならないと、自分に言い聞かせることが出来た。天国の両親を悲しませないように、ちゃんと学校を卒業して、立派な社会人になって、幸せな結婚をするのだ、と。

幸いなことに、父の学校の職員、両国高校の職員、区の民生委員たちは、それぞれりつ子の将来を案じて、事故補償や生命保険、弔慰退職金、奨学金などについて説明して、落ち着いたらすぐに手続きを取ると言ってくれた。どうやら、家を追い出されて一人路頭に迷わなくてもすみそうだった。

月曜日からは、また学校へ行かなくちゃ……。

両親の骨壺と遺影を交互に眺めながら、りつ子が決意を新たにしたそのときだった。

「ごめんください」

玄関で声がした。弔問の客が来てくれたのだろうと思い、りつ子は立ち上がった。

「……」

三和土に立った老年の男女の顔を見て、りつ子は訝しさに首を傾げた。二人ともまったく見覚えがない。両親の、どちらかの知り合いだろうか？

しかし二人は、りつ子の顔を見て目を潤ませた。女の人は鼠色の無地の着物に黒紋付きの羽織を着て、男の人は黒の背広姿だった。りつ子は狭い式台に膝をつき「どうぞ、お上がりください」と声を励ました。

かつて両親の部屋だった客間に白木の台を置き、遺骨を安置して遺影を飾ってある。

二人は台の前に座ると、数珠を取り出して合掌し、焼香した。それが終わると女の人は耐えかねたように両手で顔を覆って嗚咽し、男の人もしきりにハンカチで目頭を拭った。見ていると、りつ子も枯れ果てた涙が溢れてきた。

りつ子は席を立って台所に引っ込み、お茶を淹れて客間に戻った。

すると、老年の男女は待ちかねたように身を乗り出した。

「お父さんから聞き及んでいるかも知れないが、建一は私たちの息子だ。つまり、君は私たちの孫なんだよ」

「……会いたかったわ」

その言葉に、改めて両親から聞かされた話を思い出した。それではこの二人が、父の両親なのだ。

二人は玉垣家の当主玉垣大介・沢子夫妻で、明治の始めに財をなして財閥を築いた初代当主から数えて三代目だった。

そう思ってよく見れば、沢子の着ている着物は無地だがくっきりと地模様を織り込んであり、左手の薬指にはめた黒真珠の指輪はビー玉くらいの大きさがあった。一方の大介はいかにも高そうな太い鼈甲縁の眼鏡をかけ、着ている背広の生地は一目で外国製と分かる高級品だった。

「建一が家を出てからもう十七年も経ってしまったのね。一度も会えないまま、こんなことになるなんて……」

沢子はハンカチで口元を押さえ、絞り出すように声を震わせた。

「ひと目だけでも、会いたかった」

それはりつ子に話しているのではなく、建一に対する繰り言のようだった。りつ子は祖母が胸の裡をすべて吐き出すまで、黙って聞いていた。

「りつ子……だったね？」

沢子の慨嘆が一段落すると、大介が口を開いた。

「これから、どうするんだね？」

りつ子はうまく答えられなかった。周囲の人の助言を頼りに、なんとか独立を目指そうと決心したものの、具体的に何をどうするかはまだ未知の領域であり、よく分からなかった。

「私たちと一緒に暮らしましょう」

沢子がわずかに身を乗り出した。

「役所の方から、亜津子さんには身寄りがないと言われたわ。親戚と言えるのは私たちだけだって。それなら、迷うことはないでしょう。すぐにうちへいらっしゃい」

「是非、そうしなさい。私たちが付いていながら、孫を路頭に迷わすわけにはいかない」

りつ子は思わず安堵の溜息を漏らした。当然だろう、わずか十六歳で天涯孤独の身にならずに済んだのだ。血のつながった立派な祖父母がいて、引き取って面倒を見てくれるというなら、これほど安心なことはなかった。

祖父母の口から亡き母に対して一度も「私たちが悪かった」という、自分たちの頑迷さを詫びる言葉が出てこなかったことを思い出したのは、何年も過ぎた後だった。

それからはあっと言う間だった。玉垣家の顧問弁護士と大介の秘書たちがやってきて、法律上の手続きから引っ越しの実務まですべて代行してくれた。りつ子は身の回りの物をまとめ、迎えの車に乗って玉垣家へ行くだけで良かった。

玉垣家は港区の芝白金今里町にあった。敷地面積千坪の庭園の中に建つ三階建ての洋館は、家ではなくてまさにお屋敷だった。東には明治学院、目黒通りを挟んだ北には旧朝香宮邸の広大な敷地が広がっていて、その当時は自然教育園と外相邸になっていた。

「すごいお家。まるで御殿みたい」

門の前に立って思わず感嘆の声を上げると、沢子は少し残念そうに言ったものだ。

「こんな家、元の屋敷とは比べものにならないわ」

信濃町にあった元の屋敷は敷地が五千坪もあって、建物もネオ・ルネッサンス様式の壮麗な建築だった。昭和二十年五月二十五日の山の手大空襲では辛くも焼け残ったが、戦後は長く占領軍に接収されていた。

「昭和二十七年にやっと返還されたけれど、アメリカ人には美意識のかけらもないのね。せっかくの壁紙を全部白いペンキで塗り潰してあったのよ。まるで病院みたいに。それで、すっかり嫌気が差して売ってしまったわ。今は跡地に学校と病院が建っているわ」

りつ子はお伽噺を聞いているような気がした。

玄関の扉は彫刻のあるどっしりした木製で、個人宅でありながら二枚の扉が観音開きに開いた。しかも外開きではなく内開きだった。玄関だけでりつ子の住んでいた家くらいの広さがあるので、内側に開いても靴や下駄箱が邪魔にならないのだ。

「家族に紹介するわね」

沢子は玄関の隅に控えている家政婦にコートを渡すと、度肝を抜かれて立ちすくんでいるりつ子を振り返った。幸い、家は靴を脱いで上がる形式だった。りつ子は沢子の後について家に上がり、毛皮のスリッパを履いて長い廊下を進んだ。

通されたのは四十畳はあろうかという広々とした洋室だった。中央に大きなソファとテーブルが置かれ、奥の暖炉では薪がパチパチと燃えていた。壁にはところどころ油絵が飾ってあり、部屋の一隅には学校の音楽室でしか見たことのないグランドピアノがデンと鎮座していた。

沢子とりつ子が入っていくと、ソファに座っていた人たちが一斉に顔を振り向けた。大介以外は初めて見る顔だが、前もって沢子から聞かされていたので、それがその家の長女夫婦と子供たちであると分かった。

そもそも、沢子は玉垣家の長女だったが、男のきょうだいが全員早世してしまったので、大介を婿養子にとって家を継いだという。大介と沢子夫婦は三男二女に恵まれたが、上の男の子二人は早世し、三男の建一だけが残った。ところが建一が家を飛び出したため跡継ぎがいなくなり、仕方なく長女の瑠美子に婿養子を取って家を継がせた。夫の名は嘉久で玉垣銀行の副頭取、子供は穣、瑠香、瑠那の三兄妹。穣は二十二歳、瑠香は十九歳で共に学習院大学生、瑠那がりつ子と同年の十六歳で、学習院女子高等科に在学していた。

りつ子は伯母の瑠美子と三人のいとこが、みな沢子と同じ系統の顔をしていることに驚いていた。

なんという遺伝性の強い顔だろう……。

もしかして父のあの美貌は、完全な突然変異だったのかも知れない。そして、おそらくは内面もまた、父は一族の他の人たちと違っていたのではないだろうか。だからこそ、父は玉垣家のすべてを捨てて、母の元へ奔ったのだ……。

「不幸な事故で亡くなった建一の忘れ形見のりつ子さん。あなた方の従妹よ。仲良くしてあげてちょうだいね」

りつ子は膝に両手を揃えて頭を下げた。

「初めまして。神谷りつ子です。どうぞよろしくお願いします」

「りつ子さん、お気の毒なことでしたね。さぞお力落としでしょう。さあ、どうぞお掛けになって」

瑠美子に促されて、りつ子はソファの隅に腰を下ろした。

「お疲れになったでしょ？　とにかくお茶にしましょう」

瑠美子が声をかけると、家政婦がワゴンを押して入ってきた。瑠美子が立っていってポットから紅茶を注ぎ、家政婦が各自にカップを配って回った。金の縁取りのある大皿には小さなサンドウィッチと焼き菓子が盛り合わせになっていた。

「夕食には次女の一家も呼んであるの。建一のすぐ上の姉で、あなたには二番目の伯母さまよ」

りつ子は頷いて紅茶をすすった。内心はレモンが一切れも付いていないので戸惑っていた。英国では紅茶はミルクを入れて飲むのが一般的で、玉垣家ではミルクティしか飲まないとは、この時は知らなかった。

「りつ子さんは、クラブ活動は何をなさっているの？」

同い年の瑠那が当たり障りのない質問をした。

「テニス部に入っています」

「あら、私たちもローンテニスクラブに入ってるの。りつ子さんもお入りなさいよ。トーナメントでダブルスを組みましょう」

「気を付けた方が良いよ。瑠那はへたっぴいで、誰もペアを組んでくれないんだ」

「もう、お兄さまったら、やめてよ」

いとこたちは笑い、りつ子も曖昧な笑みを浮かべてやり過ごした。瑠那の返事が早すぎて「球拾いばかりさせられています」と答える暇がなく、日本最古の名門クラブの名前も知らなかった。

りつ子が案内された部屋は三階の一番奥にあった。二十畳はたっぷりある洋室で、ベッドとデスクと人が出入り出来る大きさの作り付けの洋服箪笥……ウォークインクローゼットが備えられていた。大きな窓からは広大な庭が眺められた。本所菊川の家の四畳半とは天と地ほども開きがあった。

　まるでシンデレラみたいだ……。

　ベッドの端に腰掛けて、部屋全体を見回しながら、りつ子はぼんやりそう思った。喜んでいるわけではなく、あまりに激変した環境に戸惑い、ただ茫然としていた。

　夕食の席で会った玉垣家の次女・蓼科瑠璃子の一家も、瑠美子の一家と良く似ていた。夫の蓼科礼一郎は玉垣物産の専務取締役、長女の璃世は十九歳で瑠香の同級生、次女の璃紗は十七歳で瑠那の一級上、長男の伶斗はりつ子と同い年で学習院高等科の学生だった。

　そして、瑠璃子を含めた母子四人は、これまた男女を問わず沢子とそっくりの顔立ちをしているのだった。

　当然ながら玉垣家での生活は、それまでの両親との生活とはまるで違っていた。まず驚いたのは住み込みの家政婦が三人もいることだった。確かに玉垣財閥の親戚筋や関係会社の役員の他、大介・沢子・瑠美子の個人的な友人など、来客の多い家だったが、それにしても玉垣家の女性が日常の家事をまったくしないことに、りつ子は違和感を感じた。それまで母を手伝って普通にやっていた掃除洗濯炊事の類も、家政婦が全部やってくれるのだった。

毎朝パン食なのにも戸惑った。りつ子の家では基本的にご飯食だったので、日曜日の朝昼兼帯の遅い食事以外、食事でパンを食べることがなかった。だから最初のうちは、腹持ちがしなくて、弁当の時間までにお腹が減って困ったものだ。

夕食も驚きの連続だった。それまでのりつ子の常識では、食事というのはご飯・味噌汁・おかず・お新香がお膳の上に並ぶものと思っていたが、玉垣家では和食と洋食が交互に出るのは良いとして、内容は会席料理とフランス料理のフルコースなのだった。会席料理というのは、おかずだけが次々に出てきて、それを食べ終わってから最後にご飯と味噌汁とお新香を食べる。それがりつ子には何とも寂しく感じられた。そして、玉垣家の洋食は……両親とレストランで食べた洋食は、必ずご飯かパンか選べたので、苦労してフォークの背中にご飯を載せて食べたりしたものだが……パンしか出なかった。夕飯にはご飯か麺類を食べるものと思っていたので、最初の頃はフワフワと軽いパンだけでは物足りず、最後にお茶漬けが食べたくて堪らなかった。

環境の変化は家庭生活だけではなかった。りつ子は翌昭和三十九年、都立両国高校から学習院女子の高等科へ転校した。学習院女子は中等科と高等科が併設されていて、校舎は元は青山にあったが戦争で被災し、近衛騎兵連隊跡地の戸山に移転した。

「うちの子供たちはみんな、幼稚園から大学まで学習院だから、りつ子もそうなさい」

当初、沢子にそう勧められたときは「せっかく受験勉強して入った学校なので、途中でやめたくありません」と断ったが、いざ白金から錦糸町まで通学してみると、あまりの煩雑さにすっかりめげてしまった。都電で目黒駅に出て、山手線で秋葉原に行って総武線に乗り換えるのだが、まだ地下鉄網が現代ほど整っていない時代であり、朝のラッシュは殺人的だった。それまで家から徒歩で通っていたので、学校への往復だけで疲労困憊だった。学校と友人たちには愛着があったし、教師たちにもひとかたならぬ世話になって恩義を感じていたが、いかんせん交通の便が悪すぎて体力と気力が続かなかった。

一方、瑠美子の三人の子供たちは車で通学していた。穣は自分でスポーツカーを運転し、瑠香と瑠那は帰りは電車を利用したが、登校時は運転手付きの自家用車で学校へ送ってもらうのだった。学習院は車での通学を禁止していたが、抜け道はあるもので、玉垣家の子供たちは正門から三百メートル以上離れた場所で車を降りていた。りつ子は朝のラッシュ地獄から逃れたさに、自分から沢子に転校の手続きを頼んでしまった。

十二月の半ばに編入試験を受け、新学期からの編入が認められた。りつ子はあずかり知らぬことだったが、学習院女子で編入が認められるのは中学までで、高校からの編入は特例だった。玉垣家の財力がものを言ったのだろうと、後になってりつ子は想像した。

玉垣家のガレージには外車が四台停まっていた。白いポルシェが穣専用、黒のロールスロイスが大介と沢子夫妻、二台ある黒のフォードは瑠美子と嘉久の家族用だった。瑠那とりつ子は黒のフォードに乗って白金から戸山の学習院女子へ送ってもらい、瑠香が朝一番の講義に出るときは同乗して、戸山から目白へ回るのだった。

自家用車で登校出来るとは、りつ子にしたら夢のようだった。

しかし、現実には登校第一日目に早くも後悔した。転校したことはやむを得なかったが、どうして同じ都立高校にしなかったのだろうと悔やまれた。

朝礼の時、まずは女生徒ばかりずらりと並ぶ光景に少し怯(ひる)んだ。幼稚園からずっと男女共学だったので、友人に誘われて宝塚に行ったとき以来、これほど女ばかり大勢集まっているのを見たことがない。次に挨拶の時、一礼して頭を上げると、りつ子以外はまだみんな四十五度に上体を倒していたので、びっくりしてあわてて頭を下げ直した。失笑を買ったわけではないが、その姿は確実に全校生徒の知るところになるだろうと思うと、顔から火が出そうだった。

学校側の配慮なのか、りつ子は瑠那と同じクラスに編入され、席も隣りをあてがわれた。授業の前に担任教師に紹介され、同級生の前に立って簡単な自己紹介をしたが、「おはよう」「こんにちは」「さようなら」のすべてを「ごきげんよう」で統一する挨拶にもなじめなかった。

休み時間になると初対面の少女たちが周りにやってきて、あれこれ話しかけてくる。

「瑠那に新しい従姉妹が現れたなんて、初耳よ」

瑠那とは幼稚園から一緒だという少女が言った。

「でしょ？　私も去年の十一月まで知らなかったわ」

「不思議な話。どうなってるの？」

「これがとってもロマンチックなのよ。映画みたい」

瑠那はりつ子の両親が結婚を反対されて駆け落ちしたことを話して聞かせた。級友たちはみな目をまるくして溜息を吐き、口々に「ステキねえ」「私もそんな恋がしてみたいわ」と言い合った。

瑠那に決して悪気がないことは明らかだった。だが、この説明によって、りつ子は「玉垣一族から脱落した人間の子供」という分かり易いレッテルを貼られることになった。

りつ子は自分がどれほど場違いな所に来てしまったのか、いやと言うほど感じていた。この学校にりつ子のような立場の人間は一人もいないのだった。

玉垣一族は明治の財閥の子孫で、幼稚園から大学まで学習院に籍を置いている。このようなグループに属するのは同じ財閥の子孫と、公家・大名など、旧華族の子孫だった。他には中学で受験して入学したグループ、そして完全に別格の存在として皇族がいた。

りつ子に一番近いのは中学受験のグループで、本来なら一番よく理解し合える少女たちだった。だが厄介なことに、りつ子は普通のサラリーマン家庭の子供ではなく、玉垣一族の末席に連なる身だと、みなに知られてしまった。だから受験で入学してきた一般家庭の少女たちは、りつ子を敬遠して近づいてこなかった。

そしてまた、瑠那と同じグループに属する名門の少女たちは、上辺は瑠那の手前親しさを装いつつも、決して自分たちの仲間とは認めなかった。生まれも育ちも自分たちとは異質の人間だと、初対面のときから本能的に察知していた。

りつ子は自分が孤立しているのは感じていたが、それを表明するのは潔しとしなかった。認めれば負けになる。

卒業まで二年間、上手くやり過ごすしかない……。

ほとんど悲壮な覚悟で、そう決心した。今更祖父母にもう一度都立に転校させてくれとは頼めない。それなら卒業まで、この学校で勉強するしかない。そして、学習院以外の大学に進学すれば、もう今の級友たちと顔を合わせることもない。新しい学校で、新しい世界が開けるはずだった。

その年の夏休み、りつ子は玉垣家の人々と一緒に軽井沢の別荘で過ごした。旧軽井沢にある別荘は信濃の古民家を移築して改装した和洋折衷の建物で、客室が十二あり、広い庭にはテニスコートが三面もあった。蓼科瑠璃子も家族を連れ滞在したので、子供たちの友人が毎日遊びにやってきた。昼はテニスと乗馬、夜は誰かの別荘でガーデンパーティーが開かれて、夏の軽井沢は賑やかだった。

りつ子はその賑やかな輪の中に入れなかった。

何度かテニスに誘われたが、子供の頃からテニスに親しんでいるいとこたちと違って、へっぴり腰でラリーもままならないりつ子は、レベルの違いに恐れをなして、断ってばかりいた。そのうち誰からも誘われなくなって、軽井沢にいても、皇太子殿下と美智子妃殿下が出会ったという有名なコートを見ることもなかった。

乗馬も同じだった。まったくの初心者なので、柵の中を馬に乗って歩き回るだけだから、少しも面白くない。しかも乗っている間中、膝を締めたり尻を浮かせたりしなくてはならないので、面倒臭くなって習うのをやめてしまった。

所在ないので、持ってきた参考書を広げて勉強に励んだ。昼は木陰のベンチで、夜は別荘の部屋で、ひたすら問題を解き続けた。

瑠美子の夫嘉久と瑠璃子の夫礼一郎は、仕事を抱えているので一週間ほど滞在すると東京へ帰った。

瑠美子と瑠璃子は目に見えてはしゃいでいて、沢子を誘ってはあちこちの別荘を訪問して回った。ティーパーティーの他にお茶会も催されるようで、三人で夏の和服を着て出掛ける機会も多かった。りつ子はその姿を窓から眺めては、自分のことは棚に上げて「よく飽きもせず……」と呆れていた。おばさんとお婆さんだけの集まりは、どう考えても楽しくなさそうだった。

「君、新顔だね」

いきなり頭の上から声をかけられて、りつ子が本から目を上げると、見知らぬ青年がベンチの前に立って見下ろしていた。玉垣穣と同じくらいの年頃で、茶色い髪が自然なウェーブで波打ち、瞳も茶色で睫毛が長い。西洋人の血が混じっているようだ。

「何してるの？　勉強？」

青年は断りもなく、当然のように隣りに腰掛けて参考書をちらりと見て、大袈裟に顔をしかめた。

「せっかく軽井沢に来たのに、つまんないことしてるね。こんなのは東京でやって、ここでは恋とテニスをしようよ」

青年はりつ子の顔を覗き込んで、からかうように言った。

りつ子はわずかに身を引いた。生まれてからこれほど男に馴れ馴れしくされたことがないので、大いに戸惑っていた。両国高校は男女共学だったが、元来女の子はませているから同級生は子供に見えて恋愛対象にならなかったし、上級生にしても、都立の進学校に通うような少年は野暮天の秀才が多くて、気軽に女の子に声をかけられるスマートさを持ち合わせていなかった。だから、りつ子は所謂〝ナンパ〟をされた経験がなかった。

そして、本人は自覚していなかったが、父に似て極めつきの容姿端麗に生まれたりつ子は、周囲を見下しているような冷たい印象を与えてしまい、男子生徒から敬遠されていた。

しかし、ずっと年上のその青年は、まるで臆する様子もなく余裕たっぷりだった。

「私、テニスは出来ません」

困惑しながらやっと答えると、ますます嬉しそうに微笑んだ。

「じゃ、恋をしようよ」

りつ子が答えに窮すると、長い脚をゆったり組み替えて、いくらか真面目な口調になった。

「とりあえず、お茶でも飲もうか。万平ホテルのテラス席は、なかなか良いよ」

りつ子は改めてナンパ青年の顔をじっと見た。

「穣さんのお知り合いですか？」

「まあね。同級生。そんでもって遊び仲間。深緑仁。よろしく」

深緑という男はにっと笑って手を差し出したが、りつ子が名乗ろうと口を開きかけると、その手をさっと振って制した。

「穣を知ってると言うことは、君はあれだ、あの家に引き取られた悲劇のヒロインだろう？」

その言い草にりつ子は唖然としたが、深緑はその表情を賞賛の意味に取ったらしい。人差し指で自分の額を指した。

「当然の帰結だよ。帰納法ってやつ。新顔、穣の知り合い、ひとりぼっち、若くて綺麗な女の子。これだけ材料が揃えば、結論は自ずと導き出される……」

りつ子はまじまじとその顔を眺めた。軽薄な女たらし。自分の容姿と生まれ育ちを含めた諸々の魅力に絶対の自信を持っているらしい。これまで大勢の女が簡単に引っかかったので、私も喜んで尻尾を振ると勘違いしている……。

「ところで君の名前、なんて言うの？」

「神谷りつ子です」

視界の端に、ラケットを抱えてこちらに歩いてくる玉垣兄妹の姿が見えた。りつ子は勢いよくベンチから立ち上がった。

「どうしたの？」

「いとこたちが帰ってきたから、私、行かなきゃ。失礼します」

玉垣兄妹に向かって大きく手を振ってみせると、すぐにその場から走り出した。

息を切らして玉垣兄妹の元に駆け寄ると、ベンチを指さして穣に告げた。

「穣さんの同級生の方が、あそこに……」

一人取り残された深緑は、ベンチの前に立ってこちらを向き、ひょいと肩をすくめると、軽く手を振って逆方向へ歩き出した。

「あれは深緑って奴だ。女癖悪くて有名でね。ちょっかい出されなかった?」

りつ子は大きく首を振った。

「モテモテなのよ。ハンサムで、お父さんが有名人だし」

「作曲家の深緑誠太郎の息子。お母さまはドイツ人の声楽家ですって。でもちっとも美人じゃないわ。ああいうのを突然変異って言うのね」

瑠香と瑠那が交互に言った。りつ子は深緑の端麗な容貌を思い出したが、多分あの美貌は今がピークで、あと五年もすれば一気に下降線をたどるだろうと思った。

だが、そのこととは別に、りつ子は深緑に心から感謝した。あの男はりつ子自身が思ってもいなかった武器を教えてくれたのだ。

〝悲劇のヒロイン〟という強力な武器を。

翌日、昼食の後でりつ子は万平ホテルに出かけた。昨日の深緑仁の口ぶりから、周辺をぶらついているだろうと予想したのだ。

テニスコートとユニオンチャーチに挟まれた道を歩いて行くと、緑の美しい木立の中に、白と黒のコントラストが印象的な木造建築が見えてきた。

敷地内に入ると、庭のカフェテラスが目に入った。植え込みに囲まれ、木陰もあって、いかにも涼しげだった。午後のひとときを楽しむ避暑客らしき人々で、ほとんどの席が埋まっている。

りつ子はゆっくりとテーブルの間を縫って歩いた。男も女も、目の端にりつ子の姿を止めると、そのまま視線を外すことが出来なくなった。追いかけてくる視線を背中に感じながら、大いなる自信が湧き起こり、全身が奮い立った。

深緑の席はすぐ分かった。茶色い髪の毛を囲んで若い女が三人座っていた。それぞれ色鮮やかなワンピース姿で、ふわりと大きくひろがったスカートが、まるで花が咲いているようだ。

りつ子はテーブルの前を通り過ぎるとき、チラリと深緑に視線を走らせた。一瞬でその顔に驚きと喜びが表れた。

「やあ！」

深緑は勢いよく椅子（いす）から立ち上がり、大股（おおまた）で追いついた。りつ子はわざと立ち止まらなかった。深緑は並んで歩みを進めながら、とっておきらしい笑顔で、りつ子の顔を覗き込んだ。

「昨日はどうも」

「こちらこそ」

「何してるの？」

「ここに来てみたかったの。昨日あなたに話を聞いたから」

そして、小さく肩をすくめた。

「でも、残念。満席みたい」

「じゃあ、僕のテーブルに招待するよ」

りつ子は深緑のテーブルを振り返り、大袈裟に首を振った。

「遠慮するわ。お邪魔したくないし」

「邪魔なことなんかないさ。ちょうど退屈してたんだ」

深緑は三人の女友達の方を見ようともしなかった。あんな連中は歯牙（しが）にもかけていない、りつ子一人に関心があると言わんばかりの態度だった。

りつ子はピタリと足を止め、深緑に顔を向けた。

「それじゃ、明日、ここでお茶をご馳走して下さらない？」

「お安いご用だ」

そして、りつ子が向きを変える前に、あわてて付け加えた。

「それより、今夜ここのメインダイニングで夕食をどう？」

りつ子は考えるふりをした。

「雰囲気も良いし、味もなかなかだよ」

「悪いわ。高そうだし」

深緑はプッと吹き出した。

「心配ご無用。美人はそれだけの価値がある」

りつ子はじっと深緑の目を見返した。内心はその軽薄さに呆れていたのだが、そんなことはおくびにも出さず、いかにも恥じらっているように目を伏せた。

「ありがとう。嬉しいわ」

「七時。ＯＫ？」

りつ子は小さく頷いた。

「待ってるよ」

りつ子は振り返らずに走り出した。走りながら頬が緩んでいた。

玉垣家の別荘には別荘番の夫婦の他に東京から連れてきた家政婦がいて、食事の世話をしている。その日りつ子が「今夜は友達の別荘に招待されているので夕食は結構です」と告げると、すんなり通った。いとこたちは夜もしょっちゅう遊びに出て、夕食をキャンセルすることも多かったからである。軽井沢にりつ子の友人などいないことに、誰一人気付かなかった。

七時五分前に万平ホテルのメインダイニングに着くと、深緑はすでに来ていて、素早く席から立ち上がってりつ子を迎えた。

昼間とは違い、白麻のスーツを着ている。胸にはポケットチーフまで覗いているので、きっと気合いを入れてお洒落(しゃれ)をしたのだろう。顔も体つきもモデル並なので、とてもよく似合っていた。

りつ子は紺色の木綿のワンピースだった。ノースリーブのありふれたデザインだが、白いエナメルのベルトでウエストを絞ると、見事な曲線が露(あら)わになり、肌の白さが強調される。美しい女は飾り立てる必要などなく、シンプルにすればするほど美しさが目立つことを、りつ子はすでに知っていた。

「僕のこと、穣は何か言ってた?」

「すごい女たらしだって」

深緑はむしろ嬉しそうな顔をした。

「他には?」

「有名な作曲家の不肖の息子で、お母さんはドイツ人の声楽家」

「オーストリア人」

訂正してから、ニヤリと笑いかけた。

「で、君はハリネズミのように警戒してる」

「なにを？」

「悪名高い女たらしに引っかけられないように」

「いいえ」

「それは嬉しいな。ありがとう」

本当に頭悪いな、この男……。

りつ子は心の中で舌打ちした。深緑を警戒していないのは、別に噂を信じていないからではない。噂通り、女たらしのどら息子だろうと思っている。だから、そのような人間に自分が心を奪われるはずはないと、確信しているのだ。

りつ子は肉眼で観た中で最も美しい男を父として生まれ育った。だから男の美貌や容姿には免疫が出来ていて、誰を見ても胸がときめかない。そして、りつ子の知る限り、父は「色男は三文安い」と言われるのを忌み嫌っていた。学歴も高校教師の職も努力と実績によって得たもので、容姿は関係ない。父の男らしさを思うと、深緑の軽薄さには嫌悪と軽蔑しか感じなかった。

それなのに、今夜わざわざ出かけてきたのには理由がある。

りつ子は自分の魅力を知りたかったのだ。男に及ぼす影響力のほどを確かめたかった。それは大人になったとき、きっと強い味方になってくれる。今のうちに自分の武器を見極めて、使い方を覚えたい。そのための練習台として、深緑のような男は最適だった。

女たらしを自認するこの男は、きっと今まで何人もの女と付き合ってきて、女の気持ちを熟知し、女のあしらいにも長けているはずだ。そして、女に飢えていない。この男を観察すれば、男が女をものにしようとするとき、どういう手口を使うのか見えてくる。同時に、男心をつかむために必要な手練手管のあれこれが分かるだろう。この男を虜に出来れば、近い将来、望む男は誰でも、きっと手に入る。だからこのチャンスに練習しなくては。

「最初の乾杯だけ、シャンパンを飲まない？」

深緑はメニューを手に、りつ子にあれこれ尋ねながら注文を決めていった。こういうことには慣れているようで、とてもスマートで洗練されたやり方だった。

りつ子は深緑の言葉や仕草をしっかりと記憶に留めた。「女あしらいの上手い洗練された男」のサンプルとしてファイルしておけば、これから男に食事に誘われたとき、その男がどのランクに属するか判断する参考になる。

「困ったな。そんな風にじっと見つめられると、ドキドキするよ」

本当にどぎまぎしたのか、サラダのレタスをうまくフォークに刺せないで皿に散らかしている。その時だけ、気取らない素の顔が覗いたような気がして、りつ子も素直に微笑んだ。


結局、りつ子が軽井沢で深緑と会ったのはその夜だけになった。

東京に残っていた父親が発作で倒れたという知らせが来て、翌日の午前中、深緑は大急ぎで東京へ帰っていった。

正直、りつ子はほっとしていた。必要なことはすべて吸収してしまったので、それ以上深緑に用はなかった。そして、柄にもなく真剣な態度で求愛するのが、鬱陶しくもあった。

東京へ帰ってから電話や手紙が来ても、一切応じなかった。そんなことがしばらくすると、深緑も完全に脈がないと悟ったようで、連絡は絶えた。

だが〝悲劇のヒロイン〟という武器は、りつ子の心に深く刻まれ、鋭く研ぎ澄まされていった。

「りつ子ちゃんもそろそろ、お茶とお花のお稽古を始めたらどうかしら？」

オリンピックが閉幕してすぐの夕食の席で、伯母の瑠美子が言いだした。

「瑠香と瑠那の習っている先生のところへ一緒に通うといいわ。とても良い先生だから」

「ありがとうございます」

りつ子は形式的に礼を言ったが、頭の中ではどうやって断ろうかと考えていた。

瑠香と瑠那は子供の頃からフランス語・ピアノ・仕舞い・習字を習い、学習院女子の高等科に上がると茶道と華道の稽古を新たに始めたという。りつ子はテニスと乗馬で懲りていたので、技術を必要とする稽古事を従姉妹から十年遅れで始めるのはまっぴらだった。茶道と華道は音楽や語学に比べれば、経験によるアドバンテージは少ないだろうが、問題は環境だった。従姉妹が習いに行く師範の元には、きっと従姉妹と似たような境遇の弟子が多いだろう。つまり金持ちで家柄の良い家の娘たちだ。幼稚園から学習院に学んでいる、瑠那の仲良しグループの少女たちのような……。

学校から帰った後まで、あんな人たちと一緒にいるなんて、まっぴら。

口には出さないが、それが本音だった。

「来年は三年生で、受験勉強も忙しくなりますから」

最後は受験を理由に断ったが、嘘を吐いたわけではない。二学期の半ばから、りつ子は「四当五落」（受験勉強に際して、睡眠時間四時間なら合格、五時間寝たら不合格の意味）に近い猛烈な受験勉強を開始したのだ。

幸いなことに、りつ子の銀行口座にはかなりまとまった金額の預金があった。両親の生命保険と父の都立高校からの退職金、国鉄からの弔慰金などを、玉垣家が一部定期に回すなど配慮しつつ、りつ子名義で預金してくれたものだ。

学習院はほとんどの生徒がエスカレーター式に大学へ上がるので、受験情報はないに等しかった。仕方なく、りつ子も初めは当時の大学受験生に人気のあったラジオ受験講座を聴いて勉強していたが、やがてそれでは安心出来なくなった。思い切って両国高校のかつての同級生から話を聞いて回ると、驚くべきことに、りつ子の受験する一九六六年度から東大入試が文系と理系に分かれるため、学校でも生徒を文系コースと理系コースに分けて授業を行っているという。他の公立高校でも、新たな入試体制に備えた受験指導を行っているらしい。

こんなぬるま湯みたいな学校にいたら、国立大はどこも受からない！

学習院女子からの外部受験に危機感を感じたりつ子は、駿台予備校に通うことにした。名門予備校は受験のスペシャリストだから、そこの指導に間違いはない。唯一にして最良の選択だ。りつ子は一人で下した決断を誇らしく思った。

授業が終わっても家に戻らず、学校から直接予備校へ行き、帰宅するのは夜九時近く。当然玉垣家の夕食の時間には間に合わない。

「塾通いは私の勝手ですることですから、夕飯は残り物で結構です。冷めていてもかまいません。気にしないでください」

そう言って、強引に塾通いを認めさせた。

女だてらに、稽古事の一つもせず血眼になって受験勉強に取り組んでいるりつ子を、祖母も伯母も内心は持て余していたようだが、直接口に出して反対はしなかった。りつ子はそれを了承と受け取って、日夜受験勉強に没頭した。

学習院より優秀な大学へ入学しない限り、今の生活からは抜け出せない……。

りつ子を受験に向かわせたのはその一念だった。今の生活とは、のけ者として暮らすことだった。玉垣家や上流社会の末端に属していながら、決してその一員にはなれない、孤独で中途半端な境遇のことだった。

私はここから出て行く。私を認めて受け入れてくれる人たちの世界、私を敬い慕い、愛してくれる人たちの世界、ここは違う新しい世界……。絶対にそこへ行ってやる！

模擬試験の結果などから、りつ子は自分がかなり優秀であることを確認した。文系コースの受験生としては数学と理科の成績が良いので、得点を稼げたからだ。試験科目の中でも国語・英語・社会のテストに関しては、ある程度優秀な生徒間ではそれほどの点差は出ないが、数学や物理の試験では百点から零点まで点差が開く。

そしてもう一つ運が良かったのは、試験問題自体が戦前の主流だった思考過程を重視する記述式問題ではなく、○×・穴埋め・選択・計算などの客観問題に移行していたことだ。これは暗記力がものを言う。りつ子は非常に記憶力が良かったので、暗記は得意だった。いくつもの幸運に助けられて、全国模擬試験の結果は常に東大合格圏内に入っていた。

こうなったら、東大に行こう！

もし女の身で東大に合格出来れば、それは新しい世界への旅立ちどころではない。玉垣家始まって以来の快挙になる。いとこたちには出来ない事を成し遂げるのだ。一目も二目も置かれる存在になれるだろう。

絶対に見返してやる。玉垣家から除外された息子の子であることを含めた、これまでのすべてを……！

　三年に進級し、夏休みを迎える頃にはりつ子の決意は固まっていた。

「申し訳ありません。私は予備校の夏期講習がありますので、東京を離れられません」

　夏休み恒例の軽井沢行きを断ると、沢子と瑠美子は呆れた顔で溜息を吐いた。

「りつ子はそんなに勉強して、どうするの？」

　沢子の問いに、りつ子は胸を張って答えた。

「東大を受験するつもりです」

　沢子と瑠美子は目を丸くし、互いの顔を見合わせた。

「女の子が東大なんか行って、どうするの？」

「生意気だと思われて、お嫁のもらい手がなくなりますよ」

　祖母と伯母の言い草に、今度はりつ子が呆れ返ったが、なんとか顔に出さないように気を付けた。

「合格出来るかどうか分かりませんけど、せっかくのチャンスなので挑戦したいんです。何と言っても日本の最高学府ですから、行けば将来の展望も開けると思います」

　沢子も瑠美子もますます呆れたようだが、結局はそれ以上何も言わなかった。りつ子は一人で東京の屋敷に残り、必死に受験勉強を続けたのだった。

昭和四十一年三月十日は木曜日で、東京大学入学試験の合格発表の日だった。

その日、玉垣家は朝から賑やかで浮き立っていた。瑠美子の長女瑠香の初めての見合いが行われるからだ。瑠香は四月から学習院大学の四年に進級する予定で、まだ二十一歳だったが、成人式を過ぎてから縁談が持ち込まれるようになっていた。

見合い相手は旧華族の家柄で、福祉関係の法人の副代表らしい。先祖の一人は歴史の教科書にも載っているという。りつ子はまるで興味がなかったが、夕食の時など話題になるので多少は耳に入ってきた。玉垣家の女たちは昨日から瑠香の着物や帯を引っ張り出して、どれを着て行くかで大騒ぎだった。美容院へ行くのではなく、美容師を家に呼んで、瑠美子と瑠香の結髪(けっぱつ)と着付けをするという。

楽しそうにはしゃぐ声を背中で聞きながら、りつ子はひっそりと屋敷を出て本郷へ向かった。

その当時東大を受験するのはほとんど男子学生だったから、合格発表を見に集まるのも男が圧倒的に多い。女子学生の姿は大海に浮かぶ小島のように、ぽつりぽつりと点在する程度だった。

りつ子は男子学生の背中をかき分けて、合格者発表のボードの前に進み出た。上着のポケットから取り出した受験票に目を遣って、すっかり暗記している受験番号をもう一度しっかり確認し、それからボードの数字に目を移した。

一一九四、一一九九、一二〇二、一二〇八……一二一二！

「……!!」

声にならぬ歓声を上げ、りつ子は思わずギュッと拳を握りしめた。汗で湿った受験票は手の中でくしゃくしゃに丸まった。

受験時の感触で自信はあったが、実際にこの目で確かめるまでは不安も大きかった。今やっと心にかかる雲をすべて吹き払い、思いっきり喜びに浸れるのだ。りつ子は三回ジャンプした。大声で叫びたかった。走り出したかった。実際には大きく深呼吸しただけだったが。

最初の興奮が収まると、安堵のあまり膝の力が抜け、その場にヘナヘナとしゃがみ込みそうになった。そして、それからじわじわと新しい喜びが全身にこみ上げてきた。

やった！　これでもう大丈夫。私はもう今までの私じゃない。もっとずっと価値のある、新しい私に生まれ変わったんだ！

その喜びは自信となって背中を押し、りつ子は背丈までも少し伸びたような気がした。

屋敷へ戻ると、真っ直ぐに祖母の部屋に向かった。

「おばあさま、合格しました！」

喜色満面で報告した。

「そう。おめでとう」

しかし、沢子の反応は至って素っ気ないものだった。単にお義理で返事をしているとしか思えないくらいに。商店街の福引きで四等が当ったと報告しても、もう少し関心を示しそうなものなのに。

なに、それ？

りつ子は思わず口に出して言いそうになった。他に言うことはないの？　あなたの孫が、女子でありながら日本最難関の大学に見事合格したんじゃないの？　よく頑張ったわねとか、私も鼻が高いわとか、普通のお祖母さんが言いそうなことが、何故言えないの？

「さっき電話があってね。瑠香は綾辻さんとご一緒にお食事して帰るそうよ」

祖母の関心はもっぱら瑠香の見合いの成否にあるのだった。りつ子の大学入試の結果など、まるで関心がないらしい。

りつ子は黙って部屋を出たが、内心はこれまでになく傷ついていた。同じ血を分けた孫でありながら、祖母が瑠美子や瑠璃子の生んだ子供たちに抱く気持ちと、りつ子に抱く気持ちがまったく違っていることに、遅まきながらはっきり気が付いてしまった。祖母にとってさえ、りつ子は異分子だったのだ。

私は誰にも愛されていない……。

胸に錆びた釘をねじ込まれるような痛みと共に、りつ子は自分の孤独を噛みしめていた。

それでも東大生になると、大学生活はそれなりに楽しかった。女子学生の少ない大学の中でひときわ目立つ美貌のりつ子は、すぐに大学のマドンナ的存在になった。男子学生たちにちやほやされ、憧れの目で見られる生活は、玉垣家に引き取られてから受けた心の傷を優しく癒してくれた。そして、内心得意になった。

私はお嫁に行くしか能のない従姉妹たちとは違う。

同じ頃、玉垣一族の娘たちは見合いに明け暮れていた。

瑠香は三度目の見合い相手と婚約し、卒業を待って結婚することになった。瑠那は大学進学と同時にあちこちから縁談が舞い込むようになり、姉と同じく成人式を終えると見合いに出掛けるようになった。もう一人の伯母瑠璃子の長女璃世は瑠香と同い年で、一昨年からお見合いを繰り返しており、りつ子より一つ年上の次女璃紗もお見合いを始めていた。

りつ子はいささか軽蔑を込めて、従姉妹たちの様子を眺めていた。すでに都会では恋愛結婚が主流になりつつあったし、家同士の格で決まるような見合いの制度は時代錯誤に思われた。

りつ子がちやほやされたのは学内だけではなかった。夏休みに軽井沢の別荘へ行っても、遊びにくる青年たちの視線はりつ子に注がれた。穣の友人や先輩後輩、それに従姉妹たちのテニス仲間も加わった。彼らがりつ子の美しさに目を奪われ、ことごとく秋波(しゅうは)を送ってくる光景は、まことに痛快だった。

しかし、りつ子自身は彼らを自分の恋愛や結婚の対象とはまったく考えていなかった。何故なら、彼らは学習院女子の同級生の同類だったから。即(すなわ)ち、りつ子より学力が劣るにもかかわらず、親のコネでいい目を見ている連中である。最難関校に合格したばかりの若いりつ子には、それは軽蔑すべき理由になった。

皮肉なもので、普通の女の子が惹(ひ)かれるものにまるで関心を示さず、いつも素っ気なく振る舞うりつ子は、不可解で謎(なぞ)めいて見えた。それがりつ子を神秘的な存在に格上げし、ますます青年たちの熱を上げさせる結果になった。

そして、玉垣家と交流のある大企業の社長や重役たちも、りつ子と顔を合わせると口を揃えて「東大に通ってらっしゃるんですか？　優秀ですねえ」と褒めてくれた。中には「卒業したら、うちの会社に来ませんか？」と誘ってくれる人もいた。そんなことを言われる度に、りつ子は東海物産や光元商事に入社して、優秀な男性社員と肩を並べて活躍する自分の姿を想像し、得意満面になるのだった。

天狗の鼻をへし折るような発言をしたのは瑠那だった。もちろん、瑠那にはりつ子を傷つけるつもりは毛頭無かった。至って無邪気で素直な性格で、幼稚と言っても良いほどだったのだから。

きっかけは些細なことで、もう受験勉強も済んだのだから、一緒にお茶とお花の稽古をしたらどうかと瑠那に勧められ、りつ子はふたたび勉強を理由に断った。

「そんなに勉強してどうするの？」

不思議そうに問い返す瑠那に、りつ子は意地悪く答えた。

「東大は大変なのよ」

すると、瑠那はさらに不思議そうな顔で首をひねった。

「でも、うちの会社は東大出た人ばっかりよ」

りつ子は頭からバケツの水を浴びせられたような気がした。玉垣家の人々にとって、東大卒業者は単なる使用人に過ぎなかったのだ。だからりつ子が東大に合格しても、誰も関心を示さなかったのだ。

その日を境に、りつ子のバラ色の日々は色褪（いろあ）せた。

そして間もなく、容易ならぬ事態に陥ったことに気が付いた。

何気なく同級生の前で「東海物産の専務と光元商事の会長から入社の誘いを受けた」と漏らしたら、不審げに首をひねって「変だな。総合商社に女子の求人はないと思うけど」と言われたのだ。

「あら、でも、面と向って勧誘されたのよ」

「秘書とか、お茶くみの類（たぐ）いだと思うよ。所謂（いわゆる）職場の花。どうせ女は戦力外だから」

愕然（がくぜん）として学生課に問い合わせたら、同級生の言う通りだった。大企業では女子の求人は事務職だけで、採用条件も短大卒が多い。四年制大学卒業生は歓迎されなかった。おまけに、女子の求人は例年ほとんど無いという。

「それじゃ、女子は卒業したらどうするんですか？」

「大学院に進むか、教職か、公務員ですね」

りつ子はいっぺんで目の前が真っ暗になった。

東大文科Ⅲ類の入試に合格する程度に勉強は出来たが、学問に向いていないことは自分でよく知っていた。教師になる気もなかったので、教職課程は履習していない。公務員のトップは官僚で、国家公務員上級甲種試験という、司法試験、公認会計士試験と並ぶ日本でも三本の指に入る難しい試験に合格しなければならない。りつ子にはとても無理だった。残された道は地方公務員くらいしかないではないか。

りつ子は事務服を着て区役所で働く自分の姿を想像した。その顔は服と同じく灰色だった。

どうしてもっと早く気が付かなかったのだろう。東京大学の肩書きが最も威力を発揮するのは在学中なのだ。「現役美人東大生」に比べたら「東大卒の美人」の値打ちは半分以下になってしまう。今はこれまでの人生の中で一番高い階段に立っているが、卒業したら何段も下がらなくてはいけないのだ。それなら、勝負するのは在学中だ。一番高いところにいるのだから、一番良いものが手に入るに違いない……。

りつ子は慌(あわ)ただしく人生の設計図を書き替えた。職業婦人から玉の輿(こし)へと。

夫の候補という目で同級生や上級生、所属サークルの先輩などを眺めると、まるで満足出来なかった。彼らはほとんどが普通のサラリーマンか公務員の息子だったからだ。本来ならなんの不満もないはずだが、従姉妹たちの見合い相手や玉垣家の別荘に集まる青年たちの家は、普通ではなかった。先祖が歴史の教科書に載っていたり、皇族と縁戚関係があったり、軽井沢のみならず海外にも別荘を所有していたり、学生の身で外車を何台も乗り回していたりするのだ。庶民とは生まれる前から立っている場所が違った。

そのような特権を、親のコネだの金持ちのバカ息子だのと軽蔑していたのは、まさに若気の至りだった。長い目で人生を見通していないから、そんな罰当たりなことが言えたのだ。

りつ子は高級官僚や一流商社マンの妻になった自分を想像した。すると「うちの会社は東大出た人ばっかりよ」と言った瑠那の声が頭の中でこだました。

学歴によって従姉妹たちの上に立つという目論見は、あっけなく崩れ去った。隆車に向う蟷螂の斧というやつだ。

りつ子は臍を噬む思いで想像を巡らせた。もし夫の勤める会社が玉垣商事だったら最悪だ。もし夫が通産省の官僚だったとしても、商工会議所会頭を務める玉垣大介に顎で使われるようなことになりかねない。

そんなの、玉の輿じゃない。ただの都落ちだわ。

りつ子はギリギリと奥歯を嚙みしめた。玉の輿とは、従姉妹たちが結婚するような相手と結婚することだ。それしかない。

そこまで考えて、りつ子は再び現実に直面した。

玉垣家の瑠那と蓼科家の姉妹には次々と縁談が舞い込み、みなお見合いにいそしんでいる。しかし、りつ子には一つも縁談が来なかった。

それはりつ子がガリ勉で、結婚に興味を示さなかったのも理由かも知れない。しかしもっと大きな理由は、相応しくないと思われているからに違いない。駆け落ちして玉垣家から廃嫡された息子の子供であるりつ子は、玉垣家の一員としての資格が剝奪されているのだ。

惨めさに打ちのめされそうだった。自分は如何ともし難い理由によって、疎外され、蔑視されている。そして、愛されない。血を分けた祖父母からさえも……。

まるでシンデレラね。逆境だわ。お伽噺のヒロインみたい。

すると何故か不意に、何年も前に聞いた言葉が脳裏に蘇った。

悲劇のヒロイン……。

その言葉を胸の中で何度も反芻した。やがて、唇にうっすらと微笑みが浮かんだ。

大丈夫。私には誰にも負けない武器がある。悲劇のヒロイン。ひとりぼっち。若さと美貌。この三つが揃えば、勝てない敵はない。家柄も財産も血統も、ロマンスとヒロイズムが手を握り合えば、降参するしかないんだわ。……父が母の軍門に降ったように。

最終学年の夏休みが勝負だった。軽井沢の玉垣家の別荘にやってくる青年たちの中から、最も輝かしい玉を手に入れる。そして、今度こそ玉垣一族を見返してやるのだ。

夏休みに備えて、りつ子はその年の正月から下準備を始めた。

正月の玉垣家は年始の来客が多い。伯母瑠璃子と一昨年嫁いだ瑠香も家族を連れて里帰りするし、その他にも親戚たち、傘下の企業の役員たち、祖父母の知人、そしていとこたちの友人も遊びに来る。学校やサークルの先輩後輩は男女を問わず大勢いて、みなそれぞれの家を行き来していた。

正月は大広間で歌留多取り大会をするのが玉垣家の習慣だった。若い男女が十人も集まって歌留多取りをしている光景はなかなか壮観だが、りつ子はその仲間に入ったことはなかった。バカみたいだと思っていたのだ。

しかし、その年は参加した。ある本には「戦前まで正月の歌留多取りは男女の恋愛が芽生える重要な社交の場だった」と書いてあった。それに、男の品定めをするのにも便利な場ではないか。

さらに、いとこたち、伯父伯母、祖父母の態度を観察して、玉垣一族がどういう青年を一番敬うかを探った。その結果「血筋と家柄の良さ」であることを突き止めた。
考えてみれば当然かも知れない。玉垣家は明治維新で成り上がった財閥なので、元を正せば氏素性も定かではない百姓の出である。だから公家（くげ）の血を引く旧華族などには、今に至るも畏敬（いけい）の念のようなものを抱いているらしかった。

色々吟味した結果、ついにりつ子はターゲットを選び出した。

大鷹迪彦（おおたかみちひこ）。穣の大学時代のサークルの一年先輩で、りつ子より七歳年上になる。卒業後は通信社に勤務していた。その通信社は一般採用とは別枠で所謂名門の子弟を入社させており、迪彦も名門枠で入社したことは自明だった。大鷹家は旧公家華族で、過去に皇族妃を何人も出している名門なのだから。

祖父母を始め伯母夫婦も長男の穣も、迪彦と瑠那を娶（めあわ）せたいと熱望していることは、雰囲気で察せられた。

りつ子はそれまでまったく意識しなかった迪彦の顔をチラチラと盗み見た。色白でぽっちゃり太っていて、キューピー人形に似ていなくもない。名門の子弟という先入観を割り引いても、おっとりと品が良くて優しそうな感じがした。目鼻立ちは半ば脂肪に埋もれているが、原形は悪くなさそうだった。

迪彦が手を伸ばした札に、りつ子も一瞬遅れて手を出した。

「あ、ごめんなさい」

迪彦の手をピシャリと叩く形になった。

「ドンマイ」

迪彦はむしろ嬉しそうに、にっこりと微笑んだ。

その笑顔を見た瞬間、どういうわけかりつ子は胸がキュンと締め付けられた。何かとても愛おしいものを見たような気がした。

この人は、とても良い……。

りつ子は素直にそう感じていた。迪彦には妙なエリート意識や闘争心がまるでなかった。東大の同級生や上級生たちは、苛烈な受験戦争を勝ち抜いてきた経験からだろうが、ほとんど全員エリート意識と闘争心の塊だった。それはりつ子自身の内面でもある。だから同族嫌悪のような感情が働いて、彼らに恋愛感情を抱くことが出来なかったのだ。

そしてまた、迪彦は玉垣家の人々とも違っていた。祖母の沢子とその娘たちは、強烈なエリート意識の裏に複雑な劣等感を隠している。先祖の築いた巨万の富を誇りつつ、三代前は百姓という引け目を拭い去れていない。それは玉垣一族のアキレス腱で、だから高貴な血を無条件で信奉してしまうのだ。

しかし、迪彦はまったく異質の生き物だった。人が望んでも得られないものを生まれながらに所有して、自分が恵まれていることにさえ気付いていない。人と争うこともない。そんな必要がないからだ。もしかしたら、生まれたての赤ん坊に一番近い存在かも知れない……。

その瞬間、りつ子はそれまでの計算を捨てた。ただ純粋に、この人が欲しいと思った。

「父は家事は何もしなかったけど、秋刀魚を焼くときだけは別。それは父の役目なの。玄関の前の路地に七輪を出して、団扇で扇ぎながら焼くの。ほら、煙がすごいでしょ、だから家の中じゃなくて外で焼くの」

りつ子は身振り手振りで七輪を扇ぐマネをした。迪彦はりつ子が両親と借家住まいをしていた頃の話を、まるで外国の話でも聞くような顔で、いつも珍しがって聞いてくれた。

軽井沢で、二人は午後の散歩を楽しんでいるところだった。

「……りっちゃんは、お父さん子だったんだ」

「女の子って、大体父親贔屓なのよ」

迪彦はすでにりつ子を「りっちゃん」と呼ぶようになっていた。

「あの時、どうして隣りの部屋で教科書なんか読んでいたんだろうって、今もそれがとても心残りなの。出掛けるときまで茶の間にいて、一緒におしゃべりすれば良かったって……」

途中から涙で声が詰まった。迪彦は足を止め、そっとりつ子の肩を抱いた。りつ子はその胸に顔を埋め、堪えきれずに嗚咽を漏らした。迪彦は何も言わず、ただりつ子を抱きしめていた。

迪彦に抱かれたのは夏休みが終わり、東京へ戻ってからだった。りつ子はそれほど好きな男がいなかったので、成り行きによってまだ処女だった。この時はその成り行きに感謝した。迪彦に対するアドバンテージを考えなかったと言えば嘘になるが、それ以上に、本当に好きな人と初体験出来たことが嬉しかった。

「結婚しよう」

迪彦はきっぱりと言った。

「でも、反対されるわ、きっと」

「かまわないよ。結婚するのは僕たちなんだから、他の人は関係ない」

その時の迪彦の男らしく凜々しかった目を、りつ子は忘れられない。あれは白馬の王子様の目だった。きっとあの時、迪彦もまた、悲劇のヒロインを救い出す白馬の王子の役目を自分に課していたのだろう。

昭和四十四年も押し詰まった頃、迪彦は玉垣家を訪れ、沢子と大介夫妻の前で「りつ子さんと結婚させて下さい」と頼んだ。祖父母は驚愕のあまり言葉を失った。迪彦の言葉の意味を理解するまで三秒近く要した。それから大きく息を吐いて、じっとりつ子の顔を凝視した。大介の目に表れたものは単純に驚きだけだったが、沢子の目にはそれ以外に怒りと屈辱が宿っていたようだ。まるで部下に裏切られたような、あるいは飼い犬に手を嚙まれたような目だと、りつ子は思った。

祖父母も伯母夫婦も、口に出してりつ子を非難するようなことはなかった。瑠那と迪彦を結婚させようと躍起になってはいたものの、二人はまだ婚約に至っていなかったからだ。しかし、鳶(とんび)に大事な油揚げをさらわれたことに変わりはない。その時から、りつ子に向ける眼差し(まなざ)は異分子を見る目から敵を見る目に変わったのだった。

しかし、最大の難関は迪彦の実家の大鷹家だった。

「母が強硬でね……」

迪彦が浮かない顔で漏らすのを聞く前から、それは予想していた。

玉垣家の女たちのおしゃべりから、大鷹家は古い血筋の名門ではあるが、戦後の改革で多くの財産を失ってしまったと聞いたからだ。おそらく大鷹家は迪彦の結婚に際して玉垣財閥からもたらされる持参金を当てにしていたはずだ。嫡流の瑠那ならその額は莫大だが、玉垣家から廃嫡された息子の遺児であるりつ子に同額は期待出来ない。しかも玉垣家からすればりつ子の行為は略奪婚だった。

おまけに迪彦はたった一人の男の子で、大鷹家の跡取りだ。両親の期待も大きかっただろう。突然現れた異分子に資産計画をめちゃくちゃにされて、はらわたが煮えくりかえっているに違いない。想像するだにりつ子は憂鬱になった。

それでも両親に挨拶に行かないわけにはいかない。りつ子は迪彦に連れられて代々木上原の大鷹家を訪れた。

敷地百五十坪の中に建つ一戸建て住宅は、一般的な基準では豪邸だったが、玉垣家の屋敷を見慣れた目から見ると、かなり貧弱でこぢんまりとしていた。

「ただいま。りつ子さんをお連れしたよ」

玄関に入ると、迪彦は奥へ呼ばわった。シーンとして返事はなかったが、迪彦はかまわず式台に上がり、りつ子を振り向いた。

「さあ、上がって」

廊下の右横にある部屋のドアを開けると、洋風の応接室になっていて、ソファには迪彦の両親が仏頂面を並べていた。

玉垣家の人々がりつ子の亡き父建一の美貌を持たなかったように、その夫婦も迪彦の持つ典雅で優しい雰囲気を持たなかった。母の允子は顔が大きく出っ歯で、どう見ても高貴な血を引いているようには見えなかった。父の成親は金壺眼の痩せた貧相な老人で、これも言われなければ高貴な血筋とは思えない。

テーブルを挟んで向かいのソファに腰掛けたりつ子は、敵意を込めた目つきで睨まれて、まるで罪人扱いだった。

「りつ子さん」

初対面の挨拶がすむと、允子はいきなり切り出した。

「単刀直入に申し上げます。迪彦との縁はなかったものと思って、身を引いてください」

「ママ！」

迪彦が厳しい声でたしなめたが、允子は目が据わっていて、耳に入らない様子だ。

「だから、昨日ちゃんと説明したじゃないか。りつ子さんのお腹には……」

「恥知らず！」

允子が金切り声で叫んだので、りつ子はギョッとして腰を浮かしかけた。

「結婚前に身を任せて子供まで孕むなんて……。そんなふしだらな女を息子の嫁には出来ません！」

りつ子はちらりと横に座る迪彦の顔を見た。迪彦は「ごめん」と小さな声で謝った。

「昨日、何もかも話したんだ。どうしても結婚を認めないと言うから、僕には結婚する義務があると」

その時りつ子は妊娠二ヶ月だった。外聞が悪いので黙っていてくれるように頼んだのだが……。

りつ子は黙って允子と成親の目を見返した。相手が逆上しているので、その分冷静になっていた。

允子の言い草は笑止千万だった。源氏物語を例に出すまでもなく、好色と乱倫は公家の伝統と言っても良い。戦前まで大鷹家でも当主は漁色に明け暮れていたし、允子の実の母親に至っては大正時代、乱脈な男女関係を新聞に書き立てられ、離縁されているのだ。

これ以上理不尽なことを言われたらその件を持ちだそうと腹を決めた時、幸いにも迪彦がきっぱりと言った。

「パパ、ママ、もしこの結婚を認めてくれないというなら仕方ありません。僕は家を出ます。この家は姉さんか、妹たちの子供を養子にもらって、継がせてください」

その一言で允子と成親が息を呑むのが分かった。二人は互いの顔を見合わせ、それから言葉に窮した様子だった。

りつ子はホッと胸をなで下ろした。迪彦がここまで覚悟している以上、もはや親たちはどうすることも出来ない。そして、嫁になる女が気に入らないからといって、たった一人の嫡男を追い出すことも出来ないだろう。それでは失うものが多すぎる。

りつ子はもう一度迪彦の横顔を見て、うっとりと眼を細めた。大らかで優しい人だとは思っていたが、こんなにも頼もしい人だとは知らなかった。もしかしたら本物の白馬の王子様に出会ったのかも知れないと、幸せを噛みしめたのだった。

だが、それはぬか喜びに過ぎなかった。

翌日、允子から電話が掛かってきて「結納について相談したいので来て欲しい」と呼び出された。指定された喫茶店に着くと、允子が奥まった席に一人で座っていた。ひと目見ていやな予感がしたが、今更引き返すわけにも行かず、仕方なく向かいに腰を下ろした。

ウェイトレスが注文を聞いて去ると、允子は厳しい目を光らせ、なんの前置きもなく切り出した。

「私たちはあなたと迪彦との結婚を許すことにしました。ただし……」

有無を言わさぬ口調だった。

「私たちも大きな犠牲を払ったのですから、あなたにも犠牲を払ってもらいます」

りつ子はふと、意に沿わぬ結婚を認めたのは「譲歩した」のであって「犠牲を払った」というのは違うのではないか……と思った。

「お腹の子は堕ろしていただきます」

りつ子は思わず耳を疑い、唖然として允子の顔を凝視した。

「よろしいですね？」

念押しされて、激しく首を振った。

「そんなこと、出来ません」

「私たちは玉垣家とのご縁を犠牲にして、あなたを受け入れる決心をしたのですよ。それなのに張本人のあなたが何一つ犠牲を払わないでは通りません。あまりにも虫が良すぎます」

りつ子は激しそうになる感情を抑え込み、震える声で尋ねた。

「それは迪彦さんもご承知なのでしょうか？」

「いいえ」

允子はふっと微笑んだ。

「承知するわけがないでしょう。あの子は優しい子ですから」

その言葉を聞くと、何故か波立っていた心が凪(な)いできた。

迪彦さんは堕胎なんか望んでいない。自分の母親が生まれてくるはずの赤ちゃんを殺せと命じたなんて、夢にも知らないでいる……。

りつ子は冷静になった心で考えた。結婚するまでは「悲劇のヒロイン」が武器になった。でも、結婚してしまったらそれはもう武器にならない。これから大鷹家に入って允子と戦うには、迪彦を引きつけるための新しい武器が必要だ。

自分の子供を殺せと命じた母親……。りつ子は密(ひそ)かにほくそ笑んだ。これは新しい武器になる。結婚してから使える強力な武器に。

「分かりました」

りつ子はうつむけていた顔を上げた。

「仰(おっしゃ)る通りに致します」

允子は黙って頷(うなず)いた。りつ子は心の裡(うち)が現れるのを恐れて目を伏せた。

それから二人はタクシーに乗り、新宿駅西口にある峰岸産婦人科医院に行った。先代から大鷹家の子供を取り上げてきたという院長にはすでに話が通っていたようで、りつ子はすぐに手術室へ案内され、堕胎処置を施された。若く健康なりつ子は入院の必要もなく、麻酔が切れるとすぐ家に帰された。

次に迪彦と会ったとき、りつ子は事実を打ち明けた。予想通り迪彦は衝撃を受け、怒りと悲しみに打ちのめされた。

「どうしてそんなことを……。何故ひと言僕に相談してくれなかったんだ?」

迪彦は目を真っ赤にして、震える声でりつ子を問い詰めた。

「仕方なかったのよ……」

りつ子はうつむいて肩を落とし、溜息を漏らした。

「こうする以外、ご両親に結婚を許してもらえなかったんですもの」

「ああ、なんてことだ」

迪彦は両手で顔を覆ってうめき声を漏らした。

「りつ子、許してくれ」

やがて両手を離すと、迪彦は潤んだ瞳でりつ子を見つめ、手を取って握りしめた。

「もう二度と、君にこんな悲しい思いはさせないよ。必ず幸せにするからね」

りつ子は芝居ではなく、ハラハラと涙を落として頷いた。この人はやっぱり本物の王子様だったと思い、涙が出るほど嬉しかった。

これで、間違いなく幸せになれる……。

りつ子は自分が本当にお伽噺の不幸なヒロインになったような気がした。彼女たちはみんな、王子様と結ばれて幸せになったのだ。


昭和四十五年、大阪で万国博が行われた年の春、大学卒業を待ってりつ子と迪彦は結婚した。式は内輪だけでひっそりと行われ、招待客も二十人ほどだった。

玉垣家では長女の瑠香の結婚に際しては、花嫁衣装や和服類を京都の老舗(しにせ)呉服屋に注文するやら、ウェディングドレスのデザインをイヴ・サンローランに依頼するやら大騒ぎで、嫁入り道具を積んだトラックが十数台になるほどの支度をしたが、りつ子に対しては支度らしい支度は何もなかった。花嫁衣装も貸衣装ですませた。

それでもりつ子は大いに満足だった。瑠香とりつ子の支度の差は、玉垣家の失望の大きさを表しているからだ。迪彦を横取りされて、祖父母や伯母がどれほど悔しがっているか想像するだけで、りつ子は勝利に酔うことが出来た。

無論、思わぬしっぺ返しも受けた。最初の妊娠で堕胎を経験したためか、その後二度妊娠したが、いずれも早期に流産してしまったことだ。しかし結婚から二年後、りつ子は双子を妊娠し、無事臨月を迎えることが出来た。これからはきっと幸せになれる。何もかもうまく行く。みんなが幸せになれる……。大きくせり出した腹を撫でながら、りつ子は毎日心の中で、自分と新しい命に語りかけていた。

第三章

昭和五十一（一九七六）年の時点で、幼稚園受験の存在を知っている人は日本にどのくらいいただろう。小学校受験でさえまだ一般的ではなかったのだから、まして幼稚園に受験があると聞けば、耳を疑う人が圧倒的に多かったに違いない。

りつ子も二人の子供を幼稚園に通わせるようになってから、園児の母親にお受験の存在を知らされ、驚き呆（あき）れて言葉を失ったものだ。

長きに渡ったベトナム戦争が終結し、東京の街が五月のエリザベス女王来日の歓迎ムードで大いに盛り上がった翌年のことだった。

「お宅、小学校はどちらを志望なさるの？」

初めてのPTA集会で隣り合わせた園児の母親に、いきなり小学校の受験先を尋ねられたときは、少々面食らった。

「あの、一応学習院を……。主人の家は代々学習院へ進学しているようなので」

「それじゃ、今から準備しておかないと大変ですわよ。学習院初等科は難関ですから、年中さんになってからじゃ手遅れですわ」

「はあ……」

その母親はいくらか非難がましい口調で付け加えた。

「代々学習院へいらしてるなら、幼稚園から通わせたらよろしかったのに。小学校受験よりは情実が効きますからね」

正直、りつ子はこの女は何を言っているのだろうと思った。学齢に達しない子供の何を試験するのか想像できない。せいぜい知能指数と運動能力、容姿、体格くらいではないのか？　子供のそれは持って生まれたものであって、磨く前の原石に等しい。原石で選ぶなら試験の必要などない。一目瞭然だろう。

「もう、本当にびっくりしました。幼稚園に入ったばかりなのに、親御さんたちは小学校受験の話で持ちきりなんですもの」

夕食の席でりつ子がＰＴＡの出来事を話すと、迪彦は呆れたように眉をひそめた。

「楽しかるべき幼年時代が受験で灰色に染まるなんて、いやな話だね。子供が可哀想だ」

「ほんとね」

だが、允子は深刻な顔で異を唱えた。

「でも、最近は学習院も大変らしいわ。周子のとこのまこちゃまも、周子のとこの恭ちゃまも、幼稚園に入ると同時に塾に通わせているし、あっちゃまとナミちゃまも同じ塾に入れたんですって。うちもうかうかしていられませんよ」

慰子は迪彦の三歳下の妹で、長女のまことは五歳、来年の十一月に学習院を受験する予定だった。周子は迪彦の五歳下の妹で、次男の恭平が四歳、再来年が受験になる。そして慰子の次女あずさと周子の長女穂波は共に三歳。りつ子の子供倫太郎・星良と同い年だ。

「お姑さま、大鷹の家は開校以来代々学習院へ入学してきたのでしょう？　それなら初等科くらい無試験で入学出来ませんの？」

允子は残念そうにため息をついた。

「どんな立派なお家も、代々子孫は増えてゆきます。うちも子供が四人いて、さらにその子たちの子供の代になれば、受験する人の数は増える一方です。でも、学習院が受け入れ可能な人数が毎年増えるわけじゃありませんからね」

「……なるほど」

りつ子は納得して頷いた。まことに理にかなった説明だった。

「やっぱり、多少無理をしても学習院の幼稚園に通わせれば良かったんですよ」

允子はまたぞろその話を蒸し返した。

りつ子は二人の子供を学習院の幼稚園に通わせてはどうかと勧められたとき、きっぱりと断った。年端もいかない子供を電車で通わせることは出来ないし、そのためにりつ子が毎日付き添って幼稚園まで送り迎えするのも時間の浪費に思われた。

現在子供たちを通わせているさくら幼稚園は、自宅から徒歩十五分ほどの距離にあり、スクールバスを運行しているので通園に便利で安心だった。園児たちも近所の子供、つまり高級住宅地に暮らすそれなりの家庭の子供たちなので、生育環境も悪くない。小学校受験の話など聞かなければ、何一つ問題はなかったのに。

「別に良いじゃないか。受験が近づいたら、慰子や周子の子供の通っている塾に、一緒に通えば良いんだから」

迪彦が事も無げに話を打ち切った。

りつ子はやれやれと安堵する一方、胸の隅に小さな不安の塊が巣くったのを感じていた。

伸陽会は幼児早期教育の草分け的存在で、創設三十年の歴史を誇っていたが、過去のどこかでお受験塾へと路線を変えたようで、今では幼稚園と小学校受験の名門塾として並ぶもののない存在となっていた。

りつ子が倫太郎と星良を連れて伸陽会を訪れたのはその年の七月、幼稚園が夏休みに入ってすぐだった。本当はいやだったが、允子にしきりに催促され、小姑の慰子と周子に頼んで伸陽会に紹介してもらったのだ。

塾長は小山田辰子という六十代半ばの女性で、男女二名の講師と共に生徒の指導に当たっていた。長身で小太りの、堂々たる貫禄の持ち主で、いかにも頼り甲斐がありそうに見えた。

「まあ、お二人ともかわいらしいこと。素直ないいお子さんですね」

辰子は倫太郎と星良に笑顔で声を掛けてから、まっすぐにりつ子を見つめた。

「それで、大鷹さんはお二人とも学習院志望ということで、よろしいですね？」

「はい」

りつ子が頷くと、辰子は大袈裟にホッとため息を漏らした。

「やれやれ、良かった。まさに滑り込みセーフですわね。夏休みが終わっていたら、手遅れでしたよ」

りつ子は意味が分からず、黙って小さく首をかしげた。

「小学受験は最近ますます加熱しています。かつては公立校できちんとした教育を受けることが出来ましたが、校内暴力その他で荒廃した現状では、親御さん方が大事なお子さんを預けるのに不安を感じるのは当然です。その結果、慶應幼稚舎、お茶の水女子大学附属、学芸大附属、学習院、青山学院、雙葉(ふたば)、それに白百合(しらゆり)、聖心……所謂(いわゆる)名門校の初等部は、わずかな募集人員に対して毎年応募者が殺到しています。はっきり申しまして、東大受験以上の難関です」

りつ子は内心「嘘(うそ)だろう」と思いながら頷いた。

「学校側も、かつては志望者の適性を判断するための試験でしたが、現在では選別のための試験を行わざるを得なくなっています。選別のための試験とはすなわち、ふるい落とすための試験です。残酷ですが、受験するお子さんの八割以上は、合格出来ません」

辰子はそこで声の調子を変え、りつ子に厳しい眼差(まなざ)しを向けた。

「この受験戦争を勝ち抜くのは容易なことではありません。私ども指導者は全力を尽くします。生徒さんの頑張りはもちろんです。でも、それだけでは不十分です。親御さんも是非、ご自身もこの戦いに参加するつもりで、日々の課題に真剣に取り組んでくださいませ」

その迫力に押されて目を白黒させながらも、りつ子は何とか神妙に頷いた。

辰子は別に冗談を言っているわけではなく、伸陽会には幼稚園受験用に「新生児クラス」まで設置されていた。そして、受験校別のコースがあって、たとえば慶應なら「表現力と協調性」、学習院なら「口頭試問」、立教なら「運動力と制作力」に重点を置いた指導を行うという。

「入学試験はお子さんが六歳になる年度の九月の終りから十二月にかけて実施されます。私立はほとんどが十一月の前半、国立の付属は十二月半ばから後半に行われます。伸陽会では本試験を見越して、その年の七月までに指導内容を徹底させます。そして模擬試験を通して雰囲気に慣れさせ、本番で失敗がないように、綿密に指導して参ります」

過去の実績に裏打ちされた辰子の自信は大したものだった。

「ただ、九月中旬に行われる横浜雙葉の入試は、リハーサルとして受験なさることをお勧めします。やはり本物は迫力が違いますからね」

「すべて先生にお任せいたします。どうぞ、よろしくお願いいたします」

りつ子は完全に納得したわけではなかったが、深々と頭を下げた。

「ねえ、今年は海に行けないの?」

帰り道、星良がりつ子の手を引っ張って心配そうに尋ねた。

「あら、そんなことないわよ。八月にパパがお休みを取るから、みんなで泳ぎましょうね」

星良と倫太郎は安堵したように顔を見合わせ、元気になってはしゃぎ始めた。

「アンタ、あの娘の何なのさ?」

「みなとのヨーコ、ヨコハマ、ヨコスカ〜」

意味も分からず歌い出した。その頃、毎日のようにテレビや有線放送から流れてきたダウン・タウン・ブギウギ・バンドの曲だった。

りつ子は流行歌は何度聞いても覚えられなかったが、子供たちはいつの間にやら身振り手振りを交えて歌っていた。よくよく思い出せば、りつ子も小さい頃はラジオから流れてくる歌をすぐ諳んじて歌っていたのだが……。

りつ子は二人の子供を連れて、代々木上原の自宅から仲陽会の教室のある渋谷まで、夏休みの間ほぼ毎日通うことになった。授業は一日二時間ほどで、子供が教室にいる間、付き添ってきた母親たちは近くの喫茶店でおしゃべりしながら時間をつぶした。

母親仲間にはりつ子と同じ年の子供を持つ慰子と周子もいた。それぞれ上の子が来年と再来年に受験を控えているので、そちらのコースも受講していた。そのせいか二人ともりつ子よりずっと熱心で、心理的に切羽詰まっていた。受験関係の情報も、比較にならないほど豊富だった。

「リズム体操や縄跳びは分かるけど、あの『くま歩き』って四つ足で走る体操、どういう効果があるの？」

りつ子が不思議に思ったことを口にすると、二人は呆れたような顔をした。

「ご存じないの？　くま歩きは受験の必須科目よ」

「特に教育大附属を受けるなら外せないわ」

「そうなんですか？」

「くま歩きと五十メートル走のスピードは、計算能力と相関関係があるのよ」

「ええっ⁉」

二人は今度はしたり顔で頷いた。

「これは長年のデータの蓄積で分かってることなの。学齢前の子供に計算をさせるわけにはいかないけど、くま歩きと五十メートル走を見れば、その子の計算能力も予想できるってわけね」

「だから学校でも安心して合格ラインに入れられるのよ」

りつ子にはどれもこれも、信じられないような話ばかりだ。

「去年雙葉に受かった子は、手作りのワンピースが決め手になったみたいよ」

「まあ」

熨子の言葉に周囲の母親たちは思わず息を呑(の)んだ。

「雙葉は行動観察に重点を置いているでしょ？　日頃の家庭環境を重視してるのよ。だから高級既製服(プレタポルテ)を買い与えるより、母親が娘の服を縫った方が得点が高いわけね」

一同は感心したように大きく頷いた。

「うちの長男と同い年で、学習院も慶應も立教も、全部落ちてしまったお子さんがいるの。おやつに出たクッキーを『いただきます』って全部召し上がってしまったんですって。それがいけなかったんだと思うわ」

周子が言うと、一同は再び息を詰めて注目した。長男の光平(こうへい)は今年学習院の初等科に入学していた。

「やはり一枚いただいたら、残りはナプキンに包んでお父さまとお母さまに持って帰らないと、行儀が悪いと見なされるみたい」

まったくバカじゃなかろうか……。

りつ子はうんざりした。子供が出されたクッキーを喜んで全部食べて何が悪いのだろう。一枚食べて残りをお土産にしようとする方が、よほど作為に満ちていて感じが悪い。この先、小学校受験が終わるまで、ずっとこうして「重箱の隅を楊枝で突っつく」ような話に一喜一憂しなくてはならないのだろうか。考えると、それだけで憂鬱になってきた。

唯一の救いは、子供たちが塾通いを嫌がらないことだった。

「今日はお塾ではどんなことを習ったの？」

「お花結び！　玉結び！」

帰り道でりつ子が尋ねると、倫太郎は嬉々として答える。

「そう。すごいわね。セラちゃんは？」

「あのね、美恵子先生とお遊戯したの」

「そう。楽しくて良かったわね」

美恵子先生というのは音楽と体操を教えている若いきれいな講師だった。

「二人とも、辰子先生の仰ることを良く聞くのよ。そうすれば必ず良いことがありますからね」

その時りつ子が子供たちに言った言葉に嘘はなかった。

「お子さんたちには、積極的に家庭でお手伝いをさせて下さいね」

　辰子は常々母親たちに言っていた。

「年少さんでも毎朝新聞を取ってきたり、洗濯物をたたんだり、食卓に食器を並べたりするくらいは出来るものです。出来ないのはお母さんがさせないからですよ」

　そして、去年慶應幼稚舎と学習院、立教に受かった男の子の話をした。

「薫君は、お母さんのお手伝いをするうちお料理が好きになって、お母さんと一日交替でお夕飯を作るようになりました。もちろん、献立も買い物も下準備も調理も、全部自分で致しました。この話を入試の面接ですると、どの学校の先生も身を乗り出してきたそうです」

　辰子はそこで一渡り母親たちの顔を見回した。

「これにはお母さんの協力があったことは言うまでもありません。子供が無事に買い物が出来るか、火を使って危なくないか、しっかり見守っていらしたそうです。このお母さんの我が子を信じる勇気、忍耐力、危険を見極める判断力、そういった力が、薫君を受験した学校すべてから望まれるようなお子さんに育てたんです」

　母親たちの口からは思わず溜息が漏れた。

「皆さん、受験に付け焼き刃は効きません。本番では普段の生活態度がそのまま出てしまいます。整理整頓、思いやり、年長者への敬意。言うのは簡単ですが、形に表すのは工夫が要ります。家庭でのお子さんとの接し方に、十分配慮して下さいませ」

伸陽会に通い始めてしばらくすると、星良と倫太郎には目に見えて変化が訪れた。毎日の生活態度が進歩したのだ。朝晩の歯磨きを自分から進んでするようになり、一人で着替え、脱いだ洋服をきちんとたたんで枕元に置いておくようになった。

そして、りつ子が手本を見せると、倫太郎は嬉々として取り込んだ洗濯物をたたみ、バスタオルは浴室へ、下着類は各人の整理ダンスの引き出しに収納するまでになった。星良は食卓にお皿を並べたり、庭の鉢植えに水をやったりした。そして二人とも伸陽会でナイフの使い方を習い、練習した結果、リンゴやジャガイモや人参の皮をむけるようになった。

「お母さんたちの噂話はくだらないと思うけど、伸陽会の教え自体は、結構納得できるわ」

りつ子は頃合いを見計らい、伸陽会で見聞きした出来事の中から迪彦の気に入りそうなものを選んで報告した。

「姿勢が大事だって、何度も言われたの。脳を支える体幹がしっかりしていないと、キチンと人の話を聞く持久力や、物事に集中する力が育たないんですって。先生方は試験を受けているときだけじゃなくて、待っているときの子供の姿も見ているって」

「そうだなあ」

迪彦は遠くを見るような目になった。

「学習院でも似たようなことを言われたな。背もたれにもたれてぐでっと座っているより、背筋を伸ばしてキチンと座っている方が、本当は疲れないって」

そして、嬉しそうに付け加えた。

「それに、この頃子供たちは見違えるようになった。自立心が出てきたって言うのかな。お手伝いも良くしているようだし」

「やっぱり、伸陽会に入れて良かったわ」

りつ子もニッコリ微笑んだ。

内心、ホッとしていた。私立校の受験には父母面接がある。その時、迪彦に小学校受験を忌み嫌う気持ちが少しでもあれば、きっと顔に出てしまう。試験官はそれを見逃さないだろう。

だから、あなたも応援する気持ちになって。子供たちのために。

八月のお盆休みに、りつ子は親子四人水入らずで、大磯へ二泊三日の旅行をした。

伸陽会の夏休みのスケジュールは月曜から金曜までびっしり埋まっているが、お盆の三日間は休みだった。迪彦も子供たちに合わせて夏休みを取得した。

結婚以来、玉垣家の人々と出会うのを避けて、りつ子と迪彦は軽井沢に避暑に行く習慣を中止していた。

「何だか、もうこれで十分な気がするけどな」

夜、隣の部屋で泳ぎ疲れてぐっすり眠っている子供たちの様子を眺めながら、迪彦が言った。

「上原小学校と上原中学なら歩いて家から通えるし、別に無理して遠くの学校を受験させなくても……」

「でも、せっかく伸陽会に入ったんだから、力試しをさせてみましょうよ。それに、子供たちは塾の勉強が好きみたいなの」

りつ子は迪彦のグラスにビールを注いだ。

「勉強って、こんな子供に何をやらせてるの？」

「私も驚いたんだけど、この頃の小学校の入試問題って、すごいのよ。お菓子や果物のイラストを使って可愛(かわい)らしく見せているけど、実際の問題は足し算、引き算、掛け算、割り算まで出てくるの。少なくともそれを使わないと解けないわ」

伸陽会で有名小学校の入学試験問題を見せられたときの驚きは強烈だった。特に点図形や回転図形の問題は、りつ子も急には解けなかった。大人でも即答出来ないような問題を、幼児がわずかな時間内で次々解かなくてはならないのだ。

しかも、試験科目は紙に答を書かせる「ペーパー」テストだけではない。

集団で行動させ、その様子を観察するテスト。これは「リーダーシップを取れる子」を評価する学校か、「友達との協調性」を評価する学校かによって対応を変えなくてはならない。

絵と工作のテスト。書く・描く・貼（は）る・ちぎる・切る・止めるなど、細かな手作業をさせる「巧緻性（こうちせい）」テスト。そして運動テスト。いずれも先生の指示を正確に見て聞き取る能力が試される。だから子供は急には出来ない。すべて日頃の訓練の賜物なのだ。

りつ子は小学校受験に対する自分の認識が完全に甘かったことを思い知らされた。同時に、倫太郎と星良を幼稚園に上がった年の夏休みに伸陽会に入会させたことを「滑り込みセーフ」と評した小山田辰子の言葉が、現実感を伴ってじわじわと迫ってきた。確かに、こんな難問を自動的に解けるまでに訓練するには、三年では足りないくらいだ。

それを聞くと、迪彦はいっそう顔を曇らせた。

「こんな小さな子供にそんな難しいことを教えたら、ストレスで精神が歪むんじゃないかな?」

だが、りつ子は明るい声で否定した。

「私もそれを心配したんだけど、小山田先生は絶対にその心配はないって断言なさったわ。子供の脳は柔軟で、どんどん知識を吸い込んでゆくから、大丈夫だって」

自分でも気付かぬうちに、りつ子は伸陽会の雰囲気にすっかり飲み込まれ、染まっていた。

伸陽会の親たちの間には、子供の合格した小学校による厳密なヒエラルキーが存在した。トップが慶應幼稚舎とお茶の水女子大附属、次が教育大附属と学芸大附属の国立組、雙葉・暁星などの難関私立、それから学習院・立教・青山学院など大学付属の名門私立が続く……。

それまでのりつ子の常識では大切なのは最終学歴だったが、伸陽会の親たちは誰一人最終学歴を問わなかった。何処の大学に合格するかは子供の学力の問題だが、何処の小学校に合格させられるかは、家の力量の問題だった。学習院も立教も価値があるのは一部特権階級の通う中学以下までで、試験の点数さえ良ければ誰でも合格出来る大学になると、その価値は暴落してしまうのだった。

りつ子は久しぶりに学習院のことを思い出した。幼稚園から通学していた同級生たちの巨大なプライドと特権意識が、まざまざと脳裏に蘇る。小学校から高校一年までずっと公立に通っていたりつ子が彼女たちの目にどう映ったか、今になるとさらに良く分かった。

倫太郎と星良に、あんな惨めな思いはさせない。

三ヶ月早く伸陽会に通い始めた同い年の子供たち、特に小姑二人の娘への対抗意識もあって、りつ子の心は一気に小学校受験へと押し流された。途中にあったはずの疑問や懸念はすべて奔流に飲み込まれ、もはや跡形もなかった。

「それに、小学校で合格すれば、もうこの先受験勉強をしなくてすむんですもの。きっと楽しくて有意義な学校生活を送れるわ」

りつ子は苦い決意を甘い砂糖で包み込むように、ことさら軽い口調で言った。

倫太郎は赤ん坊の頃からのびのびとしてマイペースだったが、伸陽会に通うようになっても、その点は少しも変わらなかった。

夏休みが終わると、りつ子は幼稚園から帰った子供たちを連れて伸陽会へ通った。月に一度は授業参観の日も設けられていて、母親たちは教室の後ろにずらりと並んで授業風景を見守った。

子供たちも母親が後ろにいるせいか、辰子の出す設問に、張り切ってどんどん手を挙げた。倫太郎と星良の同い年のいとこ、慰子の次女貴船あずさと周子の長女竜崎穂波も、それぞれ正解を答えた。

りつ子は後ろで見ていてヤキモキした。星良ははかばかしく手を挙げない。落ち着きなく椅子の上で身じろぎしては、キョロキョロと周囲を見回してばかりいる。倫太郎は辰子の言葉に耳を傾けているのだが、あまり興味を示さずに、ぼんやり黒板を眺めている。

あの子たちったら、これじゃ何のために仲陽会に入ったか分からないじゃないの……。

「はい、それではこの絵の中で、仲間でないものはどれでしょう?」

辰子が黒板に大きなイラストの紙を貼りだした。人参、長ネギ、ゴボウ、アスパラガス、ジャガイモ、バナナが描いてある。

「はい!」

倫太郎が勢いよく手を挙げた。

「ジャガイモです!」

ああ、もう……。

りつ子は心の中で舌打ちした。倫ちゃんたら、バナナに決まってるじゃない。他は野菜で、バナナだけ果物なんだから。

だが、辰子はむしろ嬉しそうな顔で尋ねた。

「それはどうしてかしら?」

「他は細長いけど、ジャガイモは丸いから!」

辰子は破顔（はがん）した。

「良いところに気がつきましたね。はい、良く出来ました」

辰子はその後で野菜と果物の違いを説明したが、倫太郎に向ける視線は最後まで優しかった。

父兄面談の時に辰子は言った。

「授業で出した問題ですが、ペーパーテストなら倫太郎君の答えは不正解になるところです。でも口頭試問なら、むしろ正解以上に喜ばれる答えだと思いますよ」

息子が課題をクリアできなかったことに落ち込んでいたりつ子は、戸惑って目をぱちくりさせた。

「自分の頭で考えて判断しているからです。バナナが違うというのは、大人の知識を丸暗記しているだけですが、ジャガイモが違うというのは倫太郎君の思考の結果です。学校が求めているのは、本当は知識を詰め込まれた子供ではなく、自分で積極的に考えることの出来る、将来の伸びしろのある子供なんです」

りつ子はただただ感心して頷いた。

「倫太郎君は出来る問題と出来ない問題にムラがありますが、それも本人に選択の意思があることを表しています。この先、倫太郎君自身が受験を冒険ととらえて積極的に取り組んで行きさえすれば、学力も能力も個性も、私はなにも問題ないと思いますよ」

「せ、先生……」

りつ子は危うく涙ぐみそうになった。小学校受験の専門家で、過去三十年に渡って大勢の子供を見てきた辰子が、これほどの太鼓判を押してくれるのだ。倫太郎の試験は受かったも同然ではないか。

「星良ちゃんは……」

辰子はそこで言葉を探すように、一瞬の間を置いた。

「やはり優秀なお子さんだと思います。ただ、外の世界の出来事を認識して受け入れるまでに、少し時間が掛かります」

「あの、それは理解力が足りないんですか？」

辰子はゆっくりと首を振った。

「そういうことではありません。何というか……自分の心を納得させるための手順が、普通の子より少しだけ多いのです。でも、それは決して悪いことではありませんよ」

安心させるように、辰子は小さく微笑んだ。

「本人が納得したことには迷いなく、全力を傾けて取り組んでいけるわけですからね。だから、少し長い目で見てあげてください」

りつ子は辰子の言わんとすることが良く分からなかった。星良がのろまで問題を解くまでに時間が掛かる、そういうことなのだと解釈した。

それなら、星良には倫太郎以上に努力が必要だわ。

それがりつ子の下した結論だった。

「ねえ、セラちゃん、今日お塾ではどんなことを教わったの？」

伸陽会から家に戻ると、りつ子は星良を二階の子供部屋に連れて行き、ペーパー問題集を取り出してその日習った内容を復習させようとした。しかし、星良ははかばかしく答えない。

「忘れた」

落ち着きなくちらちらとドアに目を遣る。もうすぐ好きなテレビアニメが始まるので、早くリビングに降りてゆきたいのだ。

「忘れたじゃないでしょ。ちゃんと思い出して」

「忘れた」

星良はりつ子と目を合わせず、貧乏揺すりを始めた。その惨めったらしい姿に、りつ子は神経を逆なでされた。

「今日習ったところを、もう一度おさらいしなさい。終わるまで部屋から出るんじゃありません」

自分でも予想していなかったほど、刺々しい口調になっていた。りつ子を見る星良の目に涙がにじんだ。しかし、りつ子は心を鬼にしてドアの前に立った。

「ママはご飯の支度をしてますからね」

りつ子はぴしゃりとドアを閉め、これでいいのだと自分に言い聞かせた。

倫太郎と星良が受験する年は昭和五十三年。入学試験は一番早い学校では九月、一番遅い学校は十二月に実施される。従って最終校の合格発表は年内ぎりぎりになるのだった。

受験を目標に定めたときから、親と子のカウントダウンは始まる。年少組・年中組・年長組のカリキュラムを消化しつつ、来たるべきXデーに備えるのだ。

りつ子も時間を逆算でしか数えられなくなっていた。

Xデーまであと二年三ヶ月、あと二年、あと一年三ヶ月……。一年を切ると、時間はもはやつるべ落としだ。あと八ヶ月、あと半年、あと五ヶ月……ああ、もう四ヶ月しかない！

「辰子先生の仰ることを良く聞くのよ。そうすれば必ず良いことがあるから」

「頑張るのよ。今きちんと頑張れば、後で必ず幸せになれるから」

りつ子は毎日子供たちに向かって、呪文のように繰り返した。

通り過ぎた時間は、夢か幻のように現実と遊離していた。見えていたのは伸陽会と受験に関わる出来事だけで、外の世界の出来事はちらとも視界に入らず、頭の片隅をよぎることもなかった。だからロッキード事件も、モントリオール・オリンピックも、王貞治のホームラン世界新記録も、車窓の風景のように通り過ぎた。

ともあれ、二年近い伸陽会の指導の成果は確実に現れていた。倫太郎も星良も、難関校の入試問題をすらすら解けるようになっていたし、口頭試問にもそつなく答えられるようになった。運動テストの定番であるサーキット運動・飛行機バランス・片足ケンケン・なわとび・くま歩き・反復運動・ラジオ体操・模倣体操なども、難なくこなしていた。

年長の六月から、伸陽会はいよいよギアをトップに入れる。各分野の応用問題に発展問題を加え、これまでのすべてのおさらいと総復習に取りかかる。同時に、各校の過去の入試問題にも挑戦する。

家庭では全分野のペーパーテスト十枚をワンセットとして、一日数セット行うことが義務づけられた。

それと併行して、父母面接の特訓も行われた。子供の長所と短所、家庭の教育方針、しつけで気をつけていることなど、あらかじめ練習しておかなければ手短に要領よく話すことは難しい。

「冗談じゃない。そんなバカらしいこと、出来ないよ」

当然、迪彦は嫌がったが、りつ子は押し切った。

「ねえ、あなた、子供たちの運命の瀬戸際(せとぎわ)なの。お願いだから、協力してちょうだい」

しばらくは押し問答が続いたが、最後は倫太郎と星良が「パパ、お願い」と手を合わせて、仕方なく参加を承諾した。

そして、実際に面接の練習を始めると、迪彦とりつ子は大変高い評価を受けた。迪彦は自然体で素晴しい友達と小学校から過ごせる幸せを語り、だからこの学校に入学させたいと語った。りつ子は高校一年で両親と死に別れた悲劇を語り、親戚の少ない子供たちに、一人でも多くの友達を残してやりたいと真摯に訴えた。

「お二人とも、真心がこもっていて、大変素晴しいです」

辰子は感心した面持ちで拍手を送った。

「後は志望校別に、お子さんを入学させたい理由をお話ししていただきますが、それはまた、後日に対応させていただきます」

面談の最後に、辰子は切り出した。

「学習院初等科は昔からお茶大附属や学芸大附属、筑波大附属など、国立難関校を受験する子供たちの併願校になっています。せっかくですから、倫太郎君と星良ちゃんも国立大付属校と併願してみては如何でしょう？」

辰子からそう勧められたときは嬉しさのあまり胸が熱くなった。お受験ヒエラルキーで言えば、国立大付属は学習院初等科より上にある。もしそちらに合格したら、学習院に入学させるより箔が付くというものだった。ちなみに東京教育大附属小学校は昭和五十三年四月に筑波大附属小学校となった。

「はい。子供たちのために、親としても出来るだけのことはしてやりたいと思います」

　そう答えたりつ子の胸は誇りではち切れそうになっていた。

　そして、欲は限りなく広がった。

　そうよ。そんなに優秀なら、二人とも慶應幼稚舎も受けさせてみよう。星良は白百合と雙葉、それに青山も受けさせよう。一つでも多く合格通知を取って、あの小姑どもに見せつけてやるわ。

　りつ子は各学校の入試説明会を回った。

　伸陽会は八月に入ると夏合宿を開き、それが終わると今度は夏期特別訓練講習に入った。無論、りつ子は子供たちを両方に参加させた。

　夏休み明けの模擬試験の結果、倫太郎と星良は一番と二番で、国立難関校の合格圏内と太鼓判を押された。もちろん、従姉妹の貴船あずさや竜崎穂波よりずっと上だった。そのことだけでもりつ子は大いに気分を良くして溜飲を下げた。

「二人とも、よく頑張ったわね。ママも鼻が高いわ」

　りつ子は倫太郎と星良を両腕に抱きしめ、頬ずりした。

「これで十一月の本試験も絶対に大丈夫よ。やっぱり、辰子先生はすごいわ」

りつ子はもう入学試験に合格した気分になっていた。

「これからはやっと、みんな幸せになれるのよ。ずっと、幸せでいられるのよ」

倫太郎はくすぐったそうに身じろぎし、星良は途方に暮れたような表情を浮かべた。

しかし、りつ子はすっかり有頂天になっていて、子供の顔を注意して見ていなかった。

「ほら、星良の大好きなピンクレディーだよ」

テレビの画面を指さして迪彦が言った。食後のリビングで家族が観ているのは人気番組の「ザ・ベストテン」で、ブラウン管に登場した二人の女の子が、ダンスを踊りながら歌い始めた。

だが、星良はそれを見てもあまり関心がなさそうだった。

「星良は『モンスター』は好きじゃないのかな？　去年のクリスマスは、パパに『ウォンテッド』を踊ってくれたのに」

「……うん」

星良は蚊の鳴くような声で答えて下を向いてしまった。

「星良はどうした？　この頃元気がないな。幼稚園で何かいやなことでもあったのか？」

迪彦は優しく尋ねたが、星良は黙って首を振るばかりだ。

「それじゃ、塾でいやなことがあったのかな？」

今度も星良は首を振った。

「ねえ、あなた。変に気を回さないでくださいな。星良はお塾でも優等生なんですから」

星良は本試験が近づいているのに一向に覇気（はき）を見せないどころか、日に日に消極的な態度を取るようになっていた。

りつ子はそんな星良に焦（あせ）りと苛立（いらだ）ちを感じていたが、小山田辰子から「大事な時期ですから、くれぐれもお子さんを刺激するようなことは言わないでください」と釘（くぎ）を刺されていたので、見て見ぬふりをしていたのだ。だから迪彦に星良の元気のなさを指摘されると、自分の怠慢を指摘されたような気がして、つい声が尖（とが）った。

迪彦は黙って席を立ち、星良に歩み寄って椅子から抱き上げた。

「星良は良い子だね。パパは星良が大好きだよ。毎日すごく頑張ってるから、試験が終わったらのんびりしようね。冬休みはまた、みんなで旅行に行こう」

星良は迪彦の首にかじりついて顔を埋めた。迪彦は少しの間、赤ん坊でもあやすように、星良を抱いたまま背中を優しくたたいていた。

受験のトップバッターは十月二十五日に試験を行う横浜雙葉小学校だった。雙葉はこのほかに千代田区六番町と田園調布にもあって、いずれ劣らぬ名門校にして超の付く難関校である。

試験日の前に親子面接が行われる。この日は迪彦も休みを取り、親子三人で横浜に向った。

受付を済ませ、順番が来るまで講堂で待機するように言われた。中は紺のスーツの父親と母親、やはり紺色の服を着た女の子でいっぱいだった。同じ店で買ったわけでもなかろうに、よく似た服装の親子三人が一堂に会する光景は異様だった。

「辰子先生の仰った通りね」

きっと、これから面接の度に同じ光景を目にすることになるのだろう。かすかに感じた不気味さを、りつ子は無理矢理払いのけた。

面接では星良は緊張のためか、練習の時に比べて明らかに口が重く、おどおどしていた。

「セラちゃん、答えるときは一回大きく深呼吸して、大きな声でハッキリ話しなさいって言ったでしょ」

終わって会場を出てから小声で叱(しか)ると、迪彦がたしなめた。

「気にすることないよ。雙葉はミッション系のお嬢様学校だから、女の子は大人しくて神経の細い方が歓迎されるよ」

星良はしょんぼりと肩を落としていた。

試験当日、付添は一人と決められているので、りつ子一人が同行した。雙葉の試験は朝集合し、昼食を挟んで六時間にも及ぶ。

受付を済ませて親子で講堂で待機していると、教員に呼ばれて子供は教室へ誘導される。そこで四十人ほどのグループに分けられ、名前と好きな食べ物を言う自己紹介の後、また教室を移動してお店屋さんごっこ・輪投げ・積み木などをして自由に遊ぶ。次にグループは半分に分けられ、単純な線画を組み込んで絵を描くという課題に取り組んだ。

課題が終了すると更に五、六人のグループに分けられてゲームをし、続いてペーパー試験が行われた。

ペーパー試験の後は昼食となり、子供たちは弁当を食べる。これが実は行動観察の試験で、「子供たちが「好きなところに座って良い」「おしゃべりをしても良い」「ただしお口に物が入っているときはダメ」という指示を守れるか、試験官が採点しているのだった。

午後からはまず運動テスト、次に自由遊びの時間を経て、最後に教員に誘導されて教室へ戻り、やっと試験は終了する。

「セラちゃん、どうだった？」

りつ子は戻ってきた我が子に早速尋ねた。

「……ダメ、だと思う」

星良は子供らしからぬ溜息と共に答えた。

「ダメ？　どうして？」

声が尖っているのが自分でも分かるが、どうしようもない。

「お弁当の時、隣の女の子に何度も話しかけられて、お口に物が入ってたけどお返事しちゃったから」

「なんだ。大丈夫よ、そのくらい」

口ではそう言ったものの、星良の様子を見て、自由行動や遊びの時も、周りの子と協力して、仲良く楽しげに振る舞うことが出来なかったのではないかと、不安になってきた。

度胸試しのつもりで受けさせたけど、かえって逆効果だったかも知れない……。

悪い予感は的中する。星良は横浜雙葉小学校に合格出来なかった。

十一月一日に受験した白百合学園小学校でも結果は同じだった。星良は試験場の雰囲気に呑まれ、模擬テストでは発揮出来た積極性や協調性をアピールすることに失敗した。

おまけに、得意なはずのペーパー試験の成績も最悪だった。破片を選んで元の形を作るパズル問題、川岸に立つ人間の視点から見た風景を描かせる推理問題、二枚の絵を重ねた形を選ばせる重ね図形の問題、その他、伸陽会では何度も練習した問題でさえ、正しい答が書けなかったのだ。

「星良、いったいどうするつもりなの？　こんなことじゃ、何処の学校も受からないわよ！」

りつ子はペーパー問題の束を突きつけて金切り声を上げた。星良は俯(うつむ)いて小さく肩を震わせ、ぐずぐずと洟(はな)をすすった。それを見ると、りつ子は情けなさとふがいなさで、一層心が波立つのだった。

十一月二日と三日は大本命、学習院だった。学習院の入学試験は男女別に行われ、男子の試験日が先にあった。保護者面接も試験と同時進行で行われるので、迪彦は二日連続で休みを取って試験に同行した。

試験会場に集まった両親と子供たちは、例によって同じ服装をしていた。子供たちの白いソックスは完全な無地で、一点のポイントも入っていない。

「……何度見ても、不気味だな」

迪彦は周囲を見回して呟いた。

りつ子は慌てて「しっ」と言ったが、実は同感だった。何度見ても好きになれない。男女わずかに四十人ずつ、合計八十人の合格枠を目指して、優に十倍近い数の子供たちが受験する。しかもそれぞれ両親が付き添ってくるから、その数はさらに膨大になる。自分の目でその事実を目の当たりにすると、恐怖さえ感じるのだった。

子供が試験を受けている間、両親は別の部屋で待っている。どの親も寡黙で、本を読んだりして時間を過ごしていた。

倫太郎に関しては、りつ子は何の心配もしていなかった。試験会場に向うとき、星良のようにびくついた様子は全くなく、むしろピクニックにでも行くような、ウキウキした楽しそうな顔つきだった。

これなら大丈夫。この子は本番に強い。日頃の実力を遺憾なく発揮するに違いない。

実際、試験を終えて戻ってきた倫太郎は自信満々だった。一枚の絵を見てストーリーを創作する課題では、試験官の先生が思わず身を乗り出したという。

「台所で女の人が料理の味見してる絵。ママが僕の大好きなビーフシチューを作ったけど、お砂糖とお塩を間違えて、味見してびっくりして、もったいないから具だけ取り出してポトフに作り直しましたって」

「まあ、すごい」

六歳児がビーフシチューやポトフを例に出してお話を作れること自体がすごい。まして倫太郎は男の子なのに。

「先生が、お母さんは料理が上手なんですねって。僕は、すごく上手です、何でも作ってくれます、テレビに出てくる料理もおんなじに作ってくれますって言ったよ」

「ありがとう、倫ちゃん。ママ、とっても嬉しいわ」

りつ子は思わず倫太郎をギュッと抱きしめた。こんなに優秀で心根の優しい子供を持ったことが誇らしくてならなかった。

翌日は星良の試験だった。

りつ子と迪彦は昨日と同じく、保護者控室で面接の順番を待っていた。

同じ構内では子供たちの試験が行われていた。行動観察、運動、ペーパー試験と考査は進んでゆく。

事件が起きたのは考査も終わりにさしかかった頃だった。

廊下を、ホンのかすかな足音が伝わってきた。針が落ちても聞こえそうな静寂なので、小さな音でも良く響くのだ。

足音は止まり、ドアが開かれ、中年の眼鏡を掛けた女性が顔を覗(のぞ)かせた。

「大鷹星良ちゃんのご両親はいらっしゃいますか？」

「はい！」

りつ子と迪彦は慌てて椅子から立ち上がった。

「一緒にいらしてください」

女性の表情や声は落ち着いていて取り乱したところはなかったが、緊迫した厳しさがこもっていた。

「先生、星良はどうかしたんですか？」

女性の後を追いながら、りつ子は尋ねた。

「急にひきつけを起こしたんです。今、保健室に運びましたから」

りつ子は思わず迪彦の腕にすがった。その腕の筋肉が硬く強張(こわば)るのを感じながら、りつ子は保健室へ急いだ。

星良は白いベッドに寝かされていた。傍らに校医らしき白衣の男性が立ち、星良を見下ろしていたが、りつ子たちが部屋に入ると、こちらを振り向いた。

「だいぶ治まりました。もう心配はないと思います」

「星良！」

りつ子も迪彦もベッドに取りすがった。星良は目を開けて両親を見たが、まぶたと唇が糸で引っ張られでもするように、規則的にピクピクと動いていた。

「可哀想に。もう大丈夫だよ」

迪彦は星良の頰をなでると、そっと抱き上げた。

「すぐに病院に連れて行きます」

「それがよろしいでしょう」

りつ子は慌てて迪彦の前に回った。

「待って。まだ保護者面談が残ってるのよ」

「何をバカなことを言ってるんだ！」

りつ子は迪彦の怒鳴り声を初めて聞いた。

「すぐに帰るんだ」

驚きのあまり言葉を失って立ちすくんでいるりつ子に、迪彦は哀れむような目を向けた。

「この子に受験はストレスだった。だからひきつけなんか起こしたんだ。君は母親なのに、そんなことも分からないのか？」

だって……。言いたいことは山のようにあるはずだったが、何故(なぜ)か一言も出てこなかった。

「僕は学習院で楽しい少年時代を過ごした。子供たちにも同じような楽しい時間を与えてやれるならと思って、受験にも反対しなかった。だが、それが星良にこれほど負担を強いているなら、本末転倒以外の何物でもない。この子を、受験の苦しみから解放してやろう」

迪彦は静かに言うと、すたすたと歩き始めた。

あなたは何も分かってないわ。星良がひきつけを起こしたのは、本番で緊張したからよ。受験が苦しみなんて嘘だわ。だって、星良は伸陽会でも優等生なのよ。倫太郎と同じよ。倫太郎は少しも苦にしていないじゃないの。星良だって同じよ……。

りつ子は心の中で言い募ったが、実際には黙って迪彦に従うしかなかった。

「セラちゃん、何も気にすることはないのよ。失敗は誰にでもあるんだから」

りつ子はベッドに寝かせた星良の髪をなで、微笑みかけた。

「学習院はだめだったけど、まだ慶應とお茶大附属と筑波大と学芸大が残ってるわ。どこかに受かれば良いんだから、気を楽にしてね」

内心の悔しさを押し隠して、無理に優しい声を出した。星良の実力なら、絶対に学習院は合格だったのに……。

倫太郎は見事合格した。しかし星良は途中で帰ってしまったため、棄権とみなされて不合格になった。

受験の始まる前は他の難関校に気を惹かれていて、学習院は一種の「滑り止め」感覚で受験させたのだが、従姉妹のあずさと穂波が合格したと聞けば、心穏やかではいられなかった。受かるはずの試験を落としたと思うと余計に残念だった。

こうなったら、是が非でも学習院より評価の高い学校に受からないと。

「星良はもう、受験なんかさせない方が良い。その話は何度もしたじゃないか」

迪彦は露骨に顔をしかめた。

「でも、このまま一校も合格しないで終わったら、星良には小学校受験に失敗したというコンプレックスが一生ついて回るのよ」

「そんなこと、周りが言わなければすぐ忘れるよ。僕はコンプレックスを植え付けないように育てるのが、親の役目だと思うな」

「だって、まだ始まったばかりなのよ。最初で躓いたからレースに参加させないって言うのは、むしろ親のエゴじゃないかしら」

有名私立小学校の受験は保護者面接が必須なので、迪彦の協力がなければ合格は難しい。

「星良の実力なら、合格できる学校はいくつもあるわ。しかも全部、学習院より難関よ。こっちの試験に合格すれば、学習院の失敗なんか失敗でなくなるわ」

りつ子は心からそう信じていたので、言葉にも説得力があった。

「ねえ、あの子をコンプレックスから解放してあげましょうよ。今度こそ大丈夫よ。三度も失敗したから、四度目は落ち着いて臨めると思うわ」

結局、迪彦はりつ子に説得されて、渋々星良の受験を認めたのだった。

雙葉・白百合・聖心・青山学院・東洋英和・東京女学館など、名門私立小学校の試験はすべて十一月初旬に集中していて、併願が難しい。そこでりつ子は伸陽会の辰子とも相談し、慎重に受験する学校を選んだつもりでいた。それなのに、星良は横浜雙葉も白百合も学習院も合格をもらえなかった。これほど見込み違いがひどいと、辰子に対する信頼も崩れそうだった。

慶應幼稚舎は男女ともに私学の最難関校である。特に女子の募集人員は男子の半数以下で、その分倍率も高い。ここに合格すれば、受験の最高峰を制したと言っても過言ではなかった。

りつ子も慶應幼稚舎に懸けていた。特に、星良の失敗が続いた後では、尚更だった。

試験は男女別で、男子の試験日が先行した。

ここでも倫太郎は大活躍した。試験官の問いかけに対して誰よりも活発に発言し、初めて会った子供たちを話し合いでまとめ上げ、リーダーシップを示した。体育館で行われた体操の試験でも、瞬時に指示を理解し、合図と共に素早く正確に身体を動かして一番先にゴールに飛び込んだ。

試験を終えた倫太郎の晴れ晴れとした顔を見たとき、今回もまた、りつ子は合格を確信した。

受験当日、星良は今回は途中でひきつけを起こすこともなく、無事にすべての課題を終えることが出来た。

だが、戻ってきた星良は、明らかに意気消沈していた。

「セラちゃん、自分からお友達に声をかけて、仲良くなれた？」

星良は黙って首を振った。

「どうして？　あんなに練習したじゃないの。楽しいお話が沢山あったでしょう？　絵本の話、海に行った話、お手伝いをした話、お婆さんに道を聞かれてそのお宅の近くまで連れて行ってあげた話、色々あるでしょ？　どうしてお話ししなかったの？」

「だって……」

星良は自分でも気にしているのか、はっきりと返事をしない。それでもしどろもどろに語った話によれば、一緒のグループにとても明るくて元気の良い子がいて、みんなその子に圧倒され、気後れしていたらしい。

途方に暮れ、戸惑いながらリーダーの後をウロウロくっついて歩く星良の姿が目に浮かんだ。

「そんなことでどうするの？　ちゃんとお塾で練習したはずよ！」

だが、星良は押し黙り、下を向いて爪をかみ始めた。幼稚園に入ってから始まった癖で、今年になってから特にひどくなった。気がついたら爪が半分くらいになってしまったので、受験に備えて厳しく叱り、やっとやめさせたというのに。

「よしなさい！」

星良の身体がビクンと震えた。まぶたに涙が盛り上がる。りつ子は娘から謂われのない非難を受けたような気がして、沸々と怒りがこみ上げてきた。

どうしてこの子って、こんなに可愛げがないんだろう。とろいくせに妙にひがみっぽくて、すぐ泣くくせに強情で……。まったく、素直じゃないんだから！

りつ子は爆発しそうになる心をやっとの事で抑えた。

しかし、翌日伸陽会で試験問題の答合わせをしたとき、驚くべきことが分かった。星良は、またしても塾では難なく解いていた図形その他の問題が、まったく出来ていなかったのだ。

「どうして？　どうしてなの、星良？」

りつ子はショックのあまり貧血を起こしそうになった。

「まあ、落ち着いてください。時々あるんですよ。受験には魔物が住んでいるんですね」

辰子がなだめようと声を掛けたが、りつ子はきっと睨み返した。

「冗談じゃありません。何のために二年間も高い月謝を払ってきたと思うんです？　魔物なんか退治出来なくてどうするんですか？」

辰子は試験結果が予想と大きく外れて逆上した親を、これまでにも大勢見てきたのだろう。少しもいやな顔を見せなかった。

「とにかく落ち着いてください。親御さんが動揺なさると、お子さんに影響します」

あくまでも穏やかな声で言った。

「星良ちゃんはこの先、学芸大附属・お茶大附属・筑波大附属と、大事な試験が続くんですよ。この失敗を引きずるようなことがあってはいけません」

りつ子はその言葉でようやく冷静さを取り戻した。

確かにその通りだ。終わってしまった試験のことなんか、今更考えたって仕方ない。

次の準備をしなくては……。

数日後、慶應幼稚舎の合格発表があった。

予想に違わず、倫太郎は見事合格していた。

「ああ、良かった！　倫ちゃん、おめでとう！」

りつ子はやっと安心することが出来た。

「慶應はたいそう難しいそうね。それに合格するなんて、やっぱりりんちゃまはお父さまの子だわ」

允子も手放しで合格を喜んだ。

「で、どうする？　倫太郎は慶應に進学させるか？」

迪彦の喜び方は少し控えめだった。星良の気持ちを慮っていることがりつ子にも伝わった。

「それなら入学手続きを取るけど、もし国立大付属を狙っているなら、無駄な金を使うこともないと思う」

私立は合格発表の後、日をおかずに入学金を払わなくてはならないが、学芸大附属竹早（たけはや）・お茶大附属・筑波大附属の三校は試験がそれぞれ十一月二十六日・十二月七日・十二月十七日だった。試験の合格者はもう一度抽選され、入学者が決まる。国立に入学した場合でも、支払った入学金は戻ってこない。

「そうねえ……」

りつ子は迷った。慶應は素晴しいが、せっかく抽選を突破して受験資格を得た国立大の付属小学校も捨てがたい。

だがしばらく考えたのち、りつ子の心は決まった。

「慶應にしましょう。大学までエスカレーター式で行けるんですもの。もう、この先受験する必要はないわね」

「星良！」

りつ子は思わず悲鳴を上げた。

十一月二十六日、学芸大附属竹早小学校の入学試験当日の朝のことだ。星良を起こしに子供部屋に行ったりつ子は、パジャマのズボンが濡（ぬ）れているのに気がついた。ベッドのシーツもぐっしょり湿っている。

「いったい、どうしたのッ！」

　おむつが取れてからこの方、おねしょをしたことなど一度もなかったのに。

　星良はと見れば、毛布を握ってベソをかいている。

「泣いてちゃ分からないでしょ！　どうしてこんなことしたの⁉」

　だが、星良は盛大にしゃくり上げている。りつ子は星良の両肩をつかんで揺すぶった。

「ねえ、どうして？　学芸大附属に行きたくないの？」

　星良はしゃくり上げながらも、必死で首を振った。

　りつ子は星良の肩をなおも激しく揺すぶった。星良は悲鳴のような声を上げて泣きながら、それでもどうにか首を振った。

「それじゃどうしてよ？　どうしてなのよ？　ママはもう、アンタみたいな子は知らないわ！」

　りつ子は星良をベッドの上に突き倒した。星良は海老のように身体を丸めて泣き続けた。その格好は胎児にそっくりだった。

　りつ子はやっと呼吸を整えた。

「とにかく、お風呂に行きましょう」

りつ子はタンスから新しい下着を取り出し、星良を連れて一階に降りた。リビングの前を通ったが、迪彦はすでに出勤していたので、誰にも見とがめられることはなかった。

脱衣所で下半身だけ脱がせて風呂場に入り、シャワーを出して掛けた。星良が「ひっ」という声を漏らした。まだ十分に湯が温まっていなかったのだ。慌ててシャワーを逸らせたが、それから三秒もしないうちにぬるま湯から湯に変わった。

りつ子はバスタオルで入念に拭き、着替えをさせた。

「ちゃんとしっかり食べるのよ。これからの試験は失敗出来ないんですからね」

りつ子は星良の前にトーストとスクランブルエッグの皿を置いた。先に起きていた倫太郎はすでに朝食を食べ終えていた。

「ママ、セラはどうしたの？」

星良の顔を見るなり、心配そうに尋ねた。泣いて目が腫れ、鼻の頭が真っ赤になっている。

「何でもないの。ちょっと風邪気味なのよ」

りつ子は素っ気なく言って、着替え始めた。

駅まで歩く道のりも無駄にはできない。りつ子は星良に伸陽会で学んだ問題を出し、解答を暗誦させた。電車の中でも、二人は小さな声でやりとりを続けた。

国立大学の付属には両親の面接がないので、付き添いは母親一人が多く、待合室は普段より女性の占める割合がずっと高かった。そのせいか、室内に漂う緊張感も、常にも増して濃厚だ。今にも糸が切れそうなほど張り詰めた顔つきをしている母子が数多く見受けられる。

りつ子と星良はその代表例だったかも知れない。

「ウォーミングアップは十分よ。自信を持って、頑張っていらっしゃい」

りつ子はそう言って星良の両肩を軽く叩き、試験会場へ送り出した。それから同じ言葉を必死に自分に言い聞かせ、終了の時間が来るのを待った。

試験を終えた子供たちが、次々に会場から親の待つ部屋へと戻ってきた。最後の方に部屋に入ってきた星良は、明らかに普通ではなかった。目が潤んで顔が赤く、明らかに呼吸が苦しそうだった。

「セラちゃん？」

りつ子は慌てて星良に走り寄り、額に手を当てた。火傷しそうなほど熱かった。星良は力尽きたようにその場にへなへなとくずおれた。

「星良！」

星良はすぐに救急車で最寄りの病院に搬送された。診断は急性肺炎だった。

「今は良い薬もありますから命に別状はないと思いますが、何分小さいお子さんのことですから、油断は禁物です。しばらくは安静が必要です」

りつ子は医師の言葉にようやく安堵したが、それもつかの間、すぐ次の懸念が頭をもたげてきた。

「先生、十二月七日にはお茶の水の入試があるんです。それまでに退院できますか？」

医師はほんの少し眉をひそめたが、それ以上態度に表すことは控えたようで、変わらぬ口調で言った。

「それはその時の状態によりますよ。とにかく今はゆっくり養生させて、様子を見ましょう」

その時りつ子の頭にあったのは、お受験のことだけだった。

この状態では実力の半分も出し切れなかっただろう。学芸大附属は無理ね。こうなったらお茶の水と筑波大に懸けるしかない……。

星良は精も根も尽き果てたように、昏々と眠り続けていた。

「退院したばっかりで受験なんて、無理だよ。やめた方が良い」

迪彦はお茶の水女子大附属の入試に反対した。星良は昨日退院して、試験は明後日だった。

「別に寒中水泳しろって言うわけじゃないのよ。ペーパーテストとボール遊び程度の試験だわ。病み上がりだって、どうってことないわよ」

りつ子には迪彦の反対が理不尽としか思えなかった。

そして允子はといえば、倫太郎の受験が終わった途端、星良の入試にはすっかり関心を失い、今も我関せずという態度で見物している。

「せっかくのチャンスなのよ。一発逆転できるのよ。お茶大附属に受かれば、今までの失敗を全部取り返せるわ。星良にバラ色の未来が開けるのよ。ねえ、あなた、あの子からチャンスを取り上げないで。チャレンジしないと、失敗しか残らないわ」

迪彦は根負けしたのだろう。うんざりした顔でため息を吐き、それ以上何も言わなかった。

りつ子はそれを承諾と取って、次の入試に気合いを入れた。

試験会場には、例によって同じような服装の子供たちとその親たちが大勢詰めかけていた。お茶の水は高校と大学は女子校だが、付属の中学までは男女共学なので、子供の半数は男の子だった。

りつ子は星良の肩を抱いて、必死の思いで言い聞かせた。

「良いこと、今日の試験に受かれば、これまでの失敗は全部帳消しになるのよ。だから頑張るのよ。死ぬ気でやりなさい。ここで失敗したら、今まで頑張ってきたことがみんな無駄になっちゃうのよ。分かったわね？」

星良はこくんと頷いた。だが、その目には怯えの色があり、明らかに萎縮していた。それを目にした瞬間、りつ子は今日の試験で星良が犯す致命的な間違いの数々を見せられたような気がした。

ほんとに、この子はどうしていつもこうなの？

りつ子の心にはどうしようもない怒りと苛立ちが湧き上がってきた。病院ではすぐに熱が下がり、順調に回復した。退院してからは至って元気だった。だから迪彦を説き伏せて、何とか今日の受験にこぎ着けたのだ。

それが今になって、風船から空気が抜けるように、すっかりしぼんで萎れてしまった。

最初から実力がないのなら仕方がない。でも、星良は十分に力があるのに、大事なところでそれを発揮することが出来ない。日頃の力の半分も出すことさえ出来ない。同じ双子の倫太郎は、いつでも伸び伸びして、どんなときでも自分を見失ったりしないのに。だからこそ、本来の姿以上に大きく見える。そう、わずか六歳にして、倫太郎にはすでに「大物感」さえ漂っている……。

ああ、いったいどうして？　どうして星良はこんな子になってしまったの？

お茶の水女子大附属小学校の合格発表は、試験の終わった翌日になされる。

確かめるまでもなかったが、りつ子は星良を連れて会場まで発表を見に行った。案の定、星良の受験番号は張り出されていなかった。

りつ子はしょんぼりとうなだれている星良を睨み付けた。

「星良、今度の筑波大附属がラストチャンスよ。これに失敗したら、もうあなたはお終いよ。分かってるわね？」

星良はすでに半ベソをかいていた。りつ子はまたしても怒りと苛立ちが体中を駆け巡るような気がした。

「分かったらめそめそ泣いてないで、おうちに帰ったらしっかりお勉強しなさい」

頷いた拍子に、星良の細い目から涙の粒がぽろぽろとこぼれ落ちた。

名門小学校入学試験の掉尾を飾るのが筑波大附属小学校だった。選考試験は十二月十七日。合格発表は三日後の二十日で、その後抽選による三次選考を経て、翌日入学者が発表される。筑波大附属高校は日本屈指の東大合格率を誇る名門校でもあり、他の名門私立に合格して入学手続きを済ませた児童の中にも、筑波大附属に合格すると入学先を変更する者は少なくない。私立と国公立では、入学金・授業料・寄付金など、親の負担する費用に格段の差がある。安くて優秀でブランド力の高い学校を選ぶのは、当然の理だろう。

背水の陣を敷いた気分も手伝って、筑波大附属の入試に懸けるりつ子の意気込みは、それまでよりいっそう熱かった。

そして、りつ子とは対照的に、星良の気持ちは熱に溶かされる氷のように流れ出し、蒸発してしまったように見えた。

「……食べたくない」

星良はその朝、トーストの端を齧っただけで、ハムエッグにもサラダにも箸を付けようとしなかった。

「ちゃんと食べなきゃだめでしょう。今日は大事な日なんだから」

「……お腹空いてない」

星良は顔色が悪く、寝不足なのか目が腫れぼったくて、全体に顔がむくんでいた。

りつ子は内心舌打ちしたい気分だった。

こんな顔してたら、病気だと思われて落とされるじゃないの。まったく、もう
……！

「ちゃんと食べなさい！」

星良の身体がビクンと震えた。怯えたような目でりつ子を見上げ、それからのろのろと箸を取り上げると、苦い薬を飲み込むような顔で、目をつぶって朝食を食べ始めた。

冬の乾燥した空気に乗って、ピンと張り詰めた緊張感がヒリヒリ伝わってくるような朝だった。

電車を降りて試験会場に入ったとき、その緊張感は最高潮に達した。

りつ子は星良の着ているオーバーを脱がせた。

その時、星良の右まぶたが小刻みにピクピクと痙攣（けいれん）しているのに気がついた。

「セラちゃん……」

どうしたの、しっかりして……。

そう言おうとした瞬間、星良は突然口から食べた物を噴き上げた。あっという間もなかった。噴水のような嘔吐（おうと）が、星良の試験用のアンサンブルとりつ子の顔に容赦なく浴びせられた。

「……」

あまりのことに周囲の人たちも言葉を失い、呆然（ぼうぜん）としている。

一番先に我に返ったのは星良本人かもしれない。取り返しの付かない失敗に、ヒックヒックとしゃくり上げ始めた。

「この、出来損ない！」

気が付くと、りつ子は星良を張り倒していた。しまったと思ったときは遅かった。火の点いたような星良の泣き声が耳をつんざいた。

慌てて係員が駆けつけてきた。

「大丈夫ですか？」

大丈夫のわけがないでしょう、このザマを見てよ！

りつ子は心の中で悪態を吐いたが、表面は冷静さを装って首を振り、落ち着いた声で答えた。

「申し訳ありません。ご迷惑をおかけしました。娘が気分が悪くなりましたので、連れて帰ります」

りつ子はバッグからタオルを取り出し、手早く自分の顔を拭き、星良の服の汚れを拭いた。

この格好で電車に乗るわけにはいかない。もったいないけど、タクシーで帰ろう。

そんなことを考えながら、泣いている星良にオーバーを着せた。

「本当に申し訳ありませんでした」

りつ子は誰にともなく深々と頭を下げ、星良の手を引いて会場を後にした。

星良はグスン、グスンと洟をすすっている。その顔を見下ろすと、りつ子の胸にこみ上げてくる衝動があった。

それが殺意だと気が付いたとき、さすがにぞっとして目を背けた。

私は、自分の娘に、どうしてそんな……？

恐る恐る再び星良に目を向けて、りつ子はハッとした。

亡き母に似ているとばかり思っていた星良の顔に、祖母の沢子や伯母の瑠美子・瑠璃子の顔が重なって見える……この世で最も憎むべき一族の顔が！

吹き付ける北風に、耳のちぎれそうな痛みを感じながら、りつ子は自分の心に湧いた感情に動揺し、怯えていた。

第四章

街を歩くとどこからともなくドラマチックな前奏が流れ、柔らかな女の声音が英語の歌詞を歌い上げる。

ジュディ・オングの「魅せられて」はテレビからも、通り過ぎる車のラジオからも、買い物に行く店の有線放送からも、毎日のように聞こえてくる。

普通ならいつの間にか詞やメロディーが頭に入ってしまうものだが、りつ子の場合は右の耳から左の耳へ抜けてゆくだけで、頭の中には何も残らなかった。星良のことで頭がいっぱいで、歌に心を留める余裕など失くしていたのだ。

そして胸の中は憤怒と屈辱と焦燥が渦を巻いて荒れ狂っていた。

星良のバカ！　出来損ない！　役立たず！

怒りに任せてひとしきり悪態をつくと、今度は屈辱が頭をもたげてくる。これからの六年間、自分が迪彦の姉妹たちから何を言われるか、どういう態度を取られるか、想像しただけで蕁麻疹が出そうで、全身かきむしりたくなる。

星良と同い年の二人の従姉妹、小姑たちの娘はどちらも学習院に合格したというのに、星良はすべての受験に失敗し、公立の小学校へ通う羽目になった。

りつ子は悔しくてならない。小姑たち……迪彦の二人の妹は同情する振りをしながら、陰では自分と星良を嘲笑っていることだろう。

「星良ちゃん、学習院の試験で、ひきつけ起こしちゃったんですってね」

「そうそう。学芸大の時は肺炎になっちゃうし」

「筑波大附属の入試では、始まる前にいきなり吐いちゃったらしいわ。いったい、どうなってるの、あの子？」

「倫くんの方は優秀なのにねえ」

「もしかして、変な病気でも持ってるんじゃないの？」

「ひょっとして、そうかも知れないわね。なにしろ……」

そこで二人はわざと声を潜め「母親がね」と同時に毒を吐き出し、意味ありげに頷き合って、悪意に満ちた笑みを交わすのだ。

二人の前に飛び出して、胸ぐらをつかんで「もういっぺん言ってごらん！」と怒鳴ってやったら、思い切り横っ面をひっぱたいてやったら、肥桶の中身をぶっかけてやったら……もし本当にそんなことが出来たら、どれほど胸がすーっとするだろう。
りつ子はその場面を空想し、やっと少し溜飲(りゅういん)を下げることが出来る。
すると、入れ替わりに膨らんでくるのは焦燥感だ。中学校受験まで正味六年を切っている。小学校受験の失敗を考えれば、六年という期間は決して長くない。むしろ足りないくらいだ。今度こそ失敗は出来ない。何としても名門中学に合格させなくては！

名門中学……りつ子は自動的に、女子校の御三家と言われる桜蔭・女子学院・雙葉の三校の名を思い浮かべる。この中のどれかに合格すれば大いばりだ。そして大学の付属校は慶應の中等部、学芸大附属、筑波大附属、お茶の水女子大附属が最大の難関校で、小学校受験のリベンジを図ることが出来る。その次のランクが青山学院・学習院・聖心女子学院・白百合学園・東京女学館・東洋英和の付属だろう。

今度は絶対に失敗出来ない。キチンと長期的な計画を立てて臨まなくては。まずは塾選びだわ。筆記試験で合格圏内に入らなくては話にならない。

伸陽会のことを思い出すと、りつ子は怒りで身体(からだ)が震えそうになる。何のために高い月謝を払い、二年間すべてを犠牲にして親子で通い続けたのだろう。合格という結果を得るためだ。それなのに、星良はことごとく受験に失敗した。倫太郎が難関の慶應幼稚舎に楽々と合格したので、怒りは倍増だった。塾では倫太郎と同じくらい優秀だった星良が本番を全部しくじったのは、小山田辰子の見通しが甘かったからだと思う。

受験には魔物が住んでいるですって？　長年受験を指導してきたプロのくせに、なに寝ぼけたこと言ってるのよ！　まったく、これじゃ詐欺じゃない！

心の中でひとしきり毒づいても、りつ子の怒りは収まらない。怒りが怒りを呼び、ドミノ倒しのような連鎖反応を起こしてしまう。

それというのも、今日、小姑三姉妹、常子と慰子と周子が子供たちを連れて遊びに来るからだ。一昨日の夜になって、姑の允子が突然思い付いたように言い出した。

「日曜日に、娘たちを家に呼ぼうと思うの。常子のとこは大学に進学したし、慰子のとこは上が中学進学で、下の子は周子やうちと同じくお入学だから、一緒にお祝いしましょう」

その言いぐさに、りつ子は傷口に塩をなすり込まれる思いだった。慰子の次女あずさと周子の長女穂波は学習院に合格したのだ。伸陽会では星良より成績が悪かったにもかかわらず。

「それは良い考えですね。いとこ同士五人揃って一年生になったんだから、賑やかで良い」

迪彦までのんきにそんなことを言った。

「あなた、お姑さまのお話、星良はどうなるんです？　可哀想じゃありませんか」

「君がそんなことを言ってどうするんだ？」

迪彦は眉をひそめてりつ子をたしなめた。

「星良は無事に大きくなって小学生になった。まことにめでたいことじゃないか。どうして引け目を感じなくちゃならないんだ？」

「あの子はどこにも受からなかったのよ。試験に全部失敗したのよ。引け目に感じるのは当たり前じゃありませんか」

「まだそんなことを言ってるのか」

迪彦はうんざりした顔で首を振った。

「星良が試験のことを気に病んでいるとしたら、それは周りの大人たちのせいだ。あの子は重荷から解放されて、清々しているかも知れないのに」

そして、厳しい声できっぱりと言い渡した。

「いいかい、これから星良の前で、絶対に失敗した受験の話を持ち出すんじゃない。そんなことをしても何の役にも立たない。かえってこれからの星良の成長に悪影響を及ぼすだけだ」

最後にはいつもの、穏やかな優しい笑顔で付け加えた。

「星良と倫太郎は僕たちの大切な、可愛い子供たちだ。どこの学校へ行こうが関係ない。無事に小学生になったことを素直に喜んで、お祝いしよう」

だが、そう言われてもりつ子の心は少しも晴れなかった。むしろ底に沈んだ不満が嵩を増し、どす黒く濁っていった。

迪彦さんはなにも分かっていない。

名家の跡継ぎに生まれ、大切にされて何不自由なく育ってきたお坊ちゃんだから、大抵のことは大目に見てもらえる。しかしりつ子は違う。守ってくれる親兄弟を持たぬ身の上だから、少しの傷でも大袈裟に拡大される。悪いことはみんなりつ子のせいにされてしまうのだ。

そうよ。今度の受験だって、倫太郎が慶應幼稚舎に合格したのは迪彦さんの手柄、星良がどこにも受からなかったのは私のせいだと思われてる。だから姑は倫太郎のことは手放しで喜んだのに、星良にはまるで同情がないんだわ。

お受験を始めてからのあれこれを思い出し、りつ子は奥歯をきりきりと嚙みしめた。

今度は絶対に失敗しない！　今度こそ、小姑の子供たちが逆立ちしても入れないような、日本屈指の名門校に合格させてみせる！

「りつ子さん、カトラリーは宮本商行のものを出してくれた？」

「はい、お姑さま」

りつ子は声が尖らないように気をつけた。いったい何度同じことを言えば気が済むのだろう。宮本商行は宮内庁御用達の老舗銀器店で、そのディナー・セットは允子の自慢の一つだった。

メインディッシュはローストビーフで、りつ子は焼く前に赤ワインと香味野菜でマリネしておいた。子供連れとは言え、一度に十人もの客を招くので、昨日から支度に大わらわなのだ。

「グレイビーソースのお味付けは私がしますからね」

「はい。それではお姑さま、よろしくお願いします」

りつ子はそう言ってガス台の前を離れた。

まったく、肉汁を煮立てて赤ワインと塩胡椒を混ぜるくらい、子供だって出来るわよ。バカじゃないの？

りつ子は調理台にまな板を置き、スモークサーモンに添えるタマネギを切り始めた。

どういうものか、タマネギを切ると目に染みて涙が出てしまう。だからタマネギスライスは大嫌いだった。

「りつ子さん、タマネギはよく水にさらしてね」

「はい」

うるさいわね、もう！　私が嫁に来てから何十回タマネギをスライスしたと思ってるのよ？　一度でも水にさらさなかったことがあった？　ボケたんじゃないの？

料理をしている最中に允子に口を出されると、他のこと以上に癪に障る。允子は貧乏公家の生まれだが一応華族だったので、戦後の窮乏生活のとき以外、自分で料理をした経験がない。だからりつ子は実際に見たわけではないが、おそらく手際が悪くて味付けのセンスも悪いだろうと察しが付く。

玉垣家で暮らした六年間、ほとんど毎日のように最高級のフランス料理と日本料理を食べていたお陰で、りつ子は舌が肥えていた。正式に料理を習ったわけではないが、台所で母の手伝いをした経験と味の記憶、そして持ち前の探究心によって、結婚して自分で料理を作るようになるとめきめきと腕を上げ、フランス料理のフルコースも会席料理もパーティー料理も、家庭料理を超えたレベルに達している。だから允子のようなお粗末な料理しか作れない女に、初歩的なことからあれこれ指図されるのは、どうにも我慢できないのだった。

「お姑さま、ホウレン草のグラタンは皆さまがお見えになってからオーブンに入れましょうか？」

偉そうに指示されると頭にくるので、先回りした。

「ああ、そうね。そうしてちょうだい」

ホウレン草のバター炒めとゆで卵をホワイトソースで和えて粉チーズを振っただけの簡単な料理だが、彩りがきれいで子供が喜ぶので、りつ子はパーティー料理によく作った。

五時を過ぎると玄関のドアチャイムが鳴り、小姑の一家が順次やってきた。計ったように五分の間を置いて。

「みんな、良く来てくれたわね。こうして顔を揃えるのはお正月以来かしら」

允子は孫たちの顔を見回して満足げな笑みを浮かべた。

迪彦の姉、中谷常子はこの年四十四歳、商社マンと結婚して男女二人の子供がいた。常子は幼稚園から学習院だったが、息子の朗と娘のみどりは幼稚舎から慶應で、朗は経済学部に、みどりは文学部に進んだ。二人が成績優秀なのは一橋大学を卒業した父親の遺伝だと、りつ子は確信している。

その朗は友人たちと約束があるとかで、祝いの席に来なかった。

「すみません、お母さま」

「残念ねえ。楽しみにしてたのに」

りつ子はジュースの栓を抜きながら、そりゃそうだろうと思った。今時の大学生が、せっかくの日曜日に祖母(ばあ)さんの家なんかに行きたいわけがない。友達やガールフレンドと過ごした方が楽しいに決まっている。朗は父親似で特別美男ではないが、知性的で嫌みのない顔立ちをしている。それで慶應ボーイなら、きっとガールフレンドに不自由はしないだろう。

みどりは不幸なことに母の常子にそっくりだった。その常子も母の允子にそっくりだ。醜さというのは優性遺伝するのかと、りつ子は三人の顔を見比べて密(ひそ)かに感心した。

不細工でも人好きのする顔というのがある。それは男にも女にもいて、整っていないことでかえって親しみやすさが生まれるような顔だ。たいていの場合、性格も明るく愛嬌(あいきょう)があって、人に好かれる。もしかしたら性格が顔に表れて人好きがするのかも知れない。

みどりは醜い上に人好きのしない顔だった。目に険があり、見るからに傲岸(ごうがん)そうだ。

きっと性格も頑なで愛想がないのだろう。よほどの物好きでも手を出すのをためらうに違いない。

可哀想に。このご面相じゃ、良縁は望めないわね。学歴と職歴で箔を付けて出世する以外、お先真っ暗だわ。

りつ子はみどりの顔を横目で見ては、同情を催した。その気持ちは優越感を呼び覚まし、少し気持ちを浮き立たせてくれた。

貴船慰子は開業医の妻で、内科医の夫は明治時代から続く大きな病院を経営している。長男の克也は今年、日大第三中学校を受験して合格した。貴船夫婦が一人息子を日大三中に入れたのは、将来日大の医学部に進学させ、病院を継がせるためだった。日大は名門とは言い難いが、医学部だけは別格だ。今やどこの大学も医学部人気は過熱して、受験戦争は激化している。もし医学部を受験させて何処にも合格できなかったら、病院は後継者を失うかも知れない。下の子は二人とも女の子で、共に学習院初等科に合格した。

私大の医学部は学費がバカ高いし、きっと医学部を卒業するまでにも寄付やらなにやら、ものすごいお金を取られるんでしょうね。

りつ子は食前に出したクッキーをひたすら食べている克也の様子を眺めた。父親に似て肥満体で、脂肪に押しつぶされて、目が小さい。黒目がちの小さな目が何かに似ているような気がしたら、コークスの粒だと思い当たった。

竜崎周子の夫は大蔵省の役人で、所謂エリート官僚である。当然ながら東大法学部出身だ。上の二人の男の子、光平と恭平は共に学習院の初等科だが、大学は東大を狙うのだろうか。

六時になると、食事会が始まった。

玉垣家には優に二十〜三十人の客を招いて晩餐会を開ける大広間があったが、大鷹家はそれほどの豪邸ではないので、客間にしている十畳の和室に座卓を三つ並べてリネンのクロスを掛け、臨時の大テーブルを作った。オードブルのスモークサーモンを盛った大皿には、皇室御用達の宮本商行の銀のサーバーが添えられている。

内輪の集まりだって言うのに、どうしてわざわざ銀器なんか出すのかしら。娘と孫に見栄張ったって仕方ないじゃないの。

りつ子は割り箸を使わずに銀のナイフとフォークでスモークサーモンを食べる允子を見て、しみじみと思った。

結局、この人って貧乏臭いんだわ。いじましいんだわ。時代が変わっても昔の暮らしが忘れられなくて、残りカスにしがみついているからよ。無い物ねだりの高望みばかりしているからよ。

両親と東京の片隅で暮らしていた頃は、今の大鷹家よりずっと貧乏だった。それでもいつも満ち足りていた。りつ子がまだ幼くて世の中を知らなかったせいもあるだろうが、それ以上に両親が慎ましい日々の暮らしを慈しんでいたからに違いない。収入以上の生活を望んで背伸びすることもなく、他人を羨んで妬みや嫉みを表すこともなかった。あの頃を思い出すと豊かな気持ちになれる。きっと、貧乏と貧乏臭いのは違うからだ。

オードブルの皿が空になる前に、りつ子は台所に立って次の料理を運んだ。ホウレン草のグラタンと三種類のフライ。白身魚・タマネギ・アスパラガスを、食べ易いように串に刺して揚げた。子供たちが喜ぶように、手作りのタルタルソースをたっぷり添えてある。

「これ、美味しい！」

案の定、子供たちは大喜びだ。口の周りに白いソースをくっつけて、夢中で頬張っている。

「なくなったら追加しますから、遠慮しないで付けてね」

りつ子は星良と倫太郎の口元をナプキンで拭ってから、再び台所に立った。人数分のミネストローネを出さなくてはならない。

それにしても、まあ……。

りつ子は允子の周囲に座ったまま、おしゃべりに夢中で腰を浮かそうともしない小姑たちに、今更ながら神経を逆なでされた。日曜日で通いの家政婦はお休みなので、りつ子が一人でてんてこ舞いしているというのに。普通なら多少は手伝うだろう。赤の他人の家ではない、生まれ育った実家なのだ。

それもこれも、元凶は母親ね。娘たちと一緒になってベチャクチャしゃべってばかりで、手伝えなんて一言も言いやしない。日頃は偉そうなことばかり言ってるくせに！

「僕、トマトきらい！」

周子の次男、恭平が癇（かん）の立った声を出した。

「あら、そうだったわねえ。困ったわ」

周子はおもねるような声で答え、りつ子の方を見た。

「この子、トマトがダメなのよ。トマトの入らないスープ、ないかしら？」

いい加減にしなさい！　……りつ子は口を突いて出そうになった言葉を危ういところで引っ込めた。

人の家に来てご馳走になって、その言いぐさは何？　子供が出されたものに文句を言ったら、叱るのが親の役目でしょう。なに考えてるのよ？

「ちょっと待ってね」

りつ子は台所へとって返し、スープ用のカップにコンソメのキューブを入れてポットの湯を注ぎ、乾燥パセリを浮かべた。

「はい、恭平君。熱いから気をつけてね」

恭平は申し訳のように頷いてカップを受け取ったが、明らかに気に入らない様子だ。

まったく、いくら名門だって、こんな礼儀知らずでしつけの出来ていない子、将来ろくなもんにならないわ。

りつ子は恭平から周子、允子と順番にその顔を眺めた。周子は母親失格だが、孫の不作法をたしなめない允子も祖母失格だ。日頃礼儀作法にうるさいくせに、身内を治外法権に置いたのでは、まるで説得力を失う。

この母娘って、揃いも揃ってろくなもんじゃないわ。孫の代まで出来損ないばっかり。この一家に迪彦さんが生まれたなんて、突然変異も良いとこ。奇跡だわ。

りつ子は隣に座る迪彦を見遣った。

「そろそろローストビーフの出番かな？」

視線に気が付いて、迪彦が尋ねた。

「ええ。お願い」

りつ子は迪彦と一緒に台所へ入った。

保温しておいた牛肉の塊を皿に載せ、周囲にマッシュポテトと人参のグラッセ、インゲンのソテーを彩りよく配置した。皿は備前焼の長方形の大皿で、ローストビーフを載せるために特別に焼かせたものだという。これも允子の自慢だった。

「今日のは一段と美味そうだな」

「ええ。でもね、サイドのマッシュポテトも同じくらい良い出来映えよ。沢山召し上がってね」

互いに目と目を見交わしてから、迪彦は両手で皿を持ち上げ、テーブルへ運んだ。

子供たちが一斉に歓声を上げた。

「すごい、デカい！」

「レストランみたい！」

りつ子は得意な気持ちで一同を見回した。これだけの料理を作れる女は、この中にいないだろう。

「じゃあ、パパ、お願いします」

肉を切り分けるのは一家の主人の役目だった。

「それじゃ……」

迪彦は手際よく肉を切り分けてゆく。りつ子はカットされた肉を皿に載せ、マッシュポテトと温野菜を添えてグレイビーソースをかけ、それぞれに手渡した。

りつ子は肉を一口食べて、会心の笑みを浮かべた。今日のローストビーフは、これまで作った中でも最高の出来映えだった。焼き加減は理想的なミディアム・レアで、肉質も申し分ない。マッシュポテトは、口の中でとろけそうになめらかで、グレイビーソースとの相性も抜群だ。

子供たちはものも言わず、夢中になって食べている。

が、小姑たちはといえば……先ほどから子供たちのお受験話で盛り上がっている。

「慶應はいいわね。進学校なのにエスカレーターで。うちは子供二人と主人の意向で、大学は外部受験だから、今から大変」

周子が肉を嚙みながら言う。こぼしているようでいて、夫の優秀さを自慢しているのだった。

「それがうかうか出来ないのよ。途中で勉強について行けなくて転校する子もいるわ」

常子は気の毒そうに言いながら、内心は成績が上位でないと行くことができない経済学部に進学した息子が自慢なのだ。

「まあ、それは悲劇ね」

「幼稚舎に合格した子に多いみたいね。中学や高校から入った子は、学力試験の結果だから」

「うちも、これからが勝負なの」

慰子が割って入った。

「保護者説明会で言われたわ。三中は付属校のトップなので、大学までは大体エスカレーターで進めるけど、どの学部へ入学できるかは、成績で厳密に精査されますって」

慰子は眉を曇らせた。

「医学部へ進学するには、上位一パーセントに入らないと難しいらしいわ」

「あら、克也君ならきっと大丈夫よ」

常子がとってつけたように言った。

「だから早速塾探し。高校生になってからあわてたって遅いもの」

「大変ねえ」

「その点、女の子は楽。大学までそこそこやってくれれば後は何とかなるし」

「そうよねえ」

周子と慰子は頷き合い、申し合わせたように常子とりつ子を見比べた。

「みどりちゃんは、そろそろお見合いの話がくるんじゃなくて？」

「ええ。主人はまだ早いって言うんですけどね」

りつ子は一瞬耳を疑った。

嘘(うそ)でしょ、いくら名門の娘だからって、こんなブスに！

周子と慰子は僅(わず)かに身を乗り出した。

「あら、そんなことなくてよ」

「そうそう、ご縁ですもの。良いお相手がいたら、結納だけでも先に済ませておいた方が安心かも知れないわ」

三人の小姑は顔を見合わせてから、意味ありげに横目でりつ子を見た。迪彦が玉垣家の令嬢と婚約寸前でりつ子に略奪されたことを当てこすっているのだ。

小姑たちの態度に、りつ子は当初からイライラさせられっぱなしで、今や地団駄を踏みそうになった。

この女たち、いったいどういう神経してるの？　人のうちへ大勢でやって来てご馳走になっているって言うのに、子供の自慢話ばかりして、お世辞どころか御礼の一つも言えないなんて。今日の料理は誰が作ったと思ってるの？

「あずさには今月からピアノのレッスンに通わせることにしたの」

「あら、良いじゃないの。ピアノは音楽の基礎になるし」

「うちもピアノにしようかしら？　穂波はバレエを習いたがってるんだけど、近くにお教室がなくて」

「どちらにせよ、早いにこしたことはないわ。音楽や踊りは子供の時から習わないと、基礎が身につかないから」

「習い事の始めは数え六歳の六月六日って言うわね」

稽古事の話になると、りつ子のイライラには痛みが加わる。歌舞音曲、生け花、茶の湯、その他稽古事とはまったく無縁に育った。

両親が特別無精だったわけではなく、戦後間もない時代に結婚した若夫婦は生活するだけで手一杯で、子供に稽古事をさせる余裕はなかった。それにりつ子が小学生の頃、下町ではピアノを習っている子はクラスに一人か二人で、他の習い事と言えばおおむね習字か算盤だった。家計に余裕が生まれた頃には、高校受験目指して猛勉強が始まって、稽古事どころではなくなった。

もし、両親が健在で、あのまま一緒に暮らしていれば、いずれりつ子も花嫁修業の一環としてお茶やお花を習っただろう。

しかし、玉垣家に引き取られてからは、意識的に稽古事を避けてきた。その代わり「東大卒」という肩書きを得たのでりつ子自身は構わないが、子供となると話は別だった。大鷹家の嫡男と玉垣家の血を引く妻の間に生まれた子供たちには、それに相応しい箔を付けてやらねばならない。箔とは学歴と教養で、早い話が由緒正しい名門校に入れてピアノと語学……英語かフランス語を習わせることだった。

だが、りつ子はレッスン先の情報をまるで持っていない。かと言って、小姑たちに聞くのは業腹だった。だから話に耳を澄ませ、必要な情報を仕入れなくてはならない。そんなことをしなければならない自分が惨めで、腸が煮えくり返りそうだ……。

「倫太郎君と星良ちゃんは、何かお稽古を始めるの？」

周子が尋ねると、允子が当然のように答えた。

「もちろん、みっちゃまと同じように、ピアノとフランス語を習わせますよ」

「それも、どうかなあ。僕は音痴で、ピアノはすぐにやめちゃったし、フランス語も合わなくて、全然上達しなかった。会社に入ったら海外通信は全部英語だし。結局は時間とお金の無駄だったよ」

迪彦がぼやくと、三人姉妹は大きく頷いた。

「あら、でも、りんちゃまは好きかも知れませんよ、ピアノもフランス語も」

「まあ、習わせてみないと分からないけど」

「何事も経験です」

りつ子はやれやれと安堵した。これでレッスン先は見つかるだろう。星良も同じ教室に通わせれば良い。

「りつ子さん、デザートを出してちょうだい」

つい気が緩んで、ローストビーフの皿がキレイに無くなっているのを見落としてしまった。最後になってミソが付くとは、心外だった。

「はい」

りつ子は台所へ立ち、冷蔵庫からデコレーションケーキを出した。直径三十センチのホールで、生クリームと苺とメロンをふんだんに使っている。

「すごい！」

「きれい！」

テーブルに運ぶと、子供たちは歓声を上げた。

「これも、おばさんが作ったの？」

「そうよ。たっぷりあるからお代わりしてね」

生地は近所の洋菓子店に焼かせたが、生クリームの泡立てと飾り付けはりつ子がやった。

りつ子はケーキを切り分けながら小姑たちに言った。

「もしケーキが重いようでしたら、フルーツも用意してありますので、どうぞ」

三人は一斉に首を振った。

「いいえ、ケーキをいただくわ」

「お腹(なか)いっぱいでも、不思議とデザートはいただけるのよね」

「甘いものは別腹みたい」

三人はそれぞれ皿を手に取った。子供たちは大喜びで、瞬く間に一切れ目を平らげ、お代わりの皿を差し出した。

皆がケーキを食べている間に、りつ子は台所で紅茶を入れた。基本的には大鷹家も玉垣家と同様ミルクティ派だが、「レモン無いの？」と言われると頭にくるので、小皿にレモンの薄切りも並べて出した。

「今日のお料理、全部おばさんが作ったの？」

紅茶をすすりながら、みどりが尋ねた。

「ええ」

待ちに待った質問なので、りつ子は胸を張って答えた。次に来るのは感嘆の声と賞賛の言葉だと期待して。

しかし、みどりは気の毒そうに眉をひそめた。

「大変ねえ……」

そして、忌まわしいものでも見るような目つきで首を振った。

「私、絶対にイヤだわ、こんなことするの。女中じゃあるまいし、これじゃ何のために大学へ行ったのか分からないもん」

りつ子はあまりの発言に呆気に取られ、ただポカンとみどりの顔を見返すばかりだった。

「甘いわねえ。そんなこと言ってられるのも、今のうちよ」

「そうそう。結婚したら、イヤでもやらなきゃならないんだから」

さすがに慰子と周子も呆れた顔をした。

「どうして？」

みどりはまるで意に介さない。

「私、お手伝いさんのいない家の人となんか、結婚しないわ」

りつ子は危うく吹き出しそうになった。このブスが何を言い出すのやらと、呆れ返った。

「お母さまもおばさまたちも、女一通りのことは習いましたよ。家事をしないのと出来ないとでは、違いますからね」

允子が言うと、常子も大きく頷いた。

それから姑と小姑たちは「若い人は認識が甘いわね」という方向へ会話を運び、場の空気はすぐに元の和やかさを取り戻した。

収まらないのはりつ子だった。大学に入学したばかりの小娘に、義理とはいえ姪に当る娘に「女中」呼ばわりされたのだ。今日の晩餐のために費やしたすべての努力と気遣いを否定されただけではない。存在そのものを否定されたに等しい。こんな無礼は決して許されるべきでない。

にもかかわらず、誰一人みどりをとがめないのだ。認識の甘さをからかいこそすれ、りつ子を侮辱する発言は無視されたままだ。

いや、違う。りつ子そのものが無視されているのだ。まるでりつ子が透明人間で、この場にいるのが見えないかのように。だからりつ子に対してどんなひどい発言をしても、誰一人気に留めないのだ。

りつ子は怒りで目が眩みそうになり、とてもこのまま皆の前にいることが出来なかった。

黙って席を立ち、台所に行った。そのままエプロンを着け、流しに溜まった食器を洗い始めた。皆が帰るまで何かしていないと、とても時間をやり過ごせそうにない。大声で怒鳴ってしまうかも知れなかった。もしかしたら、誰彼構わず殴りかかるかも知れなかった。

水の飛沫が顔にとんだ。袖で拭おうとして、涙を流しているのに気が付いた。ポロリ、ポロリ、と涙の粒がこぼれている。留めようとしても、瞼の奥から熱い液体が溢れ出してしまう。

こんなバカな！

あまりにも理不尽ではないか。自分に非はない、まったく以て。それなのに泣いている。泣かなければいけないようなことを何一つしていないにもかかわらず、涙が勝手に出てきて、止まらない。こんな理不尽な話があるだろうか。そう思うと悔しくて、新たな涙が溢れてくる……。

りつ子はわざと水音を高くして、洗い物を続けた。もし洟をすする音をリビングの誰かに聞かれたら、屈辱のあまり死んでしまいそうだった。

「……？」

エプロンを引っ張られる感触に、りつ子はハッとして振り向いた。傍らに星良が立っていた。怯えた顔をして、不安そうに爪を噛みながら。

「ママ……？」

母親が台所へ行ったまま戻ってこないので、様子を見に来たのだろう。

「ママ、どうしたの？」

しかし、りつ子の顔を見て、星良はますます不安に駆られてしまったらしく、今にも泣き出しそうだ。

あっちへ行っていなさい。

そう言いたいのに、言葉が出てこない。今声を出したら、きっと嗚咽が混じってしまう。

「ママ？」

この子は、どうしていつも間が悪いんだろう？　来て欲しいときはそばにいないくせに、来ないで欲しいときに限ってすり寄ってくる。

星良の細い目が涙で潤んだ。それを見ると玉垣家の祖母と伯母たちの顔が目の前で重なり、凶暴なまでの怒りが湧き起こった。

バシッ！

考えるより早く手が出てしまった。

星良は鳩が豆鉄砲を食ったように、息を呑んだまま驚きのあまり声も出せず、ただただ細い目を見開いて突っ立っている。そんな情けない姿を見ると、りつ子の胸には新たな怒りの衝動が盛り上がった。

「りつ子さん、皆さま、お帰りですよ！」

もう一度星良を平手打ちする前に、允子の声が届いた。

「はい」

りつ子はエプロンでゴシゴシと瞼をこすり、星良を置いて台所を出た。

客たちはすでに玄関に集まり、靴を履いているところだった。

「お母さま、今日は大変ご馳走になりました」

「お祝い、どうもありがとうございました」

「今度はうちにも遊びにいらしてね」

「今日はわざわざありがとう。久しぶりにみんなの顔が見られて楽しかったわ。また、顔を見せてちょうだいね」

母と娘たちはにこやかに別れの挨拶を交わしている。

しかし、今夜の晩餐の一番の功労者であるりつ子に礼を述べたり、ねぎらったりする者は誰もいなかった。これまでの小姑たちの振る舞いを見れば当然かも知れないが、それでもりつ子は傷ついた。

客たちを送り出して客間に戻ると、星良が畳にペタンと座り込んで、盛大にしゃくり上げていた。

「星良、どうした？」

迪彦は驚いて駆け寄ると、星良の前に膝(ひざ)を突き、肩にそっと両手を置いた。

「みんな帰っちゃって、寂しいのかな？」

星良は泣きながら、激しく首を振った。

「それじゃ、セラちゃんの大好きな料理を他の子に食べられちゃった？」

星良はもう一度首を振ると、迪彦に抱きついた。

「可哀想に。星良はこんなに良い子なのに」

迪彦は星良を膝に載せ、優しく語りかけながら背中を撫(な)でた。

「良い子だね、星良。パパはセラちゃんが大好きだよ。だから、いいたいことがあったら何でも言いなさい。パパはいつでもセラちゃんの味方だからね」

だが星良は最後まで、母親に突如、何の理由もなく平手打ちされたことを言わなかった。

そして星良をあやす迪彦の姿を見ても、りつ子の心に反省の念は生まれなかった。

迪彦さんは良いわ。そうやって子供たちを甘やかすだけで良いんだもの。

でも、私には義務がある。子供たちの将来を輝かしいものにするために、やらなくてはならないことがある。子供たちがどんなに嫌がっても、それでもやらせなくちゃならないことが……。

星良の頰を打った音は、りつ子の中で、これから中学受験まで六年間の戦いの始まりを告げるゴングが打ち鳴らされた音に変わっていた。

第五章

受験の合否は塾選びで決まる！

小学校受験で犯した過ちを繰り返してはならない。りつ子は肝に銘じた。星良の持っている能力を最大限に引き出し、本番になると萎縮する惰弱な性格を鍛え直し、難関校に合格させてくれる塾を探すこと。まずはそれが最初の一歩だ。

東京には中学受験を専門にしている学習塾がいくつかある。ベテラン講師を雇っているから指導内容も悪くないはずだ。しかし、大人数の指導では、個々の生徒にきめ細やかに対応することは出来ないのではないか。それが不安だった。

一方、伸陽会のような伝統のある少数精鋭の塾は、大々的に広告を出していないので、口コミでないと評判が伝わらない。りつ子も慰子と周子から教えられるまで、その存在を知らずにいた。それに慰子は息子の中学受験を経験しているから、きっと情報量も豊富だろう。

しかし、今更小姑たちの世話にはなりたくなかった。顔も見たくないというのが正直な気持ちなのだ。

りつ子は情報収集の手段を考えた。幸いなことに倫太郎は超難関校の慶應幼稚舎に入学した。上の子を持つ親たちは、きっと受験事情に詳しいだろう。

そうだわ。倫太郎の保護者会の時、それとなく探りを入れてみよう。中学受験を目指す子供を持つ母親がいないか……。

本屋で探してきた受験必勝本……『初めての中学受験』『数学嫌いを克服して受験に勝つ!』『最終学年で偏差値15アップ』の頁を繰りながら、りつ子はあれこれと思いを巡らせていた。

「ただいま!」

玄関で星良の声がした。

「お帰りなさい」

りつ子は玄関に向って言うと、また開いた本の頁に目を戻した。星良は近くの渋谷区立上原小学校に通っているので、給食が済むとすぐに帰ってくるが、倫太郎の通う慶應幼稚舎は広尾にあるので、三十分ほど遅くなる。

二階に上がった星良は、すぐにトントンと階段を降りてきた。心なしか足音が弾んでいる。

「ママ、小野寺さんの家に遊びに行ってきます」

クラスメートの名前だった。席が隣で、入学早々仲良くなったらしい。家は同じ町内にあるという。

「行ってらっしゃい。あまり遅くならないようにね」

りつ子は本に目を落としたまま声をかけ、有名受験塾の比較検討を始めた。

「ただいま！」

しばらくして倫太郎が帰ってきた。

「お帰りなさい」

允子が自分の部屋から出てきた。倫太郎が帰ってくると出迎えて、リビングで一緒におやつを食べるのだ。

りつ子は台所に立ち、到来物の枇杷の皮を剝き始めた。

「倫ちゃん、おやつの前に手を洗ってね」

りつ子は普段着に着替えてリビングに入ってきた倫太郎に声をかけた。

「おやつ、何？」

「枇杷よ」

この前の宴会の御礼にと、昨日常子から届いた。宛名は允子になっている。小姑からの到来物は姑宛……それまで平常心で受け入れていた習慣なのに、宛名書きを目にした途端、忌ま忌ましさがこみ上げてきた。結婚当初は余裕を持って耐えられたことが、あの夜以来、次々と耐え難くなって行くようだ。そんな心の変化に、りつ子は戸惑ってもいた。

「まあ、美味しいこと。りんちゃま、たっぷり召し上がれ」

允子は枇杷を一切れ口にすると、目を細めた。枇杷の甘さに孫の甘さが加わって、とろけそうになっているのだろう。

「倫ちゃん、学校はどう？　楽しい？」

「うん」

倫太郎は大きく頷いた。

「仲の良いお友達は出来た？」

「うん」

「なんていう子？」

「岡野君、坂本君、三浦君、横田君、いっぱい！」

倫太郎は人見知りしない性格なので、誰とでもすぐに打ち解ける。幼稚園でも仲陽会でもそうだったから、慶應幼稚舎でも同じなのだろう。

「倫ちゃんは誰とでもすぐ仲良しになれるものね。帰る方向が同じお友達がいたら、いつかうちに連れていらっしゃい。ママもおばあさまも、大歓迎よ」

「うん！」

りつ子は目の前の息子を見つめ、子供が二人とも倫太郎だったらどんなに幸せだろうと思わずにはいられなかった。大らかで屈託がなく、いつも朗らかで、素直で、無邪気で、子供らしさを絵に描いたようだ。悔しいが允子の言うとおり、子供の頃の迪彦にそっくりに違いない。倫太郎の美点は明らかに迪彦から受け継いだものだ。

それに引き替え……。

星良のことを考えるとため息が出る。あのいじけた、うじうじした、負け犬根性の染みついた、子供らしさや可愛らしさのかけらもない性格は、いったい誰に似たのだろう？

「リカちゃん人形が二つあってね、お洋服もいっぱいあるの。お母さんが作るんだって」

夕食の席で、星良は少し興奮気味に話している。今日遊びに行った小野寺という同級生の家の話だ。

「お洋服とお揃いの帽子やバッグもあるのよ」

「へえ。それは大したもんだ」

「小野寺さんのうちは、兄妹の着る物は全部お母さんが作るんだって。よそ行きも、普段着も」

「小野寺さんはご兄弟がいるの？」

「うん。お兄さんと妹」

星良の話は、りつ子の右の耳から入って左の耳へ抜け、後には何も残らなかった。区立小学校の生徒では、兄がいても受験の役に立ちそうにはない。

「そうか。兄妹みんな仲が良いんだね」

にこにこと笑顔で相づちを打つのは迪彦だ。いつの間にか、この家で楽しそうに星良の話に耳を傾けてやるのは、迪彦だけになっていた。しかし、母であるりつ子はそのことにまったく気付いていなかった。


入学して初めて慶應幼稚舎の保護者会に出席したりつ子は、母親だけが出席していることに内心驚いた。受験の際に両親の面接をするような学校では、両親揃って出席する率が高いだろうと思っていたからだ。

しかし、実際には母親の聖域のようだった。子供の父親には医師や会社経営者も多く、平日休みを取って学校へ顔を出すのが難しい立場であり、加えて母親の多くが専業主婦だったからだろう。

母親同士が知り合いなのは、兄弟で幼稚舎に通っている場合だ。

「あら、ナニちゃんのお母さま」

「まあ、ナニちゃんの……」

そうやって挨拶（あいさつ）を交わす母親同士には、言うに言われぬ優越感が漂っていた。兄弟揃って慶應のような名門校に入学させる我家は、誰憚（はばか）らぬエリート家庭なのだと、無言でデモンストレーションしているようだった。

りつ子が出席した目的はただ一つで、同級生の親たちと親睦（しんぼく）を深め、中学受験の情報を収集することだった。倫太郎に関しては何も心配していない。慶應は一度幼稚舎に入学してしまえば、特に問題を起こさない限り、大学までエスカレーターに乗って進める。

担任教師の話は適当に聞き流し、親たちの自己紹介には熱心に耳を傾けた。兄と姉がいる生徒の名前を覚えるためだ。

しかし、りつ子は徐々にその場の雰囲気に感応していった。エリート意識と連帯感がない交ぜになったような雰囲気である。

選ばれた子供。選ばれた家庭。選ばれた学校。

子供たちも親たちも「慶應」という絆でゆるく結ばれている。それは「慶應閥」という固い結束に続いて行く。そして、倫太郎の一生について回る……。

学校を通じた長い友情と連帯を、りつ子自身は高校生の時に失った。しかし、倫太郎には与えてやることが出来た。一生を通じて守ってくれる「学閥」という強い味方を、倫太郎は手にしたのだ。

そう思うと、りつ子は感動で目頭が熱くなりそうだった。

会の最後に、教師が言った。

「それでは、何かご不明の点がありましたら……」

「あのう……」

若い母親がおずおずと手を挙げた。

「はい、どうぞ」

指名されると、申し訳なさそうに周囲に頭を下げた。

「実は、つまらないことなのですが、先ほど教室や廊下に貼った生徒さんたちの絵を眺めていたのですが……気になりまして。普通は一年生、二年生、三年生と、学年が上がる毎に段々上手くなっていくものだと思うんですが、こちらではどうも、一年生が一番上手くて、二年生、三年生になるにつれて、何と言いますか、下手……いえ、子供らしくなっていくように思いました。これには何か、理由があるんでしょうか?」

りつ子は思わずジロリとその母親を睨んだ。

なに、くだらないこと言ってるの。どうでも良いじゃない、そんなこと。

しかし、担任は深く感じ入ったように頷いた。

「まったく、仰るとおりです。良いところに気が付いて下さいました」

それから母親たちにも促すように、壁に貼り出された絵をぐるりと見回した。

「ご覧いただければお分かりの通り、一年生の子たちの絵は、とにかく上手です。とても小学一年生とは思えません。どの子も、受験に備えて何年も塾に通って、徹底的にお絵かきの指導をされています。だからこんなに上手いんです」

そして小さくため息を吐いた。

「入学すると、ほとんどの子供は塾通いから解放されます。この学校で、伸び伸びと、小学生らしい生活を送るようになります。二年生、三年生になるにつれて、徐々に普通の子供に戻ってゆきます。つまり、子供たちの絵は下手になっているのではなく、失われた子供らしさを取り戻してゆく過程だと、そのようにお考え下さい」

教師の話に、母親たちは皆深々とため息を吐いた。内心忸怩たる思いがあったのだろう。

しかし、りつ子が考えたのは別のことだった。

慶應幼稚舎に合格するほど優秀な子供でも、三年間何の訓練もせずに放置すれば〝普通の子供〟に戻ってしまう。それなら星良のようなトロい子供は、一瞬たりとも手綱を緩めてはいけないんだわ。

翌週は区立の上原小学校で保護者会が行われた。

倫太郎とは別の意味で、りつ子は星良の学校生活はまったく心配していなかった。勉強は塾の指導に従えば良いし、有名中学に合格した暁には小学校の人間関係はすべてご破算になる。本音を言えば通学する必要さえないのだが、中学を受験するために小学校卒業の資格が必要なので、仕方なく通わせているのだった。だから学校や教師に対する期待や要望は一切ない。大きな怪我や病気をせずに卒業させてくれれば、それで十分だった。

上原小学校でも保護者会に出席しているのは母親だけだった。さすがにブランドものを身につけた親はいないが。

学校側の説明も親たちからの質疑応答も、特に波乱もなく終り、保護者会は予定通り閉会した。

りつ子が荷物を持って教室を出ようとしたときだった。

「あのう、大鷹星良ちゃんのお母さんですよね？」

呼び止めたのは四十少し手前くらいの母親だった。背は高い方ではないが骨格のしっかりした体つきで、化粧気のない顔に短すぎる……坊主(ぼうず)に近いくらいのショートカット、服装は普段着のTシャツとジーパンに大急ぎでジャケットを引っかけてきました、という感じだった。

「私、小野寺真澄(ますみ)の母です。星良ちゃんにはいつも仲良くしていただいて」

小野寺は好意を示すように、ニッコリと笑った。厚めの唇から覗(のぞ)く歯は意外と白くてきれいだった。

「こちらこそ星良がいつもお宅にお邪魔して、すみません」

りつ子が頭を下げると、小野寺は首だけでなく手も振った。

「いいえ、とんでもない。星良ちゃんが来てくれて、うちはありがたいんですよ。真澄は毎日上の子の世話をしてくれるんで、外に遊びに行けないんです。私が昼間パートに出てるもんですから。星良ちゃんはほんとに優しいお子さんですね。ちっとも嫌がらないで、上の子とも一緒に遊んでくれるんです。だからお兄ちゃんも星良ちゃんが来てくれるのを楽しみにしてるんですよ」

りつ子は上の空で聞き流していた星良の話を頭の隅からたぐり寄せた。確か小野寺真澄には兄と妹がいると言っていた。母親の話では、真澄は学校から帰ると母親に代わって兄の世話をしているという。その兄というのは病気なのだろうか？

「失礼ですけど、真澄ちゃんのお兄さんは、どこかお悪いんですか？」

「脳性小児麻痺なんです。車椅子には何とか乗れるんですけど、言葉も少し不自由で……」

小野寺は淡々と話し続けたが、りつ子はほとんど聞いていなかった。脳性小児麻痺と聞いて、ショックを受けたのだ。身近に患者と接したことがないので、詳しいことは知らない。ただ漠然としたイメージがあるだけだ。四肢と言語が不自由で、知能も遅れているというステレオタイプである。

冗談じゃないわ。そんな子と関わり合って、星良の知能の発達が遅れたら取り返しが付かないじゃないの。ただでさえ、区立の子供となんか遊ばせたくないのに。

そうよ、類は友を呼ぶ、朱に交われば赤くなる。星良はあの子より優秀な友達を作らなくちゃいけないんだわ。小野寺って子とは、早く交際を断たないと……。

保護者会が終わって家に帰ると、星良はいなかった。いつも通り、学校から帰るが早いか、小野寺真澄の家に遊びに行ったのだろう。

星良にどんな風に話したら良いかしら？

まさか「脳性小児麻痺のお兄さんのいる子と遊んではいけません」とは言えない。星良が何と思おうと構わないが、それを聞いた迪彦の反応を想像すると、厄介なことこの上ない。

りつ子は小学校受験を通して、迪彦の星良に対する考え方をすっかり読み取っていた。要するに「清く正しく美しく」育って欲しいと願っているのだった。「清く正しく美しく」あるためには激しく醜い闘争に勝ち抜かねばならないことなど、夢にも思っていないのだった。

「倫ちゃん、セラちゃん、今度の日曜日はピアノのお稽古ですからね。忘れないで」

その日の夕食の席で、りつ子は二人に確認した。小姑たちがピアノの手ほどきを受けた教師の娘がやはり音大出のピアニストで、子供教室も主宰しているというので、先週允子が話をして、倫太郎と星良も一緒に習うことに決まったのだった。

「これでやっと、うちのピアノも息を吹き返すわ」

允子はチラリとりつ子を見て、嫌みたっぷりに言った。

大鷹家のリビングにはアップライト型のピアノがあるのだが、小姑たちが嫁に行ってから誰も弾く者がおらず、単なるオブジェと化していたのだ。

結婚した当初、允子はりつ子がピアノを弾けないことで散々嫌みを言ったのだが、その度にりつ子は片腹痛くてならなかった。当の允子がまったくピアノが弾けないのは噴飯物（ふんぱんもの）だが、迪彦も「子供の頃無理矢理稽古させられたから、見るのもイヤだ」と言って近づかないし、頻繁に里帰りする小姑たちも、誰一人として弾いたことがない。それほどピアノに親しんでいるなら、里帰りした際に一曲くらい弾きそうなものなのに。

習ったからってピアノが上手くなるわけでも、好きになるわけでもないのね、きっと。

それでも「お稽古をした」という実績が免罪符になって、履歴書の特技欄に「ピアノ」と書くことが許されるのだ。りつ子は何としても子供たちの特技欄に「ピアノ」と「英語」を書かせたかった。実際に役に立つかどうかは問題ではない。箔（はく）が付くか付かないかが問題なのだ。

「それから二人とも、月曜日は英語教室ですからね。寄り道しないで帰っていらっしやい」

去年、駅前に大手の英会話学校が開校した。小学生のクラスも併設されているので、取り敢えず通わせることにした。

「それとね、セラちゃん。あなたはまた、学校が終わったらお塾に通うことになりますからね。そのつもりで準備するのよ」

「辰子先生のお塾？」

星良は懐かしそうな顔をしたが、りつ子は瞬時にこめかみが引き攣った。

「あんな所、もう用はありません！」

星良はびっくりしてりつ子を見返した。

「……どうして？」

「だって、もう小学校に入っちゃったからさ。あそこに行くのは幼稚園の子だよ。ねえ、ママ」

倫太郎があっけらかんと答えた。それを聞いてりつ子はようやく気持ちが和んだ。

「そうよ。倫ちゃんの言うとおり。セラちゃんが今度行くのは、小学生が通う塾なの」

星良はそれでもまだ腑に落ちないような顔つきだった。

「でも、まだ早いんじゃないかな。一年生になったばかりだし」

迪彦は明らかに乗り気ではなかった。中学受験そのものには反対しなかったが、学習塾に通わせるのは高学年になってからで十分ではないかという意見だった。

「早い方が良いのよ。その分、馴れるのも早いし。それに……」

毎日塾に通わせれば、小野寺真澄の家に行く時間がなくなる。一石二鳥ではないか。

勿論そんな考えはおくびにも出さず、りつ子は倫太郎と星良を等分に見比べた。

「倫ちゃんもセラちゃんも、伸陽会は嫌いじゃなかったわよね？」

「うん！」

二人は同時に返事した。倫太郎も星良も伸陽会では優等生だったし、講師たちにも懐いていた。

「今度のお塾は伸陽会とは別の先生がいらっしゃるけど、きっと楽しいと思うわ。また、好きになるわよ」

まだどの塾にするか何も決まっていないのに、りつ子は自信たっぷりに請け合った。難関校に多くの生徒を合格させる塾というのは、生徒を惹き付ける魅力を備えているはずだと、伸陽会に通った経験から確信していた。星良が受験に失敗したのは許しがたいが、伸陽会が生徒の心をつかむ技術に長けていたのは事実だった。

「新しいお塾で、新しいお友達が出来ると良いわね？」

りつ子は星良に微笑みかけた。その微笑に釣られたように、星良はこくんと頷いた。

もとより、同じ塾に通う生徒は受験のライバルであって友達などではない。しかし、迪彦と星良がそう思いたいなら、思わせておいた方が得策だと、りつ子は密かに考えるのだった。


「セラちゃん、ちょっと待ちなさい」

その日、りつ子は玄関で靴を突っかけている星良を呼び止めた。いつものように、学校から帰って部屋にランドセルを置くなり、小野寺真澄の家に遊びに行こうとしているのだ。

「小野寺さんのとこへ行くんでしょ？」

「うん」

「それは構わないけど、ピアノと英語のおさらいは済んだの？」

「帰ったら、やる」

「いけません！」

星良の身体がビクンと震えた。

「約束でしょ？　お教室で習ったことは、次までにキチンとおさらいして、出来るようにするって。あなた、一度もやってないじゃないの。ピアノは弾かない、英語のテキストは読まない。これじゃ次のレッスンを受けても身につかないでしょう」

　星良の黒目が落ち着きなく動いた。何とかこの場をやり過ごそうと、言い訳を考えているらしい。

「良いこと、お勉強が先、遊びは後。小学校に上がる前に、ママとお約束したわよね？」

　星良は黙って頷いた。上目遣いでりつ子を見つめているのは、子供なりに言いたいことがあるのだろう。だが、りつ子は星良の裡（うち）を推し量る気など全くなかった。

「約束を守れない子は大っ嫌いよ。そんな子、もう、ママの子じゃありません！」

　星良の細い目に涙の粒が盛り上がった。

　ああ、まただ……。ほんと、イライラする。どうしてこうやってすぐベソをかくんだろう？　言いたいことがあるならハッキリ言えば良いのに、どうしてハッキリ自己主張できないの？

「さっさと部屋に戻って、ピアノと英語のおさらいをしなさい！　それが終わるまで、遊びに行ってはいけません！」

星良はクスンクスンと洟をすすりながら、履きかけた靴を脱ぎ、階段を上がっていった。

「ただいま！」

三十分ほど遅れて倫太郎が帰ってきた。

「まあ、りんちゃま、お帰りなさい。おやつはプリンよ」

例によって允子が甘い声を出して駆け寄ってくる。

普段着に着替えてリビングに降りてきた倫太郎が、周囲を見回した。

「ママ、セラは？　玄関に靴があったけど」

「お部屋で英語のおさらい」

「ふうん。じゃ、僕もおさらいしようかな。おやつは後にするよ」

りつ子は今更ながら倫太郎に感心してしまう。星良と違って、何も言われなくても英語とピアノのおさらいを始めるのだ。

「偉いわね。でも、それなら先にピアノを弾いたら？　セラは英語の後でピアノをおさらいするから」

「うん」

倫太郎はピアノの前に座り、教則本を見台に置いた。

堀部由美という子供教室のピアノ教師は、初歩の教則本にバイエルではなくメトードローズを使っていた。りつ子にはバイエルとメトードローズの違いなど分からないが、音の響きが何となくお洒落に感じられた。

倫太郎は習った曲を軽やかに弾き始めた。音感が良いらしく、子供向けの易しい曲ではあったが、一度習うと難なく弾きこなしてしまう。

「次にやるとこ、おさらいしとこっと」

次の曲も、譜面を見ながらゆっくりとではあるが、途中で間違えることもなく、最後まで弾き終わった。

「まあ、りんちゃまは音楽の才能があるのねえ。きっとピアノも喜んでいるわ」

允子が大袈裟に拍手をした。

「さあ、もう十分でしょう。一緒におやつをいただきましょう」

倫太郎がテーブルについたとき、星良が階段を降りてきた。足音がいかにも重かった。

「セラ、プリン美味しいよ」

倫太郎が呼びかけたが、星良は目もくれず、黙って俯いている。

りつ子は無言の抗議に苛立って、更に厳しい声で尋ねた。

「英語のおさらいは、済んだの？」

星良はこくんと頷いた。瞼と鼻の頭が赤くなっていて、いよいよ可愛くない。

「それじゃあ、テスト」

りつ子はテーブルに用意して置いた鉛筆を指さした。

「What's this?」

「pencil」

蚊の鳴くような声で星良は答えた。

「よろしい。でも、答は大きな声でハッキリと言うこと。お教室でも言われたはずよ。はい、次」

りつ子は消しゴムを指さした。星良が答えると次はカップを指さす。ハンカチ、ソックス、スカーフ……消え入りそうな声のままではあったが、星良はすべて正しく英語で答えた。

「良いでしょう。それじゃ、ピアノのおさらいよ」

星良はのろのろとピアノの前に進み、蓋を開いて教則本を広げた。

たどたどしく鍵盤が鳴った。指の運びが覚束なくて、まるで曲の体を成していない。先ほど倫太郎が弾いた曲と同じ曲とは思えないほど違う。それでも何度も繰り返すうちに、段々音と音が繋がって、曲らしく聞こえるようになった。

三十分ほど練習を続けた後、星良は鍵盤からそっと指を下ろし、反応を窺うようにりつ子の顔を見上げた。

「良いわよ」

星良はほっとため息を漏らし、ピアノの蓋を閉じた。明らかに苦行から解放されて安堵している感じだった。

りつ子はもう一度、リビングを出ようとする星良の前に立ちふさがった。

「セラちゃん、分かったわね？　明日からお勉強が先、遊びは後よ。今のうちにそれをキチンと習慣にしなさい。これから受験まで六年無いんですからね。あっという間に試験が始まるのよ」

「はい」

またしても蚊の鳴くような声で答えると、星良はとぼとぼした足取りで玄関に向った。

「プリン、美味しいのに」

りつ子の耳に、倫太郎がそっと呟くのが聞こえた。

次の日、星良はいつもの時間に学校から戻ってこなかった。

「何処(どこ)で道草食ってるのかしら？」

壁の時計を見るとすでに帰宅が十五分も遅れている。特別な行事があるとは聞いていないから、学校の近くの仲通り商店街でもぶらついているのかも知れない。

きっと、あっちこっちの店を覗いて歩いてるんだわ。まったく、ピアノも英語もほったらかして。やっぱり星良はこのままじゃ堕落する一方だわ。何とか一刻も早く、優秀な塾を見つけないと……。

りつ子はイライラしながら時計を見上げた。もう三十分以上過ぎた。

「ただいま！」

玄関に倫太郎の声が響いた。

「お帰りなさい。途中でセラを見なかった？」

階段を上ろうとした倫太郎が足を止めて振り返った。

「ううん。まだ帰ってないの？」

「そうなのよ。何処で道草食ってるのかしら」

「学校に残ってるんじゃないの」

倫太郎はそう言って二階に上がっていった。

りつ子もハタとその可能性に思い至った。

そうかも知れない。あの子は鈍いところがあるから、先生に居残りさせられているのかも……。

星良ならあり得る。そう思うとイライラが収まった。

しかし、さすがに四時を過ぎると落ち着いていられなくなった。すでに授業は終り、放課後の校庭開放も終わる時間だった。小学校一年生をこんな時間まで学校に残らせるというのは、普通あり得ない。

りつ子は念のために学校に電話してみた。

「いいえ、みんなとっくに帰りましたよ。教室に残っている子は誰もいません」

担任の女教師は戸惑いを隠せない口調で答えた。

「まだ帰宅していないんですね？　どこかへ立ち寄っている可能性はありませんか？」

「はい、あの、多分そうだと思います。これから心当たりを探してみます。どうもお騒がせいたしました」

りつ子はあわてて電話を切った。

とんだやぶ蛇だわ。電話なんかするんじゃなかった。

苦い後悔が胸にひろがった。そして、自分にこんなバツの悪い思いをさせた星良に怒りがこみ上げてきた。

戸棚から星良のクラス名簿を取り出して、小野寺真澄の連絡先を見ながらプッシュホンのボタンを押した。

五、六回コールした後、相手が出た。

「小野寺です」

幼い女の子の声だった。

「こんにちは。小野寺真澄さんのお家(うち)ですか?」

「はい。ちょっとお待ちください」

すぐに別の女の子の声が出た。

「お電話代わりました。小野寺真澄です」

「こんにちは、小野寺さん。私、大鷹星良の母です。初めまして」

「こんにちは、初めまして」

声に親しみが加わった。星良の母なら星良と同じように、自分に好意を持ってくれるはずだと信じているかのように。

「そちらに、星良がお邪魔してないかしら?」

「はい。今、お電話代わります」

真澄の応対は小学一年生とは思えない、しっかりしたものだった。星良のことがなければ感心したはずだが、りつ子はすでにそんな心の余裕を失っていた。

「ママ……」

受話器から聞こえてくる星良の声は小さく、おどおどしていた。自分でも母の怒りに触れることをしたのは良く分かっているのだ。

「セラちゃん、もう遅いわ。帰ってらっしゃい。倫ちゃんもおばあさまも心配しているのよ」

「……はい」

「いつまでもお邪魔していたら、小野寺さんのお宅も迷惑ですよ。分かったわね？」

「はい」

そう答えて星良はすぐに電話を切った。泣きそうな顔をしているのが、見なくても分かった。

「ごめんなさい」

帰ってくるなり、星良は玄関で頭を下げた。

「どうして黙って寄り道したの？」

三和土（たたき）に立ってうなだれている星良を、りつ子は式台から睨み付けた。

「約束したから」

「何を？」

「遊びに行くって」

「毎日遊びに行ってるじゃないの」

「昨日……すぐ帰っちゃったから、翔太君が寂しがって。だから、今日はいっぱい遊ぼうって」

「翔太って？」

「小野寺さんのお兄さん」

「脳性小児麻痺の？」

「……知らない。車椅子だけど」

「そんな子と遊んで、勉強が出来なくなったらどうするのよ！」

星良は小さく口を開け、細い目を見開いた。

「良いこと、あなたは受験に失敗したのよ。親戚中で、私立に全部落ちたのはあなただけよ。これはあなただけの不名誉じゃない、パパとママの顔にも泥を塗ったのよ。それが分かってるの？」

星良の見開いた目に浮かんでいるのは、ほとんど恐怖だった。

「この恥を帳消しにして、名誉を挽回するには、良い中学に合格するしかないわ。小学校で落ちた学校より、もっと良い学校にね。そのためには、この六年間をうかうか過ごすわけにはいかないの。戦いはもう始まってるの。毎日が戦いよ」

星良はほんのわずかに後ずさった。その分、りつ子は身を乗り出した。

「それが分かったら、学校の帰りに友達とちんたら遊んでるなんて出来ないはずよ。戦いの準備に入りなさい。今からでも出来ることは沢山あるんだから。分かったわね？」

しかし、星良はりつ子を見上げ、唇を震わせて訴えた。

「でも、ママ、小野寺さんも翔太君も、大好きよ。おばさんも優しくていい人だよ。どうして遊んじゃいけないの？」

「だから、言ったでしょ！　人の話を何も聞いてないの、この子は！」

押さえつけていた怒りの箍が外れ、気が付けば星良を平手打ちしていた。星良は頰を押さえ、その場にうずくまった。その格好は亀が甲羅に手足を隠しているようだった。

「立ちなさい！　本当にみっともない子！」

そう言い捨てて背中を向け、りつ子は台所に戻った。ガス台にかけておいた煮物の鍋(なべ)が吹きこぼれ、火が消えていた。りつ子はあわててガスを止め、舌打ちしてから汚れたガス台を布巾(ふきん)で拭いた。

「顕英舎(けんえいしゃ)」の名前を知ったのはその翌日だった。朝刊を開くと「サガンが斬(き)る！〝中学受験の神様〟まほろば栄(さかえ)（顕英舎経営）」という見出しが目に飛び込んできた。何事かとよく見ると「総見」という総合誌の広告だった。左岸孝明(さがんこうめい)は論客としてテレビや雑誌で活躍しているジャーナリストで、舌鋒(ぜっぽう)鋭く相手に迫る対談「サガンが斬る！」はその雑誌の人気コーナーだ。

りつ子は「中学受験の神様」という宣伝文句に興味をそそられ、早速本屋へ行って「総見」を買ってきた。

プロフィールを読むと、まほろば栄という人物は、元有名予備校で数学を講義する名物講師であったが、退職して中学受験に特化した進学塾「顕英舎」を設立した。以来、多数の塾生を有名中学に合格させ、入塾希望者が殺到しているという。『つめこみで何が悪い！』『合格あるのみ！』『合格の方程式』等の著書があり、受験戦争を煽(あお)るような言動で注目を集めている……とあった。

「激論！」と銘打った対談を読み進むうちに、りつ子はすっかりまほろばに心酔してしまった。

左岸の言うことは正論だった。「子供の個性を大切にすべきだ」「どの学校へ行くかではなく何を学ぶかが大切だ」「青春時代を受験勉強のみに費やしていると、人間として大切なものを見失ってしまう」等々。

りつ子は半ば呆れつつ痛感した。正論というのは何と白々しいのだろう。正論が通用するのは第三者でいるときだけだ。当事者になったらきれい事は言っていられなくなる。

一方のまほろばは、理想論やきれい事は一切言わなかった。受験は戦いだ、学歴は努力の勲章だ、学歴で差別されることは不当ではない、東大を出て困ることは何もない、と言い切った。

「人間社会に差別はつきものです。どうせ差別されるなら、血統や家柄や財産で差別されるより、学歴で差別された方が本人も納得できるんじゃありませんか？」

そうよ、その通りよ！

りつ子は自分の気持ちを代弁してもらった気がして、本に向って何度も頷いた。きれい事なら誰でも言える。しかしまほろばは、生徒たちを必ず志望校に合格させると約束しているのだ。約束しておいて履行されなければ契約違反に問われる。つまり、リスクを背負って進学塾を経営している人間とは、言葉の重みが違う。

星良を合格させてくれるのは、この人しかいない！　星良を顕英舎に入れよう！

対談を読み終わるまでに、決意は固まり、動かしがたいものになっていた。

またしても本屋に走り、まほろばの著作を探すと、教育本のコーナーに置いてあった。頁を繰り、連絡先が記してあるのを確認して購入した。

家に帰るまで待ちきれず、途中の公衆電話から顕英舎に掛けた。

「今からですと、夏期講習になります」

電話に出た女性は物慣れた口調で説明した。

「ただ、当塾は能力別指導を徹底しておりますので、お申し込みをいただきましたら、受講前に学力テストを受けていただきますが、よろしいでしょうか？」

「はい、勿論です」

その後、受付時間や持参すべき物の説明を受け、受話器を置いた。

もう大丈夫。顕英舎に入れれば、星良は中学受験に向けて、新規まき直しが出来る。

りつ子は久しぶりに心が弾んだ。お受験騒動以来ずっと肩にのしかかっていた重しが取れ、目の前に垂れ込めていたどす黒い霧が晴れて行くような気がした。

「ハッキリ言って小学校低学年の教科は基本中の基本、読み書き算盤の域を出るものではありません。従って、学力試験をしても意味が無いのですが……」

まほろばはそこで一度言葉を切り、居並ぶ保護者——ほとんどが母親だった——の顔をゆっくりと見回した。

「しかし、子供の脳のキャパシティーは無限です。どれほど詰め込んでも、後から後から吸い込んで、新しいスペースを作ってくれます。だからこそこの時期に基本的な事項はすべて叩き込んで、勝負の時期、つまり五年生と六年生の二年間で、受験一本に絞ることが出来るんです」

夏期講習の申し込みをすると、学力試験の日が通知される。試験後数日で所属すべきクラスが決まり、同時にクラス別に保護者会が行われる。ここは星良が入るAクラスの保護者会場だった。

まほろばは母親たちを相手に熱弁を振るった。要は四年間で小学校の教科課程を全部修了させ、五年生と六年生は受験用の特訓に充てて志望校合格を目指すという内容で、まさに詰め込み主義の最たるものだった。

しかし、もし難関校を受験するのであれば、極めて合理的な戦略だと、りつ子は大いに共感し、納得した。

「今、一番大切なことは、お子さんの健康管理です。虚弱な身体では受験戦争を生き残ることは出来ません。心身の健康は合格の必須(ひっす)条件です」

母親たちの中には意外な発言に戸惑いを見せる者もいたが、まほろばは自信たっぷりに後を続けた。

「健康を維持するための三本柱は、食事と運動と睡眠です。お子さんには是非、栄養バランスの取れた食事を与えてください。運動習慣を身につけさせて、身体を鍛えてください。最低一日八時間、睡眠を取らせて下さい。四当五落なんて嘘(うそ)っぱちです。睡魔と闘いながら勉強したって、頭に入りゃしませんよ」

りつ子はこの瞬間、ほとんどまほろばの信者になった。星良が体調不良で入学試験を幾つも棒に振ったことを考えれば、心身の健康は学力と同じくらい大切だと身に沁(し)みたのだ。

「同時に、精神も鍛えなくてはなりません。模擬試験ではいつも良い成績を取るのに、本番では実力の半分も発揮出来ない子がいます。これは精神の弱さが原因です。私は過去にこのような例を幾つも見てきました。だからこそ、わが顕英舎では、学力と同時に精神力も鍛え上げるカリキュラムを組んでいます」

まほろばは顕英舎で実施している精神力向上の取り組みに簡単に触れてから、一呼吸置いてぐっと母親たちを見据えた。

「しかし、だからご家庭で何もしなくて良いと言うことではありません。小学校受験を経験された方は、塾で講師に言われたはずです。受験は本人と塾と親が三位一体で臨まなくてはならない、と」

母親たちは全員大きく頷いた。

「皆さんにそれぞれのご家庭で実行していただきたいことはただ一つ、お子さんに正しい生活習慣を身につけさせて下さい。それだけです」

正しい生活習慣とは何か？　まほろばは母親たちが自問する時間を空けて、再び口を開いた。

「早寝早起き。学校から帰ったら宿題をやる。マンガを読むのは勉強が終わってから。約束を守る。毎日キチンと挨拶をする。食べ物の好き嫌いを言わない。以上です」

まほろばがニヤリと笑うと、母親たちも釣り込まれて微笑んだ。

「簡単だと思うでしょう？　しかし、いざやってみれば分かりますが、子供に今言ったことを実行させるのは並大抵のことではありません。第一に、親が手本を示す必要があります。親が出来ないことを子供にやれと言っても、説得力が全然ありませんんからね」

会場には小さく苦笑が流れた。

まほろばは身長百七十センチくらいで、少し痩せ気味だった。顔は面長で鼻筋が通っていたが、顎の骨が張り出して端正な印象を壊していた。それでも熱弁を振るって身を乗り出す度に、脂気のない前髪が額に垂れかかる様は、母親たちの目には誠意と情熱の証のように映ったのである。

最後に、まほろばは極めて重要な情報を告げた。

「皆さんのお子さんが中学を受験するのは一九八五年、つまり昭和六十年です。この年は受験用語で言う〝サンデー・ショック〟に当ります」

聞き慣れない言葉に、母親たちは不安げに視線をさまよわせた。

「キリスト教では日曜日は安息日に当っています。そのため、試験日が日曜に当った場合、一日ずらして月曜日に行うのが慣例です。つまり、普通は試験日の重なる学校は併願できませんが、昭和六十年度は、一校がキリスト教系なら可能になります。具体的に言うと、女子なら桜蔭と女子学院、難関校を二校併願できるわけです。これによって、他の学校の倍率にも変化が起きてきます。それが吉と出るか凶と出るかは、これからの六年間で決まるんですよ」

最後に、まほろばは言い放った。

「私は受験のプロです。お子さんを志望校へ合格させてみせます。ただし、魔法使いじゃない。バカを利口にすることは出来ません」

そして、ぐるりと聴衆を見回して先を続けた。

「ハッキリ申し上げておきます。公立小学校を卒業するのがやっとの学力で、筑波大附属中学や慶應に合格するのは不可能です。しかし、お子さん本来の学力の一・五倍までなら伸ばすことが出来ます。学力と志望校が一致するかどうかは、これからの努力次第です」

りつ子は小学生のように、保護者会で言われたまほろばの指示を守った。生活習慣に関しては、これまで家庭で行っていることと変わらなかったし、毎日の食事にも気を遣っていた。だが、運動習慣には気が付かなかった。

「ねえ、星良のことなんだけど、少し身体を動かすお稽古事をさせた方が良いんじゃないかしら?」

その日の夜、子供たちを寝かしてから、りつ子は夕刊に目を通している迪彦にお伺いを立てた。

「別に良いんじゃないかな？　体育の授業もあるし、学校から帰ったら友達と遊んでるんだろう？」

チラリと壁の時計に目を遣ると九時四十五分だった。十時からは迪彦が毎週観ているテレビドラマ「沿線地図」が始まる。一昨年「岸辺のアルバム」から山田太一脚本のドラマを好むようになり、放送中はりつ子の話にも上の空になる。

「でもね、女の子同士だと家の中で遊んでばかりなのよ。最近の子は運動不足でひ弱だって言うし、積極的に身体を動かす機会を作った方が良いと思うわ」

「そうだなあ」

迪彦は生返事をしたが、反対する理由はないはずだった。健康のために運動させようとしているのだから。

「バレエとか、水泳とか」

迪彦は苦笑した。

「バレエと水泳じゃ、ずいぶん違うな」

「あら、おんなじよ。どっちも全身運動ですもの」

「まあ、僕はどっちでも良いと思うよ。星良の好きな方で」

やれやれ、良かった。

りつ子は軽く安堵した。まずは第一関門を突破した。

「セラちゃんはバレエと水泳、どっちをやりたい？」

翌日、夕食の席で尋ねると、星良は少し怯(おび)えたような顔をした。勉強以外のことで選択を迫られた経験が久しくないからだろう。

「水泳！」

元気よく答えたのは倫太郎だ。

「僕、泳ぐの大好き！」

「そうねえ。水泳が良いんじゃないかしら。スイミング・クラブなら、りんちゃまも一緒に通えるものねえ」

珍しく允子も乗り気だった。

「じゃあ、決まり。倫ちゃんとセラちゃん、水泳を始めましょう。クラブに入れば、冬でも泳げるのよ」

「ほんと？　良いなあ」

倫太郎はすっかり喜んでいる。それを観て、星良も少し安心したようだった。

それからの五年間は、結婚以来、りつ子が最も心穏やかに、充実して幸せに過ごした年月だった。

小学一年の夏期講習が終わると、星良は顕英舎の受験コースに通うようになった。四年間で小学校の教科課程をすべて修了するのだから、授業は月曜日から土曜日まで毎日ある。その忙しい合間を縫って、週一回のピアノと英語のレッスン、週二回の水泳教室も続けていた。

お陰でりつ子の目論み(もくろ)通り、放課後にクラスメートと遊ぶ時間など無くなってしまった。星良の気持ちはどうあれ、りつ子は小野寺一家と疎遠(そえん)になったことにホッと胸をなで下ろした。

また幸いなことに、星良は稽古事も学習塾も毛嫌いせず、キチンと通い続けた。結果として、ピアノも英会話も順調に上達し、倫太郎と比べて著しく劣ることもなくなってきた。

しかし、小学校五年に進級すると、りつ子は英会話以外の稽古事はすべて中止させた。これからは受験一本に絞っての教科学習が始まるので、他のことに時間を使ってはいられない。

事実、まほろばも年末の保護者会で滔々(とうとう)と弁じた。

「すでに皆さんのお子さんたちは、受験に必要な基礎体力は身につけた頃だと思います。来年からはいよいよ、力の限り飛躍していただきます。そのためには是非とも、受験の役に立たないお稽古事やスポーツ系のクラブ活動は中止していただきたい。再開するのは、合格してからでも遅くありません」

そして、黒板に貼りだした模造紙を指さした。

「このグラフを見て下さい。昨年の筑波大附属中学の入学試験の得点数と順位表です」

親たちは一斉に前方に身を乗り出した。

「お分かりでしょう。筑波大附属を受験するような子供たちは、非常に優秀です。そして我々と同じように、何年も前から塾に通い、試験に備えてきた強者ばかりです。わずか一点の差で何人も抜かれている。一点が明暗を分けると言っても過言ではありません」

グラフを眺める親たちは、固唾を呑んでまほろばの言葉に耳を澄ませている。

「実際の試験においては、小学校の教科書では絶対に出てこないような難問を、短い時間で次々と解いていかなくてはならないんです。考えてる暇はありませんよ。問題を見た途端に解き方が頭に浮かぶくらいでないと、合格ラインには達しません。つまり、条件反射の世界です。知識ではなくスキルです。そこまで訓練して、やっと合格が見えてくる」

そして、まほろばは最後の決めゼリフで演説を締めくくった。

「人間が勉強に集中出来るのは、せいぜい十時間です。お子さんは学校で六時間費やしているわけだから、残りは四時間です。この四時間を有効活用させましょう。タラタラ時間をかけりゃ良いってもんじゃない。集中させるんです！」

しかし、お稽古の中止を申し渡すと、星良は珍しく激しく抵抗した。

「イヤよ、今止めるなんて。もうすぐ『ラジリテ』に入るのよ」

「ピアノの練習ラジリテ」は「メトードローズ」の系統の、中級者向け教則本だった。ここへたどり着くまでに、星良は毎日最低一時間はピアノに向い、才能が無いなりに努力を重ねてきた。

「ここまで弾けるようになったんだから、少しくらいお休みしても大丈夫よ。中学に合格してから練習を再開すれば、すぐに元通り、勘を取り戻せるわ」

それでも駄々っ子のように首を振った。

「発表会だってあるのに」

「だから、中学生になったら出れば良いじゃないの」

「スイミングだって、私、平泳ぎの選手に選ばれたのよ！」

区内のクラブが合同で行う対抗試合で、倫太郎は毎年選手に選ばれていたが、星良が選ばれたのは初めてだった。

「だから、丁度良いじゃないの。初めての大会に出場したのを想い出にしてお休みすれば」

「これから頑張れば、レギュラーになれるかも知れないのに！」

りつ子はうんざりして、ついきつい口調になった。

「だから何？　頑張ればオリンピックに出られるの？」

星良はハッとして口をつぐんだ。

「ハッキリ言うけど、ピアノも水泳も、セラちゃんがいくら頑張ったって一流にはなれないのよ。一流になる人は誰でも、子供の頃から飛び抜けた才能が現れてるものなの。あなたは人より努力してやっと人並みになれる、その程度の才能しか無いのよ。分かった？」

星良は衝撃に言葉もなく、ただ頬を震わせている。

「これからのあなたの人生に必要なのは、人に誇れるちゃんとした学歴よ。ピアノや水泳はいわば人生のアクセサリー、ただの飾りに過ぎないわ。それなのに、そんなことに時間を取られて、人生を決定する大事な勝負に負けたら、一生涯取り返しがつかないじゃないの」

星良の目からドッと涙が溢(あふ)れた。

「ママのバカ！」

そのまま二階に駆け上がった。

まったく、もう。どうしてあの子はいつも、肝心なことが分からないんだろう。だから大事なときに失敗ばかりするのよ。

久しぶりに、りつ子の唇からため息が漏れた。だが、すぐに気を取り直した。気落ちしている場合ではない。星良は学力考査の結果、新年度から特Aという難関校受験を目指すクラスに編入された。これからの二年間の努力次第では、桜蔭と女子学院のW(ダブル)合格だって夢ではないと、まほろばは太鼓判を押してくれた。

その中で、りつ子は最終目標を慶應中等部に絞り込んだ。熟慮の結果、学習院以上のブランド力を持つ名門校は慶應を措(お)いてないと結論したからだ。

もうすぐだわ。もうすぐ、これまでの失敗はすべてご破算になって、星良には輝かしい未来が開かれる。今までの苦労が報われる。星良が名門校に合格さえしてくれたら……。

そうしたら、小姑(こじゅうと)たちに「ざまあ見ろ」って言ってやれるんだわ。うちの星良はあんた方の子供より、ずっと難しい名門校に合格したのよって。そうよ、今度は星良の合格祝いのパーティーを開いて、思いっきり皮肉ってやろう。

りつ子の頭の中ではどんどん妄想が膨らみ、楽しくて仕方ない。だらしなく頬が緩み、声を出して笑いたくなった。


春が過ぎ、五度目の夏期講習が始まった。

星良は順調に試験勉強をこなしているようで、模擬試験の答案もすべて高得点を取っていた。得意な国語や社会は八十点以上、苦手な算数と理科も七十点台を下回らなかった。顕英舎では席はテストの成績順に決められたが、星良は最優秀な子供の集まる特Aクラスにあっても、常に上位十人以内に留まっていた。

りつ子は試しに、顕英舎のテスト問題を倫太郎に解かせてみた。

しかし、チラリと問題を眺めただけで、倫太郎はあっさりギブアップしてしまった。

「出来ないよ。こんなの、習ったことないもん」

それを聞いてりつ子は大いに安心した。倫太郎が解けない問題を星良は解けている。

それならきっと大丈夫。

同時に、何とも複雑な感慨が湧き起こった。生まれてから、星良に出来て倫太郎に出来なかったことは何一つ無かったような気がする。それが今、試験問題に限って言えば、星良は倫太郎を追い抜いている。学習塾で特訓しているのだから当然かも知れないが、なにやら手品を見せられたような気分を拭えない。手品とはトリックであり、仕掛けがある。現実では無いのだ……。

夏期講習が終わると、その年二度目の保護者面談が行われた。

八月の終りでまだ日差しの強い時期だったが、まほろばは毎日室内で講義に明け暮れているためか、紙のように白い皮膚をしていた。

「星良君は今の調子をキープできれば、何の問題もありません。過去のデータと比較しても、難関校の合格範囲内です」

「ありがとうございます。それを伺って安堵いたしました」

りつ子は深々と頭を下げてから、最も心配していることを尋ねた。

「ただ、先生、うちの娘は本番に弱いんです。小学校受験に全部失敗してしまったのも、本番で緊張しすぎて、怯えたのが原因です。こういう、一種の癖のようなものは、どのように対処すればよろしいんでしょう？」

「慣れですよ」

まほろばはあっさりと言い切った。

「上がるというのは、本試験の雰囲気に呑まれてしまうことです。それを防ぐには、慣れしかありません」

そして、自信たっぷりに胸を張った。

「最初ご説明したかと思いますが、我が顕英舎では、生徒の上がり症克服のために、大会場で行われる本番さながらの模擬試験に数多くトライさせています。勿論、各学年で実施していますが、来年度、六年生に進級してからは、本試験までに少なくとも五回程度は模擬試験を経験してもらいます。同時に、本命の試験前に、いわば腕試し受験として、いくらか難易度の低い学校の受験もお勧めしています。このように経験を積む中で、本番に対する一種の恐怖心は克服されてゆきます」

そして、ダメ押しのようにニッコリと笑顔になった。

「それに、小学校受験では生徒はまだ幼児です。受験生としての自覚が十分ではありません。運不運で決まる面も大きい。しかし、中学受験ともなれば、ほとんど学力試験の結果で合否が決まるんです。顕英舎で常にトップクラスの成績を取っている子なら、事故や急病などアクシデントに見舞われない限り、まず取りこぼす心配はありませんよ」

まほろばの話を聞くうちに、りつ子の不安は解消した。話の内容に納得したというより、それを語るまほろばの自信に満ちた態度に感化され、信頼感を抱いたのだ。

ああ、やっぱりこの塾に入れて良かった。この人について行けば、きっと大丈夫。星良は志望校に合格するに違いないわ。

穏やかに凪いでいたはずの海に突然嵐が押し寄せたのは、秋が深まった頃だった。

その日、りつ子は顕英舎に出かけて冬期講習の申し込みをして帰ってきた。

「セラちゃん、今期も特Aでずっと上位十位以内をキープしてるんです。このまま順調にいけば、何処でも合格間違い無しだそうですよ」

夕食の皿をテーブルに並べながら、りつ子は允子に報告した。内心は得意満面だった。

「そう。それは良かったこと」

允子はおざなりに返事をしてから、ふと思い付いたように言った。

「そうだわ。それならいっそ、慶應を受けさせたら？　りんちゃまと一緒の学校に通えたら、一番良いんじゃなくて？」

「そうですね。それも良いですね」

りつ子は今初めて思い付いたように返事をした。

「ただいま」

迪彦が帰ってきた。七時を少し過ぎた時間で、普段より三十分ほど早い。

「お帰りなさい」

りつ子は声を弾ませて玄関に出迎えた。

「良いニュースがあるの」

「僕もだよ」

迪彦も心なしか浮き立っているようだ。着替えて夕食の席に着くと、珍しく「ビールある？」と尋ねた。

「みんなにも嬉しい報告があってね。まずは乾杯」

一気にビールを飲み干してグラスを置き、迪彦は家族の顔を見回した。

「海外勤務が決まったんだ。ロサンゼルス支局に支局長として赴任することになった。長年の夢が叶ったよ。勿論、単身じゃなくて、家族も一緒だ。みんな、ロサンゼルスで暮らせるんだよ」

「すてき！」

「へえ、カッコイイ」

子供たちは歓声を上げた。

しかし、允子とりつ子は顔を曇らせた。

「勤務は、何年くらいなの？」

まずは允子が不安そうな声で尋ねた。

「場合によりけりだけど、通常は三年から五年くらいだね」

「……そんなに」

思わずため息が交じるのは、すでに日本に残ると決めているからだった。海外生活の経験のない允子には、七十近くなってから言葉も分からない国で暮らすなど、とても考えられないのだろう。

「私と子供たちはいけないわ。学校もあるし」

りつ子の返事に、迪彦も二人の子供たちも耳を疑ったようだ。驚いて互いに顔を見合わせ、それからりつ子を凝視した。その視線には非難が込められている。

「どうして？　子供たちにも良い経験だよ。成長期にアメリカの自由な空気に触れて生活できるなんて」

結婚以来何度も「海外勤務になれば良い」と望んでいたのはりつ子自身だった。その願いが実現して、喜んでもらえるものとばかり思っていたので、予想外の拒絶に迪彦は驚き、戸惑っていた。

「だって日本に戻ってきたら、どこの大学にも合格出来ないじゃないの。任期が三年なら、帰国するとき子供たちは中学二年、五年なら高校一年よ。アメリカでのんびりやってきた子供たちを、どんな学校が受け入れてくれると思ってるの？」

迪彦は呆れたように口を半開きにし、大きく首を振った。

「中学二年なら、高校入試まで時間は十分あるじゃないか。高校一年なら、大学入試はスタートしたばかりだろう」

「あなたは何も分かってないわ！　今の時期の三年間がどれほど大切か。私も星良もこの五年間、再来年の入試に向けて必死で努力してきたのよ。それを全部無駄にしろって言うの？」

「君の言ってることが理解できないよ」

迪彦は大袈裟にため息を吐いた。

「努力は決して無駄にならない。必ず何かの形で花開くものだ。星良の努力は受験でなくても、アメリカ生活の中できっと実を結ぶと思うよ」

迪彦は星良の顔を見て優しく微笑みかけた。

「もし、日本の学校に入れないのなら、そのままアメリカで学生生活を送るのも良いじゃないか。日本に居ては分からない色々な出来事を経験して、広い視野を身につけられたら、素晴しいと思うよ」

星良はすがるような目で迪彦を見つめている。その姿が、りつ子の心に新しい火種を点じた。

「それで星良はどうなるの？　学校を卒業したら何処の会社が雇ってくれるの？　誰が結婚してくれるの？　日本人にもなれず、アメリカ人にもなれず、中途半端のまま生きていかなきゃならないのよ。あなただって城山三郎の小説、読んだでしょう？」

りつ子の言っているのは、総合商社の苛烈な海外商戦の駒として酷使される駐在員の悲哀に満ちた姿を描いた『毎日が日曜日』のことだった。そこには親の赴任先で成長した子供たちの姿も、ほろ苦く描かれている。

「ママ、私、パパとアメリカに行きたい！」

「あなたは黙ってなさい！」

星良もりつ子も、ほとんど悲鳴に近い声を出した。

「ねえ、ママ、パパ、僕がおばあさまと日本に残るよ。だから星良はパパとママと一緒に、アメリカに連れて行ってあげてよ」

倫太郎の声は穏やかで、眼差しにはいたわりがあった。その声を聞き、その目に見つめられて、りつ子の荒れ狂う心はやっと鎮まってきた。気を取り直し、なるべく穏やかに切り出した。

「迪彦さん、お願いだから真剣に子供たちの将来を考えてちょうだい。再来年の試験で名門校に合格できるかどうかで、星良の一生は決まってしまうのよ。これは大袈裟に言ってるんじゃないわ。子供の頃からの人間関係は、将来の人脈にも繋がるのよ。あなただってそれは身に沁みているはずよ」

それからもりつ子と迪彦の話し合いは続いた。

そして結局は迪彦が単身でロサンゼルスに赴任し、りつ子と子供たちは允子と共に日本に残ることになった。迪彦が不本意ながらもその結論を受け入れたのは、允子が嫁と孫が残留することを望んだためでもある。

星良はアメリカ行きの希望を打ち砕かれて、見るも哀れなほど落胆していた。

「私だけ、パパと一緒に行っちゃダメ？」

話が決まってからも、ぐずぐずと諦めが悪く、何度も迪彦にそう訴えた。

迪彦も内心は星良だけでも連れて行きたかったのだろうが、首を横に振らざるを得なかった。異国に単身で赴任するだけでも気苦労なのに、小学生の娘の世話までとても手が回らない。

「ごめんよ、星良」

涙の溜(た)まった目で訴えられる度に、迪彦は幼い子をあやすように、星良の髪を撫(な)でながら言い聞かせた。

「その代り、星良が大学生になったら、夏休みにパパとアメリカに行こう。ロサンゼルスの近くにはディズニー・ランドがあるんだよ。きっと連れて行ってあげるからね」

「パパ、きっとよ」

星良は頷き、父親の肩に頬をすり寄せる。

そんな夫と娘の姿を横目で見ながら、りつ子は心の中で二人にきっぱりと告げた。

二人とも、私を恨んでいるんでしょう。良いわよ、好きなだけ恨みなさい。だけど、星良と倫太郎の将来を考えたら、アメリカ行きなんて賛成できるはずがない。分かりきった話なのに、私以外の誰も現実を見ていない。ただの願望を理想論で覆(おお)い隠して、現実から目を背けている。

二人とも、今に分かるわ。私が正しかったって。そして、いずれ私に感謝する日が来るのよ。

第六章

昭和五十九（一九八四）年の記憶をたぐれば、多くの人はロサンゼルス・オリンピックを思い出すだろう。国内の出来事に限ればグリコ・森永事件かも知れない。

しかし、りつ子はどちらも眼中になかった。オリンピックの報道には通信社のロサンゼルス支局長である迪彦も大いに関わっているというのに、テレビで報道されるニュースは右の耳から左の耳へ抜け、新聞記事は文字の羅列と化して目の前を通り過ぎた。関心は星良の中学受験にのみ集中していた。

感心なことに星良は、迪彦が日本を離れてからも、自棄（やけ）になったり精神的に落ち込んだりすることなく、それまでと同様に毎日顕英舎に通い、受験勉強に打ち込んでいた。成績は常にトップテン内を維持し、模擬試験でも科目による点数のばらつきがない。常に安定して高得点を獲得できる、顕英舎の模範生に成長していた。

「今の星良君なら、慶應もお茶の水も合格間違いなしです。勿論（もちろん）、桜蔭と女子学院の併願もお勧めしますよ。成功体験はこれからの人生の強い味方ですからね」

まほろばまで太鼓判を押してくれた。

「夏の模試で勢いをつけて、じっくりと来年の本番に臨みましょう。家庭で気をつけていただきたいのは体調管理です。この時期、夏風邪や食中毒、消化不良にはくれぐれも注意して下さい」

「はい！」

りつ子は大袈裟ではなく、天にも昇る心地がした。

あの星良が、愚図でのろまで意気地なしでひねくれた大間抜けの星良が、ここまで来たのだ。天下の顕英舎を代表するほど優秀な生徒に成長したのだ。あの星良が……。

これまでの十二年近い道のりを思い出すと、あまりに険しくて気が遠くなりそうだった。生後三ヶ月でミルクを拒否して以来、同じ双子の倫太郎がすべてに順調だったのとは反対で、まるで罰ゲームのように次々問題を起こす子供だった。小学校の入学試験に全部落ちたときは、いっそ星良と一緒にこの世から消えてしまいたいとさえ思ったほどだ。

だからこそ感慨もひとしおだった。よく諦めずにやってきたと思う。途中で投げ出さないでやってきた。あの苦しみの末に、今の幸せをつかみ取ったのだ。本当に、よくやったものだ……。

りつ子は感動してうっすらと涙ぐんだ。星良にではなく、自分に感動していた。

その時、りつ子はうっかり忘れていた。

不幸というのは幸せな今日の隣で待っているということを。何の前触れもなく突然現れて、警告もなしに足下をすくうのだということを。

七月の終りのことだった。

星良は顕英舎の夏期講習に出かけ、倫太郎はスイミング・クラブへ出かけた。小学校へ入って以来、夏休みになると同じ過ごし方をしてきたので、ほとんど生活習慣だった。その日もごく当たり前のように子供たちは家を後にした。

二時間後、電話がかかってきた。スイミング・クラブのコーチからだった。

「倫太郎君がプールで溺（おぼ）れて、救急搬送されました。すぐ東邦大医療センターにいらして下さい」

りつ子は一瞬冗談かと思った。倫太郎はもう五年も水泳をやっていて、クラブで代表選手に選ばれるほどなのだ。それがどうして慣れ親しんだプールで溺れたりするだろう？

だが、相手の緊迫した硬い声が、りつ子の心に警鐘を鳴らした。

受話器を置き、慌(あわ)ただしく引き出しを開けて保険証を取り出した。

「どうしたの？」

リビングでオリンピック中継を観(み)ながら、允子が眉(まゆ)をひそめた。

「倫太郎がクラブで気分が悪くなって、病院に運ばれたそうなんです。これから迎えに行って参ります」

「あら、まあ、大変」

ソファから腰を浮かし掛けたので、りつ子はあわてて制した。

「大丈夫です。それほど大したことじゃないと思いますよ。あの子は水泳が得意ですから」

わざと軽く伝えたのは允子を気遣ったわけではなく、その時はりつ子自身が最悪の事態を予想していなかったからだ。

「先ほどフジ・スイミングから救急車で運ばれた大鷹倫太郎の母ですが」

受付で名乗ると、すぐに奥から男性の事務員が出てきて、りつ子の前に進んだ。

「どうぞ、こちらです」

先に立って歩く事務員の背中を目で追いながら、りつ子の心は波立ち始めた。

ちがう……。何かがおかしい。

エレベーターを降りて廊下をいくつか曲がると、一般病棟とは別の場所にたどり着いた。

ここは何？　ＩＣＵって……？

「どうぞ」

事務員が部屋のドアを開けると、中にいた白衣の男女、医者と看護婦が深々と頭を下げた。そして、倫太郎はベッドに仰臥していた。何故だかひと目見て、すでにこの世のものでないことが分かった。

りつ子の視界の中で、目に見える全てがぐにゃりと歪んだ。

「お母さん、しっかり！」

耳元で叫ばれたはずのその声は、隣の部屋から聞こえてくるように小さくて、不明瞭だった。

「病院に運ばれた時点で、すでに心肺機能は停止していて、我々に出来ることは何もありませんでした。救急車が到着した時点で、心肺停止だったと報告を受けています」

医者の言葉は覚えているのに、どういう状況で説明を受けたのか、りつ子からその記憶がすっぽり抜けている。後になって思い出そうとしても、ただただ真っ白い固まりが浮かんでくるだけだった。

だが、急死の場合の常として、病院は警察に通報している。りつ子は倫太郎について持病のあるなしなど、警察官から事情を聞かれたはずだった。

「息子さんのご遺体に外傷は認められませんでした。また、水も飲んでいません。プールに飛び込んだ直後、心臓が急停止してしまったと考えられます。おそらく、まったく苦しまなかったでしょう」

医師はそんなことも言った。倫太郎の死にはまったく事件性がなかったので、医師が遺体を検案しただけで解剖は行われなかった。倫太郎が死の恐怖や苦痛から免れたことと遺体を傷つけずに済んだことは、後になってりつ子の苦痛を少し和らげてくれた。

病院に着いてからどのくらい時間が経ったのだろう。気が付くと霊安室に移っていた。医師や看護婦や警察官の姿はなく、代わりに、見知らぬ男女が立っていた。

「大変ご愁傷様です。お慰めする言葉もありません」

夏物の黒い背広をキチンと着た男が、りつ子に向って頭を下げた。その後ろでは黒いワンピースを着た女が、同様に最敬礼している。男は三十半ば、女は二十代に見えた。

「このような時にぶしつけではございますが、私、セレモニー上原の染井と申します」

男はそう言って再度深々と腰を折ると、内ポケットから名刺入れを取り出し、一枚差し出した。りつ子は機械的に受け取ったが、何も考えられず、口をきく力も失っていた。

「少しでも奥様のお力になりたいと存じます。どうぞ、何なりとお申し付け下さい」

りつ子はわずかに首を傾げた。この男は何を言ってるんだろう？　これからどうすれば良いか何も分からないのに、どうして私に指示を仰ぐんだろう？

染井はりつ子の心中を察したように、神妙に頷いた。

「ご心中、お察し申し上げます。しかし、奥様、坊ちゃんをこのまま霊安室に置いておくわけには参りません。お家に帰して差し上げませんと」

ああ、そうだ。倫太郎を家に連れて帰らなくては……。ぼんやりした頭にも、現実的なイメージが少しは浮かんだ。

「お車を如何なさいますか？」

りつ子はまた首を傾げた。それを受けて染井は気の毒そうに答えた。

「救急車は使えません。生きている人間を病院に搬送するための車ですから。タクシーも、多分ご遺体を運ぶのは無理でしょう」

そう言われて、りつ子はやっと少し正気を取り戻した。

「それでは、どうしたらよろしいんですか？」

「私どもは専用の寝台付きのお車を用意してございます」

そこで初めて気が付いた。ああ、この人たちは葬儀屋なのだ、と。

「取り敢えず坊ちゃんをお宅にお帰ししましょう。その後で、どうぞ何なりとご相談下さい」

りつ子はしっかりと頷いた。これから自分の果たさなくてはいけない仕事に思い至ったのである。

「その前に、家に電話してきます。姑が待っていますので」

允子の嘆きよう、取り乱しようは尋常ではなかった。

セレモニー上原の車が家の前で止まると、允子は玄関から飛び出してきて、車を降りたりつ子につかみかかった。

「あなたのせいよ！　あなたがりんちゃまを殺したのよ！」

染井と助手の女があわてて引き離したが、泣きわめく声は近所中に響き渡った。

そんな允子の姿を見ても、その時のりつ子は怒りや憎しみを感じなかった。自分の息子をここまで溺愛（できあい）してくれた愚かな老女に哀れを催したわけでもない。あらゆる感情が機能しなくなっていた。

「すみません。とにかく姑を家の中へ」

後も見ずに家に入り、允子のかかりつけの医院へ電話して事情を話すと、親の代に大鷹家の世話になった経緯があるせいか、医者はすぐに往診してくれた。

医者を相手に嫁を呪（のろ）って嘆き続ける允子の声を聞きながら、りつ子は染井と助手がてきぱきと遺体安置の処理をする様子を眺めた。北枕（きたまくら）に寝かせ、守り刀を胸の上に置き、茶碗（ちゃわん）にご飯を山盛りにして枕元に置く。一連の動作は物慣れていて、流れるようだった。

鎮静剤が効いたのか、允子はやっと静かになった。

「何かあったら、いつでも電話して下さい」

医者はそう言い置いて帰って行った。

「そして、我が社でご用意するお通夜（つや）とお葬式ですが……」

染井はリビングのテーブルにパンフレットを広げた。

りつ子は染井の提案する条項に頷くばかりだったので、相談は簡単に終わった。二人が辞去すると、りつ子は大鷹家の電話帳を片手にリビングの電話の前に座った。親戚と学校関係者に倫太郎の死を伝えなくてはならない。誰もが息を呑み、ショックを受けているのが、受話器越しに伝わってきた。最後に言葉少なに慰めを口にするのも同じだった。それを繰り返すうちに、りつ子の中でもようやく当初のショックが治まり、湧き上がる感情が悲しみの形を整え始めた。

そうだ、迪彦さんに知らせないと……。

真っ先に知らせなくてはいけない相手なのに、どうしても電話を掛けることが出来ず、最後になってしまった。考えただけで恐ろしい。倫太郎が死んでしまったなんて、もし迪彦が知ったら？

どんなに悲しむだろう。いや、悲しむだけではない。迪彦は自分を責めるかも知れない。無理矢理にでも家族揃ってアメリカに赴任すれば、こんな事故は起きなかったかも知れないのに、と。

嘆き悲しむ迪彦の姿を想像すると、それだけで絶望的な気持ちになった。悲しみや自責や後悔は、きっとりつ子への失望や幻滅に繋がるだろう。あの時りつ子が頑なに日本に残ることを主張しなければ、こんな悲劇は起きなかったのにと、そう思うだろう。

もしかしたら、りつ子は迪彦の愛情を失うかも知れない。

そうしたら、また私はひとりぼっちになってしまう。お父さんも、お母さんも、迪彦さんも、倫太郎も、私の大切な人や私を愛してくれる人は、みんないなくなってしまう……。

新たな悲しみに十六歳の古い悲しみが加わった。涙が溢れ、押さえようとしても嗚咽がこみ上げた。りつ子は両手で顔を覆い、声を上げて泣き出した。

どのくらいそうしていたのか分からない。泣き疲れて顔を上げた。もう一度電話帳を広げ、迪彦の住まいの番号をプッシュした。

十回近くコール音が鳴った後で、眠そうな声が受話器から漏れた。

「……ハロー、オータカ、スピーキング」

「あなた！」

「りつ子？」

迪彦は少し寝ぼけていた。今の時間、ロサンゼルスは真夜中だ。

「倫ちゃんがね、倫太郎が死んじゃったの！」

りつ子は受話器を握りしめ、わっと泣き出した。

「……死んじゃったのよ。今日も元気でクラブに行ったのに、電話がかかってきて病院に行ったら……倫ちゃんは死んでたのよ」

泣きながら、切れ切れにりつ子は訴えた。

受話器の向こうの迪彦は一言も発しない。ただ、かすかに聞こえる息づかいを通して、凍り付いた気配だけが伝わってくる。

「……私、もうどうして良いか分からない」

「すぐに帰る」

それだけ言って迪彦は電話を切った。

ほんの一瞬、迪彦ではない人の気配を感じたように思ったが、りつ子はそのまま受話器を置いた。

振り返ると、リビングの入り口に星良がいた。恐怖で金縛りに遭ったように、大きく目を見開き、両手を握りしめ、棒立ちになっていた。塾から帰ってきて電話を聞いていたのだろう。「ただいま」と言ったはずだが、りつ子の耳にはまったく聞こえなかった。

「……」

唇がわなわなと震えている。言いたいことは分かっていた。倫太郎が死んだというのは本当なのか？ どうしてそんなことになったのか？ 父はいつ帰ってくるのか？ これからどうするのか？

りつ子は耐えられずに顔を背けた。辛すぎた。失ったものと残されたものを見ているのが。

迪彦は翌日の深夜に帰宅した。通信社の便宜を最大限に活用したのだろう。憔悴しきってげっそりとやつれ、白髪が目立ち、わずかの間に十歳も年を取ったように見えた。

りつ子は鞄を受け取り、「お帰りなさい」と言った。続けて「待ってたのよ」「一人で心細かったわ」「あなたがいてくれたらどんなによかったか」と言いたかった。しかし迪彦はそれを遮るように「倫太郎は？」と尋ねた。

「部屋よ」

迪彦は黙って頷き、二階へ上がった。

倫太郎の遺体は自分の部屋に安置されていた。身体の周囲をドライアイスに囲まれ、冷房は一日点けっぱなしにしてある。

「病理解剖は断ったわ。この子の身体を傷つけたくない」

迪彦は黙って深く頷き、じっと倫太郎の顔を凝視してから、りつ子を振り返った。

「二人きりにしてくれ」

有無を言わせぬ口調だった。厳然、という感じがした。それまで迪彦がりつ子にそんな口調でものを言うことはなかった。りつ子は部屋を出ながら困惑していた。

背後で、カチリとカギのかかる音がした。

りつ子の知っている迪彦なら、そんな態度は取らないはずだった。突然息子を失ったショックと悲しみに押しつぶされそうになっているのはよく分かる。それでも、同じように悲嘆に暮れている妻を思いやり、優しい言葉を掛けてくれるはずだった。眼差しで、表情で、ちょっとした仕草で、いたわりを示してくれるはずだった。

それが、今はちがう。何故だかりつ子は迪彦に距離を置かれている気がした。拒否されているような気がした。

「パパ、帰ってきたの？」

星良が自分の部屋から出てきた。物音で目が覚めたのだろう、パジャマ姿で目をこすっている。

「パパ！」

りつ子は人差し指を唇に当てて首を振ったが、星良は構わず倫太郎の部屋のドアをドンドンと叩いた。

すぐにカギの開く音がして、ドアが大きく開いた。

「パパ！」

星良はまっすぐ迪彦の胸に飛び込んだ。迪彦は娘の身体を抱き留め、両手でしっかりと抱きしめた。

「星良……」

星良は迪彦の胸に顔を埋めて泣きじゃくった。迪彦も星良の髪に頬を押しつけ、すすり泣いた。

それはりつ子が望んでいた光景だった。迪彦の胸の中で悲しみを吐き出し、優しく慰められ、癒やされる……。

だが、りつ子は二人の間に入ってゆくことは出来なかった。二人の眼中に自分がないことを、痛いほどに感じていた。りつ子は一人で置いてけぼりにされていた。二人のいる場所から閉め出され、カギを掛けられていた。

奈落の底とはこういう所だろうか？　真っ暗な、墨を溶かしたような闇の中にいて、上を見上げてもわずかな光さえも見えない。ひとりぼっちの黒い場所。

何故？　どうして？

りつ子は胸の中で問いかけた。迪彦さん、どうして私を見てくれないの？　私を助けてくれないの？　あなたが帰ったら、私を助けてくれると信じていたのに。もう少し明るい場所に引っ張り上げてくれると信じていたのに。何故、私をもっと暗い淵へ突き落とすような真似をするの？　真っ暗闇の中に閉じ込めるの？　何故？

「パパ、お願い。もう何処にも行かないで」

しゃくり上げながら星良は何度も訴えた。

「星良、ごめんよ。可哀想に」

迪彦はそう答えて、ただひたすら星良の髪を撫でた。

私はどうなるの！　私だって可哀想よ！

二人の様子を眺めるうちに、りつ子の思いは胸の中で膨張し、破裂しそうになった。が、その寸前で迪彦は抱擁を解き、優しい声で言い聞かせた。

「今夜はもう遅い。寝なさい。明日また、ゆっくり話そう」

「うん」

星良は素直に頷いて、自分の部屋へ引き上げた。

「お袋は、どうしてる？」

りつ子が言葉を発する前に、迪彦は尋ねた。

「眠ってるわ。昨日から中村先生が往診して、鎮静剤を打って下さったから」

「そうか。よかった」

ぽつりと漏らすと、そのまま夫婦の寝室へ向った。

どうして私のことは一言も聞いてくれないの？

りつ子の無言の訴えを退け、迪彦はそれ以上言葉を交そうとせず、倒れ込むようにベッドに横たわった。

翌朝になっても、迪彦のよそよそしさは変わらなかった。

ショックのあまり床に伏せったきりの允子を見舞うと、セレモニー上原の染井と共に、テキパキと通夜と葬儀の段取りを決めた。

セレモニー上原の職員は優秀で、喪主一家はただ座っていれば良かった。

通夜も葬儀も盛大に行われた。夏休みなので親戚も子供連れで参列し、学校やスイミング・クラブからも大勢参列してくれた。子供たちのすすり泣きを聞いていると、りつ子もまた新たな悲しみがこみ上げて、涙が溢れ出した。

こんなにも大勢の人に愛されていた倫太郎が、わずか十一歳で命を奪われたという残酷な事実に、ギリギリと胸をえぐられた。明るい未来が開けていたはずだったのに、突然その窓を閉ざされてしまったのだ。健康で屈託のなかった倫太郎が、どうして心臓麻痺など起こしたのか、医者も原因不明だという。

「運命だったと思おう。それしかない」

通夜の始まる前、迪彦は沈痛な面持ちで言った。

「誰のせいでもないし、防ぐ手立てもなかった。スイミング・クラブに通っていなかったとしても、体育の授業で同じ発作に襲われたかも知れない。十二歳になる前に天国に旅立つのが、倫太郎の持って生まれた宿命だったんだ」

迪彦はそこで言葉を切り、倫太郎を見送るかのように天を仰いだ。りつ子も星良も、釣られて視線を上に向けた。

「こんなに早く別れが来たのは辛いが、あの子の短い一生は幸せだった。挫折も、失望も、裏切りも、無縁だった。人生の負の部分を知らないまま、あの子は天国の住人になった。そのことを、みんなの心の慰めにしよう」

それでも、りつ子は諦めきれなかった。どうして運命は倫太郎を奪ってしまったのだろう……星良ではなく。

人々が火葬場から帰ってくると、大鷹家はすでに元の姿を取り戻していた。葬儀用の大きな祭壇や壁一面に張り巡らした幕は取り片付けられ、居間と応接間をつなげた広間には精進落としの料理が用意してあった。そして仏壇の横には、四十九日までお骨を安置する白木の祭壇がしつらえられていた。

客も葬儀社の人間も引き上げ、家族だけになったのは日が暮れてからだった。

夕食時だが皆ぐったりと疲れ果て、大人たちは食欲もなくしていた。允子は火葬場から帰るとすぐ自分の部屋に引き上げ、床に入ってしまった。

「セラちゃん、お金上げるから、何でも好きなもの買っていらっしゃい」

りつ子は財布から千円札を三枚取り、星良に渡した。近所にはコンビニがあり、駅の近くならファストフードの店も揃っている。これまでは「健康によくない」と利用しなかったが、倫太郎の事故が起きてから、りつ子は食事を作る気力を失っていた。

星良が出かけ、りつ子と迪彦は仏間で二人きりになった。

「あなた、いつまでいられるの？」

「初七日が済んだら、向こうに戻るつもりだ」

それは予想していた答だった。しかし、迪彦は続けて、予想だにしない言葉を発した。

「こんな時にすまない。離婚してくれ」

「どうして？」

反射的にりつ子は尋ねていた。どうして、こんな時に？

「好きな女性が出来た。会社で使っている日本料理屋の雇われ女将(おかみ)で、年明けから関係が続いている。向こうももう三十で、このままズルズルと引き延ばすわけにはいかない。キチンとしたいんだ。離婚して、彼女と籍を入れる」

迪彦は淡々と事実を述べた。愛人を作った後ろめたさも、新しい恋人を得た高揚感もまるでない、疲れ切った声で。

「悪いのは僕だ。だから、どんな条件でも呑む。離婚してくれ」

りつ子は頭も身体もしびれてしまった。まともなことは考えられないし、まともな感情も呼び起こせない。

「ダメよ。離婚したら、星良は慶應に合格できないもの」

慶應だけではない。私立校は皆両親の素行にうるさい。離婚した両親の子供は受験で不利になる。

迪彦はじっとりつ子の顔を見つめた。その目は見慣れた妻を見る目ではなかった。初めて出遭う、未知の、奇異な生き物を見る目つきだった。

「それなら、星良の受験が終わったら離婚しよう」

　りつ子は頷いた。迪彦の疲れ切った声に、見知らぬ眼差しに呪縛され、それ以外に何も出来なかった。

「星良とお袋には黙っていよう。実際の手続きはまだ先だから、今から余計な波風を立てて心配させることもないだろう」

　りつ子は再び頷いた。その拍子に声が出た。

「どうして？」

　質問の真意を測りかねたのか、迪彦は訝しげに目を瞬いた。

「どうしてこんなことになるの？　半年やそこら離れて暮らしたからって、どうしてそんなに簡単に愛人を作るの？　別の女を好きになれるの？　どうして？」

「それは僕の方が聞きたい」

　迪彦はほとんど憤然として居住まいを正した。

「どうして僕と子供たちじゃダメなんだ？　君と僕と星良と倫太郎、家族四人だけじゃ不足なんだ？　幸せになれないんだ？」

　今度はりつ子が困惑した。

「僕は幸せだったよ。愛する女性と結婚して、可愛い子供に恵まれたんだ。心から幸せで満足だった。だけど、君は違っていた。いつも僕たちの家庭にはない何かを探して、それを手に入れようと躍起になっていた。血眼だった。目の前にある僕たちの幸せなんか目に入らなかった。足下にある僕たちの幸せを平気で踏みにじった。そうやって、いつも、いつも、ここにはない何か、何処にもない何かを追い求めていた」

一気に話すと、肩を落としてため息を吐いた。もう一度顔を上げたときは、更に疲れ切って、老人のように見えた。

「僕は本当に君を愛していた。生まれてから、君ほど愛した女性はいない。今の彼女に対する気持ちも、かつての君への愛には遠く及ばない。多分、この先何十年生きても、君より愛せる女性は現れない。そのくらい愛していた」

こんなバカなと、りつ子は思った。愛を語っているというのに、迪彦から伝わってくるのは情熱ではなかった。諦めであり、絶望だった。

「だから、僕にはもう、ほとんど何も残っていない。ただ疲れ切って、空しいだけだ。僕が全身全霊で捧げ続けた愛情を、君は一顧だにもせず、窓の外に放り出してきたんだから」

「……ちがうわ」

ちがう、絶対にちがう、そんなことはない。あなたの愛だけが頼りだったんだから。あなたの愛にすがって生きてきたんだから。そうよ、あなたの愛が命綱だった。だから、私がそれをないがしろにするはずがないわ。

りつ子は迪彦にそう訴えたかった。しかし、実際には出来なかった。迪彦が全身で、りつ子を拒んでいるのが分かったからだ。

「今の僕はほとんど抜け殻だ。それでも、彼女は僕を支えてくれようとしている。だから僕も、残りの人生は彼女と共に歩いて行こうと決心した」

白馬の王子様だったのに……りつ子は心に呟いた。あなたは私の白馬の王子様だったのに、もう私を愛していないのね。

その夜、疲れ切っているはずなのに、りつ子はまったく眠れなかった。神経が張り詰め、全身の感覚が冴え渡り、思考回路もくっきりと明確だった。

隣のベッドでは迪彦が寝息を立てていた。允子の主治医に処方してもらった睡眠薬を服用したのだ。りつ子も勧められたが飲まなかった。眠る気などなかった。

りつ子は静かにベッドを降り、廊下に出た。

星良の部屋は一番奥にある。ドアの前に立ち、そっとノブを回した。星良の部屋にはカギをつけていない。細く開け、中に目を凝らした。闇に慣れた目にベッドが見えた。

星良と一緒に死ぬ……それがりつ子の決意だった。

もう、生きていても仕方がない。白馬の王子様に捨てられた悲劇のヒロインなんか。

それはもう、ヒロインじゃない。

部屋に一歩足を踏み入れたその時だった。

「どうしたの？」

不意に声をかけられ、りつ子はギョッとして振り向いた。背後に星良が立っていた。

その目に不審の色が強い。

「……心配で、見に来たの。あなたこそ、こんな時間に」

やっとの事で取り繕ったが、声が上ずっていた。

「喉渇いて、麦茶飲んできた」

星良はますます不審な目の色になった。りつ子はこれまで、勉強しているとき以外に娘の部屋を覗いたことがない。

「あなたも、早く寝なさい」

りつ子はきびすを返して寝室に引き上げた。背中にずっと、星良の視線を感じながら。

あの子は、勘づいたんだろうか？

ベッドに潜り込んで、りつ子は何度も寝返りを打った。星良の不審に満ちた眼差しが瞼に焼き付いている。その目に自分がどのように映ったかと考えると、身の毛がよだつほどおぞましかった。

初七日が済み、迪彦はロサンゼルスへ戻った。次は四十九日に戻る予定だった。りつ子も迪彦も、離婚については一言も漏らさなかった。それでも星良は何かを感じ取ったのかも知れない。

「ねえ、慶應に合格すれば、またパパと一緒に暮らせる？」

不安そうな目で尋ねた。

「ええ。パパは任期が終われば日本へ帰ってくるから」

そう答えながら、りつ子は知らぬ間に苦笑いしていた。日頃はむしろ鈍感な星良が、知らない方が良い夫婦間の微妙な空気に気付いてしまうとは、何という皮肉だろう。

葬儀が終わった翌日から、星良はまた顕英舎の夏期講習に通い始めた。午前中から始まり、昼食を挟んで夕方五時まで厳しい指導が続く。

りつ子も弁当作りを再開した。何かしている方が気が紛れた。星良が顕英舎に通うのも、家にいるよりマシだからかも知れないと、ふとそんな考えが頭をよぎった。

それでも構わない。私も星良も、同じレールの上を走ってゴール手前まで来てしまった。今更降りるわけにはいかない。

夏休みが終わると、受験生の時間はつるべ落としだった。あっという間に二学期は終わり、模擬試験を経て冬休みが来る。勿論休みの間は最後の冬期講習だ。そして三学期が始まると、二月一日にはもう入学試験だった。

星良は雙葉と慶應、そして学習院を受験した。本命は慶應、対抗が雙葉、学習院は滑り止めという位置づけだった。

試験後に顕英舎で行った答合わせで、まほろばは断言した。

「大丈夫、合格圏内です」

それを聞いて、りつ子は全身から力が抜けそうになった。しかし、そこで無理矢理気を引き締めた。

「まほろば先生は保証して下さったけど、まだぬか喜び出来ないわよ。明日の合格発表を見るまでは」

星良に向って言いながら、実は自分に言い聞かせていたのだ。

しかし、中学受験の神様と異名を取るまほろばの目は確かだった。星良は受験した三校すべてに合格した。

「セラちゃん、ほんとによくやったわ。ママは今、世界で一番幸せよ」

最後に行われた慶應中等部の合格発表の会場で、りつ子は星良を抱きしめた。涙が出そうだった。難関校に三校とも合格するとは、六年前にはとても考えられなかった快挙だ。

嬉しいのは星良も同じだったはずだ。目を輝かせ、声を弾ませた。

「すぐパパに知らせてね」

「勿論よ。パパ、大喜びするわよ」

慶應に加えて難関の雙葉と学習院にも合格したことで、喜びは二倍三倍ではなく、二乗三乗に膨らんでいる。りつ子は迪彦に一矢も二矢も報いたような気持ちがした。

どう？　星良はやったわよ。あなたは受験に反対してたけど、結局私が正しかったのよ。星良はやれば出来る子だったんだから、お尻を叩いて、無理にでもやらせなきゃダメだったのよ。

あなたの言うとおり甘やかしてたら、星良は一生ダメなままで終わってしまったわ。

二人は会場を出てから、国際通話が可能な公衆電話を探した。

「パパ、パパ……」

星良は涙ぐみながら結果を報告した。星良の受け答えを通して、受話器の向こうで迪彦が大いに娘を褒め、ねぎらっているのが伝わってきた。

「ママに代わってって」

ひとしきり話してから、星良が受話器を差し出した。

「あなた、星良は頑張ったでしょ？　慶應も雙葉も学習院も、全部合格よ！」

迪彦の答はりつ子の喜びに冷水を浴びせるようなものだった。

「これで満足だろう？　それならこれから先は、星良を解放してやってくれ。あの子はもう、十二分に頑張ったはずだ」

その声音の冷たさ、口調の冷静さに、りつ子は耳を疑い、呆気(あっけ)に取られた。

あなたは嬉しくないの？　星良が奇跡を起こしたのよ。父親なのに、それを喜んでくれないの？

思わず受話器を耳から外してまじまじと眺めたのを、交代の意味にとって、星良が受話器を奪い取った。

「パパ、今度いつ帰ってくるの？」

りつ子を圏外に残して、父と娘の通話は終了した。

「ママ、早くまほろば先生にも連絡しないと」

星良に腕を揺すられて、りつ子はやっと気を取り直した。

「そうだったわね。先生もきっと大喜びよ」


三月に入って間もなく、允子が入院した。

倫太郎が亡くなってからすっかり気落ちして、食も細くなり、自分の部屋で伏せる日も増えたが、中村医師が往診して栄養剤を打つと翌日には回復したので、りつ子は特に心配していなかった。年寄りが徐々に健康を害するのは自然なことだと思っていた。それに、めっきり気の弱くなった允子を見るのは、正直小気味よくもあった。

しかし、その朝起きてきた允子をひと目見て、りつ子はぞっとした。顔色が黄色く濁ったようで、一気に老け込んで見えた。咄嗟に「死相」という言葉を思い浮かべたほどだ。

「お姑さま、とにかく大きな病院で、ちゃんと検査してもらいましょう」

「そんな、大袈裟なもんじゃありませんよ。中村先生に栄養剤を打っていただけば良くなるんだから」

しかし、りつ子は強引に説得して允子を病院に連れて行った。検査入院させるつもりだった。

ところが、医師からは予想外の所見を告げられた。

「肝臓に腫瘍があって、すでに身体中に転移しています」

もはや手の施しようがないというのだ。

「あの……それで、どうしたら？」

「別の病院を紹介しますので、転院されることをお勧めします。ご家族の方ともよくご相談なさって下さい」

りつ子は途方に暮れた。誰に相談すれば良いのだろう？ 迪彦は日本にいない。三人の小姑とは、相談など出来る間柄ではない。しかし、りつ子が一人で決めることも出来ないのだ。

「肝臓が弱っているので、少し入院しないとダメだそうです」

允子には嘘を言い、家に帰ってから迪彦に連絡した。

「……」

さすがに迪彦はショックを受けたようで、しばらくは沈黙が続いた。やっと口を開いたときは、声にため息が混じった。

「姉たちにも、知らせないといけないな」

「ええ。そのことだけど、あなたの方から電話してもらえないかしら。私の口からはとても伝えられないわ」

「分かった」

りつ子は奇妙な感慨に打たれた。

吉と凶、幸せと不幸せ、嬉しいこととイヤなことは、どうして一緒にやってくるんだろう?


五月の半ばに允子は亡くなった。日に日に衰弱して意識を失い、最期(さいご)は蠟燭(ろうそく)の火が消えるようで、死に顔も安らかだった。

りつ子は火葬場の煙突から立ち上る白い煙を見上げ、心の中で允子に別れを告げた。

互いに好意を持ったことは一度もないし、亡くなったところで悲しくもない。どうせ死ぬなら十年前に死んでくれたら良かったのに、というのが正直な気持ちだ。

それなのに、皮肉なことに、りつ子は允子が入院中、一日でも長く延命するようにと祈っていた。理由はただ一つ、允子が生きている間は迪彦が離婚を切り出せないからだった。息子の責任として、死の床にある母親を煩(わずら)わせるような真似は出来ない。

それもう、終わってしまった……。

ハイヤーに揺られて家路をたどる道すがら、去年も通った同じ街並を眺め、りつ子はぼんやりとそう思った。

「うそッ！　そんなの、嘘よ！　絶対に嘘！」

予想していたことだが、離婚を告げると星良は半狂乱になった。

「パパは私を捨てたりしない！　絶対にそんなことしない！」

冷静にならなくてはいけないと自分に言い聞かせていたのに、こうやって星良の泣きわめく様を目の当たりにすると、りつ子はどうしてもイライラが高じてしまう。

「でも、本当なんだから仕方ないでしょう。パパはアメリカで恋人が出来たの。その人と結婚したいから、ママとセラちゃんは邪魔になったんですって」

「嘘つき！　ママの嘘つき！」

「ママは嘘なんかついてないわ。パパは、ママやセラちゃんより新しい恋人と暮らしたいのよ」

星良は獣のような泣き声を放ち、拳を握って足で床をドンドンと踏み鳴らした。

「もう、いい加減にしなさい。あなたがいくら泣いたって、パパは帰ってこないのよ」

「ママの嘘つき！　慶應に合格したら、またパパと暮らせるって言ったくせに！」

「嘘つきはママじゃなくてパパよ。好きな女が出来たから、ママとセラを捨てたのよ」

「ちがう！　パパは私を邪魔になんかしていない！　パパはママが嫌いになったんだ！　だから帰ってこないんだ！」

「うるさいっ！」

叫ぶと同時に手が出て、星良の頬を打っていた。往と復、二度も。

「ママなんか大っ嫌いだ！」

悲鳴のように叫んで、星良は二階に駆け上がった。

りつ子は頭に血が上って後を追い、星良の部屋のドアを開くと、中に向って大声を浴びせた。

「パパが恋人を作ったのはね、倫ちゃんが死んじゃったからよ！　倫ちゃんが死んでがっかりしたからよ！　もしあんたが死んで倫ちゃんが生きてたら、パパは恋人なんか作らなかったわ！　あんたが死んで倫ちゃんが生きてたら、パパは帰ってきたのよ！」

ベッドに突っ伏していた星良が、弾(はじ)かれたように起き上がった。

「ママなんか要らない！　ママなんか死んじゃえ！」

顔を真っ赤にして、細い目から涙を溢れさせた星良が、りつ子にむしゃぶりついてきた。

「ママなんか死んじゃえ！　死んじゃえ！」

摑みかかる腕を、りつ子は手首を握って引き離した。

「パパもママもいなくなったら、星良はひとりぼっちよ！」

「良いもん！　ママなんかいなくたって平気だもん！　ママなんかいない方が良いもん！」

「勝手にしなさい！」

ヒステリックに叫んで、りつ子は星良を突き放した。そのまま後も見ずにバタンとドアを閉め、階段を下りた。

リビングの椅子に座って深呼吸したとき、しみじみと、夫に捨てられたという惨めさが胸にこみ上げてきた。だが、今また娘にも捨てられたのだと言うことに、りつ子はまったく気付いていなかった。

星良との修羅場とは裏腹に、離婚の交渉は至って順調に進んだ。迪彦は「責任はすべて僕にある。出来るだけの償いをする」と約束し、決してそれを違えなかった。

まず代々木上原の家を売り、税金を差し引いたその代金をそっくり慰謝料としてりつ子に譲渡した。折しも世の中はバブル前夜で、土地も値上がりを始めていたから、りつ子はそれ以前とは桁違いの大金を手にすることになった。おまけに星良が成人するまで養育費を支給することも約束してくれたので、〝離婚成金〟といっても過言ではなかった。

勿論、小姑たちは猛反対したのだが、すべて迪彦が抑えてくれて、りつ子が不愉快な目に遭うことは避けられた。

りつ子の出した条件は二つ、星良の親権と大鷹の姓をそのまま使用することだった。迪彦は星良を引き取りたいと希望したが、それではりつ子が離婚に応じないので、結局は手放すことに同意した。

すべての手続きは夏の間に完了した。

夏休みが明ける前、りつ子は星良を連れて大井町の小さな分譲マンションに引っ越した。

第七章

「それで、お嬢さんが最初にリストカットをしたのは、中学入学後間もなくなんですね？」

五十年配の医師は、眼鏡の奥の目をゆっくりと瞬(しばた)いた。

「はい。八月でした。夏休みで……。幸い、すぐに気が付いたので大事には至りませんでしたが」

あれは当てつけだったとりつ子は思っている。夜中に瀬戸物が割れるような大きな音が響き、不審に思って星良の部屋を覗(のぞ)いたら、手首から血を流して床に座り込んでいたのだ。傍らには安全カミソリが落ちていた。

「次が、中学二年の夏休みと、冬休み……」

医師は書類に目を落として確認した。

「最後は中学三年の春休みでした」

りつ子は顔をしかめて肩をすくめた。

「芝居なんですよ、全部。本気で死ぬつもりなんかなかったんです。毎度、手首の皮をちょこっと切るくらいで、かすり傷ばっかり。深手を負ったのは最後だけでした」

その時は大量に出血して救急搬送された。三十分遅れたら危なかったと言われたが、何とか命は取り留めた。

「一週間入院しました。それで本人も懲(こ)りたんでしょう。それ以来リストカットはしなくなりました。やれやれと思ったら、今度は狂ったように大食いし始めたんです」

りつ子は星良の過食嘔吐(おうと)について語り始めた。

「もう、とにかく普通じゃありません。異常ですよ」

りつ子は我知らず少し身を乗り出していた。ポーカーフェースを貫く医者の表情は微動だにせず、自分がこの三十分の間に何度同じフレーズを使ったか、ちらとも振り返る気にならない。ブレーキの壊れた車よろしく、りつ子の暴走はいよいよ拍車がかかった。

「うちでは毎日キチンとご飯を食べさせてるんですよ。栄養のバランスを考えたお弁当だって持たせてるんです。それなのに、帰り道でパンや袋菓子を山のように買ってきて……本当に、山のように買ってくるんです。夕ご飯の後でそれを全部食べるんですよ。正気の沙汰じゃありません。見ていて恐ろしくなります」

　隣に座っている星良は、退屈しきっているようだ。時々あらぬ方を見てはあくびをかみ殺している。

「……その後で、トイレで吐くんです。毎晩、毎晩、その繰り返しです。だからもう、臭くて臭くて、私は毎晩トイレの掃除をしてるんですよ。先週はとうとう、あんまり大量に吐いたものを流すから、トイレが詰まって、業者を呼ぶ羽目になりました。本当にもう、私は恥ずかしくて、なんて説明して良いのか分かりませんでしたよ」

　その時のことを思い出すと、情けなくて涙が出そうだった。りつ子はハンドバッグからハンカチを取り出し、そっと口元を抑えた。

「家にいる間中、この子は食べているか吐いているか、どちらかなんです。それ以外のことをする時間がないんですよ。もうすぐ大学に進学するって言うのに、これじゃまともな学生生活を送れません。就職だって、出来るかどうか……」

　りつ子は手にしたハンカチをギュッと握りしめた。

「先生、どうかお願いいたします。何とかして下さい。このままじゃ、この子の将来は真っ暗です」

　深々と頭を下げた。正直なところ、かなり焦っていたのだ。苦労を重ねてやっと慶應というブランド名門校に合格したというのに、星良にはそのイメージに相応しい美点が一つもなかった。知的で明るく華やかでいてしかるべきなのに、デブでブスで無気力でブタのように食べるのだ。大学に進学したらミス慶應コンテストに出場して、一流会社に就職して、一流の男性と結婚して……と青写真を描いていたのに、このままでは実現は危うい。

「お話は良く分かりました。お嬢さんのことが心配で、毎日心を痛めていらっしゃるんですね」

医師は軽く頷いた。穏やかな響きの良い声で話し、人を逸らさず愛想良く応対をする。さすがは予約の取りにくい人気クリニックだけのことはあると、りつ子は素直に感心した。

「今度はお嬢さんから直接お話を伺いたいと思います。申し訳ありませんが、お母さんは別室でお待ち下さい」

「あのう、どのくらいかかりますか？」

「一時間ほどです。もしかしたら、もう少しかかるかも知れません」

医師は職業的に訓練された微笑を浮かべた。

あらかじめ診察の手順を説明されていたので、りつ子は素直に腰を上げた。それでも内心は、事実は一つなのに、どうして母子別々に話を聞かなくてはならないのだろうと思い、不満だった。

りつ子は部屋を出ると、受付の女性に「表でお茶を飲んできますから」と断って、エレベーターに乗った。一階に降りる途中、エレベーターは五階で止まり、髪の毛の茶色い男が乗り込んできた。年齢は四十代の後半だろう。背が高く、服装も髪型も無造作でさりげなく見せているが、実はたいそう金がかかっていることは、りつ子にも何となく分かった。

男は何気なく先客のりつ子を見て、驚いた顔になった。

「りつ子……さんだよね？　軽井沢で……」

りつ子も即座に思い出した。人生最大の武器を教えてくれた男だった。従兄の同級生で、高名な作曲家の息子。モテモテの女たらし。そして、女の武器を磨く実験台にした男。

「深緑さんですね？」

「嬉しいなあ、覚えてくれたんだ」

そう言いながら、深緑仁は素早くりつ子の全身に視線を走らせた。

その一瞥が大いなる満足を与えたであろうことを、りつ子は確信している。結婚してから美貌に磨きがかかり、どういうわけか離婚してから更に美しくなった。四十を過ぎた今も容色に少しの衰えもなく、スタイルはウエスト六十センチをキープしている。深緑のように軽薄で好色な男の目には、さぞ美味そうな獲物に映るだろう。おまけにりつ子は〝逃した大きな魚〟なのだ。

一方の深緑は、少女の頃りつ子が看破したように、あの頃が美貌のピークで、今はかなり容色が衰えていた。それでもあまりみすぼらしくないのは、金のかかった外見と、それを可能にする財力に支えられているからに違いない。つまり、ある程度仕事で成功しているのだ……。

それだけのことをほんの一瞬で見て取って、りつ子は愛想の良い笑みを浮かべた。

「当たり前じゃありませんか。生まれて初めてナンパされた相手ですもの」

「信じられないなあ。あんな美少女を周りの男が放っとくなんて」

エレベーターの扉が開いて一階に降りても、二人の軽口は続いた。そして、どちらから誘うともなく隣のビルの喫茶店に入り、差し向かいになった。

「娘が思春期で、精神的に不安定なの。それであそこのクリニックを勧められて……ええと、心療内科って言ったかしら」

りつ子はクリニックの集まったビルから出てきた理由をそう説明した。

「そう。僕はかかりつけの精神分析医のカウンセリングを受けた帰りなんだ」

りつ子は深緑が「かかりつけの精神分析医」と言った時、得意気な表情が浮かんだのを見逃さなかった。

「精神分析なんて、すごいわね。どんなことするの？」

「まあ、要するに芸者やホステスから色気抜いたみたいな感じかな。高い金払って愚痴聞いてもらってさ」

一通り雑談を終えてから、深緑はりつ子の近況を尋ねた。

「ご存じかも知れないけど、従兄の友達と結婚して離婚したの」

深緑は訳知り顔で頷いた。深緑は玉垣穣と学習院の同級生だから、一年先輩である大鷹迪彦の動向を知っていても不思議ではない。彼らのように幼稚園から学習院に通っていた同級生は結束力が強く、互いの情報にも通じている。

「深緑さんは今、何をなさってるの？」

「仁で良いよ。みんなそう呼んでるから」

現在はタレントやモデルを抱える芸能プロダクションを経営しているという。

「島尾ゆりあ、能勢(のせ)和也(かずや)、中館勇斗(なかだてゆうと)、因幡(いなば)まりも……」

「すごい、売れっ子ばっかり。私みたいな芸能界オンチでも知ってる人たちだもの」

　りつ子はお世辞抜きで感心した。

「それじゃあ、気苦労も相当でしょうね。精神分析も必要になるわけだわ」

　深緑は満更でもなさそうに微笑んだ。そしてりつ子が水を向けると、これまでの苦労やら実績やらを、自慢たらしく話し続けた。

　頃合いを見計らって、りつ子は腕時計に目を落とした。

「ごめんなさい。そろそろ娘の診察が終わる時間だから、行かないと」

　深緑は明らかに落胆し、大袈裟にため息を吐いた。

「残念だなあ。せっかく二十年振り……いや、四半世紀振りで再会したのに」

　そう言いながら自分も腕時計をチラリと見た。金無垢のロレックスだった。

「少し早いけど、これからお嬢さんも一緒に、食事でもどう？」

　りつ子はしてやったりという気持ちを押し隠し、わざと困惑したような顔で答えた。

「そんな、悪いわ。お忙しいんでしょう？」

「だから、たまにはゆっくりしないとね。僕はタレントじゃないから、ハードスケジュールはこなせない」

　りつ子はニッコリ微笑んだ。

「ありがとう、仁さん。娘もきっと喜びます」

りつ子はクリニックに引き返し、再び星良と並んで医師の話を聞いた。母と娘は対照的だった。四十を過ぎたりつ子が生き生きと目を輝かせているのに、高校三年生の星良は人生に疲れたような顔をしている。中年のりつ子が引き締まった身体(からだ)をして、肌も髪もハリとツヤを保っているというのに、娘盛りを迎えたはずの星良はだらしなく贅肉(ぜいにく)をつけて、肌は荒れ、髪も痛んでいた。

医師は「母と娘の距離が近すぎて、娘の心の負担になっている」という意味の話をして、最後に「娘に干渉するのを控えるように」と忠告した。

りつ子は神妙な態度を崩さなかったが、腹の中ではせせら笑っていた。

この藪(やぶ)医者は何も分かっていない。星良がおかしくなったのは、目標が無くなったからよ。進むべき道を見失ったから、座り込んで食べて吐いてを繰り返してるんじゃないの。新しい目標を与えてやれば、そんなくだらないことしている暇はなくなるわ。

りつ子は昂然(こうぜん)と胸を張り、顎(あご)を上げた。

私が星良の新しい目標を作ってやる。

深緑が連れて行ってくれたのは、赤坂にある高級中華料理店だった。行きつけの店らしく、従業員の態度は慇懃(いんぎん)だが、親しみが籠(こ)もっていた。

深緑は物慣れた態度で料理を注文し、星良に微笑みかけた。

「食べたいものがあったら、遠慮なく注文して良いよ」

星良は黙って頭を下げた。初対面の時からほとんど口をきかない。りつ子の昔の知り合いというだけで、敵意を抱いているのだろう。

「軽井沢の万平ホテルに初めて連れて行ってくれたのも、仁さんだったわね」

りつ子は深緑と昔話に花を咲かせた。

星良は大人二人を無視して、運ばれてきた料理をすごいスピードで食べていた。

と、不意に深緑が星良に尋ねた。

「星良ちゃんは、将来何になりたい？」

星良はちらっと深緑に目を遣ったが、むっつり押し黙って答えなかった。

「そんなこと、まだ分からないよなあ」

りつ子が口を出す前に、深緑が自答した。

「高校生の頃思っていたような道に進んでる人の方が、少ないね、きっと。僕だってまさか、芸能プロをやるとは思ってなかったし」

そして、優しげな眼差しを星良に向けた。

「星良ちゃんもきっと、思ってもいなかったような道を歩くんだろうな」

星良は何も言わなかったが、深緑を見る目からは幾分刺々しさが消えていた。

「深緑さんは、セラちゃんはユニークな個性があるって仰ってたわ」

リビングで向き合いながら、りつ子は嬉しそうに星良に報告した。母子で深緑と食事をした翌日、プロダクションの事務所を訪ねて星良について相談を持ちかけたのだ。

「来年は大学だし、そうしたら慶應の女子大生になるでしょ。おまけに中等部からの持ち上がりだし、一種のサラブレッドよ」

星良はりつ子の話など何処吹く風で、バターを塗った食パンをせっせと口に押し込んでいる。夕食を食べた後で、どうしてあんパンとデニッシュと食パン二斤をペロリと食べられるのか。見ているだけでりつ子の方が吐きそうになる。

「だから、食べたり吐いたりしてる場合じゃないわよ。ダイエットしなさい。それに、お肌もきれいにしないと。栄養バランスの良い食事をしないから、そうやって吹き出物だらけになるのよ」

星良はジロリと上目遣いに睨んだ。その目つきが玉垣家の祖母や伯母たちにそっくりで、りつ子は目を背けたくなる。

「セラちゃんだって、シンプロに入りたいでしょ？　能勢和也や中館勇斗と同じ事務所で働けるのよ」

深緑の経営するプロダクションは「シンシア・プロ」というのだが、世間ではシンプロで通っていた。

「全然」

星良は吐き捨てるように言い放った。

「そうね。セラちゃんは別にタレントになるわけじゃないんだもの」

りつ子は声に力を込めた。

「あなたはアナウンサーを目指すのよ」

星良は返事もせず、ただひたすら目の前のものを食べ続けた。

りつ子は深緑に相談した。星良をスターにしてくれないか、と。

「女優でもタレントでもモデルでも、ジャンルは問わないわ。あなたの手で、あの子を売れっ子にしてほしいんです」

深緑は予想外の成り行きに困惑したが、りつ子の気迫に押される形で、腕を組んで考え始めた。

「そうだな……」

真剣に考え込んでいる深緑の顔は完全に商売人になっていて、普段の軽薄さは影を潜めた。

「素材は悪くない」

腕組みを解いた時は、興味の対象もりつ子から星良に移ったようだった。

「可能性があるのはモデルかアナウンサーだと思う」

「モデル？　無理よ、身長が百六十五センチしかないのに」

「ショーじゃなくて、雑誌のさ」

水着のグラビアではなく、女性向けのファッション誌だと付け加えた。

「色気のない瘦せた女が喜ばれる傾向がある」

そう言われると、星良にも可能性があるように思えてきた。今はブヨブヨ太っているが、瘦せればファッション誌で見かける可愛気のない女程度にはなれるはずだ。

「でも、アナウンサーは無理じゃないの。すごい倍率なんでしょ？」

すでに女性アナウンサーのタレント化は始まっていて、新人で採用されるのはミス・キャンパスに選ばれたことがある美人の女子大生が多かった。

「キー局以外に地方局もある。それに、採用枠が全員美人で埋まってるわけじゃない。秀才枠とかユニーク枠っていうのもあるから、どこかで引っかかる可能性はある」

深緑は皮肉に笑ったが、すぐに表情を引き締めた。

「娘さんが大学生になったら、うちで面倒を見てもいいよ。学生のうちに局でバイトさせて、顔をつないでおくのも手だし」

「まあ、ありがとう。恩に着ます」

しかし、深緑は釘を刺すように言った。

「ただし、条件が二つある。一つは痩せること。もう一つは……」

りつ子は深緑の出した条件を呑んだ。

允子が亡くなり、迪彦が去ってからのりつ子と星良の生活は、ひと言で言えば修羅場だった。りつ子がよかれと思って勧めることに、星良はことごとく反発した。

例えばピアノのレッスンと水泳教室。りつ子は再開を勧めたが、星良は頑として拒否した。

「どうして？　せっかく何年もやってきたんじゃないの。ここで止めたら何にもならないわよ。もったいないわ」

だが、憎々しげに顔をゆがめ、星良は吐き捨てた。

「何がもったいないのよ。どうせピアニストにもなれないし、オリンピックにも出られない、やるだけ無駄だって、自分がそう言ったんじゃない」

中学生の口から出たとは思えない虚無的な発言に、りつ子は心底驚いた。

「なんてことを言うの？」

昔、腹立ち紛れに言った台詞など、すっかり忘れていた。りつ子にすれば当然だ。倫太郎の急死と迪彦との突然の別離、二つの大きな悲劇を乗り越えたというのに、細かいことを一々覚えていられない。

「趣味や教養を広く持つのは素晴しいことよ。たしなみって言うでしょ。プロでなくても、出来るのと出来ないのじゃ、大きな違いがあるわ」

りつ子は上手い例を挙げようとして少し考えた。

「例えば、和歌とか俳句。折に触れて心境を歌に込めたり、一句ひねったりって、すてきじゃない。美しい花を見て、さっと和歌や俳句に詠める人って、尊敬されるわよ」

しかし、星良の身体はまるで負のバリヤーで覆われているかのように、りつ子の言葉をことごとく跳ね返した。

「だってピアノを弾ける人は大勢いるじゃないの。セラちゃんだって、せっかくお稽古したんだから、人前で一曲弾いたりしたいでしょう？」

「どうしてママに分かるのよ！」

りつ子も次第に激して来て、最後は怒鳴り合いになる。そして星良は決まって言う。

「それじゃ、ママはピアノが弾けるの？　和歌や俳句が作れるの？　自分だって出来もしないくせに、私に無理矢理押しつけないでよ！」

そして最後に、星良は必ず捨て台詞を吐いた。

「だからパパに捨てられたのよ！」

りつ子は毎日重苦しい気持ちに押しつぶされそうになった。どうしてこんなことになってしまったのかと思う。

星良が慶應に受かりさえすれば、すべては上手く行くはずだった。名門校に通う優秀な娘と、名門の御曹司の妻だったその母。誰からもうらやましがられ、憧れられる存在。そうなるはずだった。

だが、実際には毎日、親子で果てしなく罵り合う日々が待っていた。卑屈なほどに従順だった星良は、全身に敵意をみなぎらせ、牙を剝いて向ってくる。星良の言い分は、りつ子には屁理屈と逆恨みにしか聞こえない。どうしてこんな子を産んでしまったのか、我と我が身を呪いたくなった。

そして、まるで当てつけのように星良はリストカットを繰り返し、やっと治まったと思ったら次には大食いしてドンドン太っていった。その肥満した姿に、りつ子は生理的な嫌悪すら感じた。自分への嫌がらせのためにわざと太ったのではないかと疑ったほどだ。

高校に進学すると、さすがに年頃で気になったのか、痩せたいと思うようになったらしい。だが、食事療法や運動で痩せるのではなく、星良は喉に指を突っ込んで吐き戻すようになった。

効果は多少あって、十七号サイズまで膨張していた体型は十三号に縮小した。しかし、吐けば食べても大丈夫と思ったようで、それからも大食いは続いた。学校から帰ってくると、食べるのと吐くのとでほとんどの時間が潰れるほどにエスカレートした。その結果、高校生だというのに星良の肌や髪は艶を失い、手の甲には過食嘔吐の刻印である「吐きダコ」がくっきりと盛り上がった。

このままでは星良は人間ではなく、胃袋の付属物になってしまうと絶望しかけたとき、りつ子は深緑仁と再会したのだった。

何が何でも星良を女子アナウンサーにする！

新たな目標に、りつ子は武者震いした。

若い女性のあこがれの職業。タレントと同じようにみなされるがタレントより社会的地位が高く、会社員のようでいて会社員の枠をはみ出して活躍する。テレビの人気者。ニュースの華。

　そして、私はその母になるんだ！

「せっかくのチャンスなのよ。いいえ、一世一代のチャンスよ。これを逃したら、この先こんな幸運は巡ってこないわ」

　りつ子は星良に諄々と説いた。

「ママと二人で頑張りましょう。あなたはやれば出来る子だわ。それに、痩せればずっときれいになれるわ。深緑さんみたいな目利きがそう言ってくれたんだから、間違いないわよ」

　しかし、星良はりつ子の説得に耳を貸そうとはしなかった。

「もう、どうして良いか分からないわ」

　困り果てて相談すると、深緑は事も無げに言った。

「じゃ、一度僕が会って話そう。星良ちゃんに、シンプロに遊びに来るように言ってよ。帰りに好きなものご馳走するからって」

　食べ物に釣られたのか、星良は深緑に会いに行った。

　そして、帰ってくるとボソッと漏らした。

「私、瘦せて、シンプロに入る」

りつ子は深緑はいったいどんな魔法を掛けたのかと訝(いぶか)ったが、とにかくこの機に乗じて星良に畳みかけた。

「よく決心したわね、セラちゃん」

珍しく星良は反発しなかった。

「これで人生が変わるのよ。一発逆転できるのよ。今までセラちゃんをデブだのブスだの言ってバカにした奴(やつ)らを見返してやりなさい。あなたの本当の人生は、これから始まるのよ」

シンプロの採用話が一つのきっかけになったことは確かだった。高校生から大学生になるというのも、心理的な区切りになったのかも知れない。星良は止め処(ど)がなくなっていた過食嘔吐を控えるようになった。

本当は、星良自身がこんな生活から逃れたいと望んでいたのだろう。間食も止め、りつ子の作ったダイエット用の食事をキチンと食べ、次第に過食嘔吐から遠ざかった。人間は食べ物で出来ている。一ヶ月が過ぎる頃には目に見えて結果が出た。洋服のサイズがワンサイズ細くなり、ニキビも吹き出物も消え、肌が澄んで瑞々(みずみず)しくなった。ばさばさしていた髪の毛にもハリと艶が戻ってきた。

成果が現れると欲が出てくる。星良は食事療法を続けるだけでなく、学校帰りにスポーツジムに通ってトレーニングに励むようになった。すでにダイエットと身体作りは母親に命じられたからではなく、星良自身の目的になっていた。

卒業式までに、星良は十三号から七号にサイズダウンした。

いよいよ深緑との二つ目の約束を果たすときが来た……。

その日、りつ子は決心した。

「セラちゃん、最後の仕上げよ。二重(ふたえ)にしましょう」

「はァ?」

星良は間の抜けた声を出し、呆れたようにりつ子を見返した。

「どうして?」

「深緑さんと約束したの。セラちゃんをシンプロに入れて、一人前の女子アナウンサーに育てる。その代わり、七号サイズにダイエットして、目を二重に直してくれって。それが条件なのよ」

星良は激しく首を振った。

「私、イヤだわ。絶対にイヤ。おかしいわよ、そんなの。女優やタレントになるわけじゃないのに」

「テレビに出るんだから、ある意味女優やタレントと同じだわ。きれいな方が良いに決まってるでしょ」

りつ子は宥めようと先を続けた。

「別にメスを入れるわけじゃないのよ。埋没法って言って、瞼を糸でつまむだけの簡単な手術だから、危険もないし、傷跡も残らないわ。セラちゃんは瞼の皮が余ってるから、二重にしたらきっと、すごくきれいな目になるわよ」

しかし、星良は頑なに首を振った。

「それでもイヤよ。何処も悪くないのに手術するなんて、不自然じゃない。パパが聞いたら絶対に反対するわ」

「それがどうしたの！　パパには反対する権利なんかないわ！　あの人はママとあなたを捨てて、他の女を選んだのよ！」

母と娘はそれから小一時間ほど罵り合った。そして最後にりつ子は怒鳴った。

「いい加減にしなさい！　二重にするくらい何だって言うの！　運命が変わるかどうかの瀬戸際よ。こんなチャンス、二度とないのよ。やらなかったら、絶対に後悔するわよ！」

その言葉が決め手になったのか、とうとう星良は整形手術に同意した。

ほら、見なさい。結局かっこつけてるだけなのよ。本当は自分だって整形してキレイになりたいくせに。

りつ子は腹の中で毒づいた。そして、どうしていつも星良の幸せのために努力しているのに、それが分からないのか、不思議でたまらなかった。

深緑はシンプロ入りを希望する若い男女に成功の可能性があるか否か、シビアに見極める。その判断を誤らなかったからこそ、芸能プロダクションの経営を成功させ、大手にのし上がった。その深緑が引き受けると約束したのだから星良には成功の可能性がある。りつ子はそう信じた。

深緑の目は確かだった。りつ子の確信も間違っていなかった。

シンプロに所属した星良は、女子大生タレントとして少しずつ様々な番組に出演する機会を得た。クイズ番組の後ろで点数のプラカードを持つ係、バラエティ番組で商品を紹介する係、天気予報のアシスタントなどを経て、情報番組のレポーターの役も回ってきた。

それが飛躍の糸口になった。

レポーター役は可愛くて愛嬌があって騒々しい女の子が多かったが、星良は意味なく笑うことをせず、普通とはちょっと違った視点でレポートした。無愛想なくらい視聴者に媚びない態度と、意見のユニークさが「星良」というタレントっぽい名前とのギャップを生み、うなぎ上りに人気が出たのである。

勿論、りつ子が星良の売り出しに全面協力したことは言うまでもない。

まずは服装と髪型のチェックだった。星良の個性が生きるように、目立つように、そして番組の趣旨に沿うように、出演が決まると細心の注意を払って髪型を決め、衣装を選んだ。

りつ子には自信があった。星良はいつも他人と同じような服を選んだが、りつ子は他人と違う服の中から自分に似合うものを探すのが上手かった。星良もそれは認めていて、りつ子の選ぶ服には文句を言わなかった。

「良いわよ、ついてこなくても」

星良は露骨に顔をしかめた。

「やめてよ、授業参観じゃあるまいし」

「マネージャーってことにすれば良いでしょ」

今日は星良が初めてクイズ番組に出演する日だった。有名タレントと一緒にゲストとして番組に呼ばれるのは初めてのことで、りつ子は何日も前から心配でたまらなかった。

「収録で何が起こるか分からないのよ。ママがいれば、セラちゃんも安心でしょ」

星良はげんなりした顔で首を振ったが、それ以上の言い争いは避けた。

洋服と靴を二セット分入れた大きなボストンバッグを提げ、りつ子はマネージャーのようなふりをして、星良の後についてテレビ局の楽屋に入った。

早速、持ってきた服をハンガーに掛けてロッカーに吊(つる)す。星良の服は数が要るので、りつ子がバーゲンの広告を見てブティックを回り、安くてシワになりにくい素材の服を買ってくる。高級品が必要なときはレンタルショップで借りてくる。お陰で星良はファッション・センスが良いと評判だ。

次に楽屋のテーブルに家から持参した弁当を広げた。楽屋にも出演者用の弁当が用意されているが、美容と健康のため、星良にはいつも手作りの弁当を持たせている。

りつ子は第一候補の服を掛けたハンガーを手に取った。

「メイクの前に食べちゃいなさいよ。ママはちょっと、他の楽屋にご挨拶に行ってくるから」

星良はあわてて椅子から腰を浮かせた。

「挨拶回りなんか、良いわよ。後で私が行くから」

「挨拶がてら、衣装のチェックしないと。他の人と服の色が重ならないように」

言うが早いか、りつ子は楽屋から廊下に出た。

隣の楽屋は近頃急に人気の出た中年の女優だった。りつ子はノックしながら慎重に声をかけた。

「失礼いたします。大鷹星良のマネージャーですが、ご挨拶よろしいでしょうか？」

ドアを開けてくれたのは付き人らしい若い女で、本人は不在だった。りつ子は愛想良く礼を言い、服を胸の前に持ってきた。

「本日、星良はこの衣装で出ますが、津山先生のお召し物に差し障りございませんでしょうか？」

「はい、大丈夫です。津山は和服ですので」

「お時間取らせまして、恐縮です」

りつ子は再び丁寧に頭を下げ、ドアが閉まるのを待った。

そうやって三人の女性共演者の楽屋を回り、誰の衣装とも抵触しないことを確認した。

「やれやれ。良かったわ」

星良が弁当を食べ終わる頃、局のアシスタント・ディレクターが呼びに来た。

「星良さん、メイク室へどうぞ」

「はい」

楽屋を出ようとして、急にりつ子を振り返った。

「もう帰ってよ」

「何言ってるの？　他の人はみんな付き人とマネージャー同伴じゃないの。セラちゃんだけ一人でいたら、軽く見られるわ」

「関係ないから、そう言うの」

星良はまたしても顔をしかめ、楽屋を出て行った。

それから、りつ子は星良のテレビ出演には、必ず「マネージャー」として同行するようになった。

楽屋への挨拶回りも積極的に行った。ハンドクリームや化粧水の小瓶など、万人受けする手土産を持参してアピールすることも忘れなかった。

間もなく局のプロデューサーやディレクター、星良のタレント仲間から「星良ちゃんのマネージャー、すごい美人だね」という声が、りつ子の耳に聞こえてきた。一介のマネージャーと思われていることは不満だったが、評判そのものは決して悪い気はしなかった。むしろ得意だった。

そして、星良はそんなりつ子を明らかに嫌悪していた。

「バカじゃないの？ お世辞に決まってるじゃない。この業界の人、みんな口が上手いのよ」

「いいじゃないの。ママは結婚してから褒められたことなんかないんだもの。お世辞だって嬉しいわ」

赤の他人の褒め言葉が、これほど心にしみ入ってくるとは、りつ子自身意外だった。もしかしたら、長い間褒められることを渇望していたのかも知れない。

きっと、そうよ。そうなんだわ……りつ子は自分に言い聞かせた。

東大生だった頃はいつも男の賛美と賞賛に囲まれていた。学校でも別荘でも玉垣の家でも。それが結婚と引き替えに、全部なくなってしまった。代わりに与えられたのは、姑と小姑たちからの執拗な侮辱と難癖。おまけに星良は反抗ばかりして、一度も味方になってくれたことはない。これまでの苦労を思えば、昔の夢を少しくらい取り戻したって、罰は当たらないだろう。

りつ子は星良の後について芸能界を垣間見るうちに、自分自身までタレントであるかのような錯覚に陥っていた。

人気上昇中の星良は局からも大事にされ、タレント仲間も友好的に振る舞ってくれた。自然、マネージャーとして付き従っているりつ子も粗略には扱われない。

特に同じシンプロに所属するタレントたちからは「星良ちゃんのママ」と呼ばれ、親しげに振る舞われた。

中でも一番の大スター能勢和也に、廊下ですれ違いざま「今夜、ご飯食べない?」と誘われたときは、さすがに「え?」と聞き返した。

「ちょっと、相談したいことがあって……」

りつ子が返事をする前に、和也はメモを手に押しつけた。断られることなど夢にも思っていない、スターの貫禄だろう。

誰かに見られなかったか、キョロキョロ周囲を見回して、りつ子はメモをポケットにしまった。

指定されたのは六本木にある「隠れ家レストラン」といった趣の店で、いかにも業界人が集まる雰囲気だった。

入り口で従業員に名前を告げると、奥まった席に案内された。そして、十分ほど後で和也がやってきた。

りつ子はこれから何が始まるのかと期待したが、和也が口にしたのは文字通りの「相談」だった。東宝の大作映画から準主役のオファーが来ているのだと言う。

「それがかなりすごい悪役で……迷ってるんだ。社長は勧めるんだけど、イメージダウンになる恐れもあるし」

多少がっかりはしたものの、大スターから役について相談されるのは悪い気はしない。

「お受けになったらよろしいと思いますよ。悪役というのはある意味もうけ役ですから。観客の印象に残るし、能勢さんの役者としての幅も広がるんじゃないでしょうか」

約二時間、りつ子はその店で能勢和也と映画についておしゃべりしながら食事した。一緒に店を出ると、それぞれタクシーを拾って別れた。

ところが次の週、りつ子と和也のスクープ記事が写真週刊誌に掲載された。「激写！　能勢和也、年上美女と深夜の極秘デート」と言うタイトルで、いつの間に撮られたのか、店内で二人が話し込んでいる様子と並んで店を出るところの写真がデカデカと載っていた。ちょうど和也が声を落とし、りつ子が耳を近寄せた瞬間を狙っているので、写真だけ見るとかなり親密な雰囲気だ。

りつ子は芸能人ではないので、顔写真は目に黒い線を入れて隠してあるが、本人を知っている人には一目瞭然だった。

もちろん、和也は取材に「あれは星良ちゃんのお母さんで、日頃事務所仲間として親しくさせてもらってるけど、別に恋愛関係とかじゃないですから」と答えているが。

「いやだわ、もう！」

りつ子は件の頁を開いて、普段より一オクターブ高い声を上げた。

「バカみたい！　こんなの、嘘に決まってるのに」

言葉とは裏腹に、声は喜びに弾んでいた。事実無根とはいえ、いや、事実無根だからこそ、二十代の人気スターとのスキャンダルを書き立てられたことは、女の花道に大きな花火が上がったようなものなのだ。

「うちの和也が迷惑掛けたみたいで、悪かったね」

すぐさま深緑からお詫びの電話が掛かってきた。

「いいえ、ちっとも。だって、まったく根も葉もないことですもの」

答えるりつ子の顔は、ともすればデレデレと緩みそうになった。

「能勢さんには今度の映画……『碧い影』だっけ？　その役の相談を受けただけよ。もちろん、勧めたわ。あなたが乗り気だって言うから」

「それはどうも」

その日のうちに和也からも千疋屋のメロンが届いた。マネージャーからの詫び状まで添えられて。

その記事は所謂「飛ばし」で、続報もなく終息した。

しかし、りつ子は記事の載った雑誌を持ち歩き、機会あるごとにそれを見せて話題にした。実は携帯用と保存用にコンビニを回って五冊も買い集めたのだが、周囲の人たちがうんざりした表情を見せ始めたため、有効利用したとは言い難い。

星良はスキャンダル記事について何も言わなかった。ただ、りつ子の様子を薄気味悪そうに眺めていた。

そのことがあった翌月、りつ子は星良のマネージャー役を降りる羽目になった。深緑の命令で、星良に専属のマネージャーと付き人が付くことになったのである。

「なんだ、あんまり嬉しそうじゃないな」

深緑は不審な顔をした。

「つまりは星良がそれだけ売れっ子になったってことなのに」

「そういうわけじゃないけど……」

りつ子はミディアム・レアに焼いたA五ランクの霜降り牛肉に粗塩を少し付け、口に運んだ。舌の上に載せると、嚙まなくてもそのまま溶けて行きそうに柔らかい。じんわり広がる甘さは、能勢和也とのスキャンダル記事の味わいに似ているような気がした。

二人がいるのは都内の一流ホテルにある高級鉄板焼き店で、深緑が星良の慰労会にと招待してくれたのだ。当の星良はレギュラー番組の打ち上げが重なって、そちらへ行ってしまったが。

「最初、星良は女子アナにするって言ってたわよね？　だけど、最近はどんどん出演が増えて、これじゃ完全にタレントだわ」

星良にくっついてテレビ局に出入りできなくなるのが寂しいとは、さすがに口に出来なかった。

「別にどっちでも良いじゃないか。売れたもん勝ちだ」

「そうは言うけど……」

りつ子にしてみれば、慶應出身の女子アナウンサーにしようと目論んでいたのに、ヘンな女子大生タレントとして世間に注目されたのは大きな計算違いだった。

「ねえ、ここら辺で軌道修正しないとまずいんじゃないの？」

「どうして？　そっちこそ軌道修正が必要だと思うよ。ニュースが上でバラエティは下、アナウンサーが上でタレントは下、なんてさ」

「でも現実に、娘がアナウンサーやってますって言うのと、バラエティのタレントやってますって言うんじゃ、相手の反応は随分違うわ。第一、アナウンサーならどんな立派なお家（うち）とだって縁組みできるけど、タレントじゃそうは行かないでしょう」

「それは職種じゃなくてレベルの問題さ。スターになれば良いんだ。スターから見れば、アナウンサーなんかただのサラリーマンだ」

りつ子が眉（まゆ）を吊り上げたので、深緑はあわてて宥める口調になった。

「星良は今、千載一遇のチャンスをつかんだんだよ。星の数ほどいるタレントの中で、売れるのはほんの一握りしかいない。星良はその中に入ったんだ。素直に喜んでやるのが、親の務めじゃないかな」

……こんなはずじゃなかった。

りつ子はまたしても臍（ほぞ）を噬（か）む思いがした。星良が生まれてから、この思いと縁が切れたためしがない。どうしていつもこうなるのだろう？　上手く行ったとぬか喜びした後で、もっと大きな失望を味わわなくてはならないんだろう。

だが、深緑の予言は的中した。星の数ほどいる新人タレントの中で、星良はめきめきと頭角を現し、レギュラー番組を週に何本も抱える売れっ子になった。デビューからたったの一年で、テレビ出演の際には局からの車で送迎されるようになった。

ちょうど同じ頃、能勢和也結婚のニュースが流れた。相手は一般人の女性としか報道されなかったが、五年間交際していたという。

りつ子はかつてのスクープ記事を思い出し、ほんの少し胸がうずいた。別れた恋人が結婚したらこんな気持ちだろうかと思い、くすぐったいような気持ちを味わった。

マネージャー役を解かれて暇になると、りつ子は星良の出演する番組を念入りにチェックするようになった。

「昨日の『TVタックル』、おとなしめの発言が多かったわね。あれじゃつまらないわ。せっかくビートたけしと共演したんだから、思いっきり辛口のコメントで印象づけなくちゃ」

「『世界ふしぎ発見!』は頑張りなさいよ。出演者が少ないから、正解出せば目立てるわ」

「『笑っていいとも!』の木曜レギュラーの話はどうなったの? あれから一週間も経つのに、何とも言ってこないの?」

毎朝朝食の席で、りつ子は前日の番組にダメ出しをする。しかし、当の星良は聞いているのかいないのか、生返事をするだけで、軽めの朝食を残さず食べ、家を出て行くのが常だった。

売れっ子タレントだから当然だが、帰宅時間は不規則で、深夜になることも珍しくない。それでも感心に、大学の授業はサボらずに通っていた。

りつ子は痩せるのを通り越してやつれてきた星良の様子に、忠告せずにはいられなかった。

「少し、仕事を控えたら？　これじゃ今に病気になるわよ」

星良はふっと笑みを漏らした。皮肉で、すごみすら感じさせる微笑だった。

「仕事断るなんて、百年早いわよ」

それはそうだろうと、りつ子も頷(うなず)いた。星良のような新米が仕事を断ったら、次から声をかけてもらえなくなるかも知れない。

「学校の方をしばらくお休みする？　休学するタレントは大勢いるし」

星良はまたしても皮肉に笑った。

「現役女子大生タレントが売りなのに、学校休んでどうするのよ」

「それじゃ、女子アナはどうなるの？」

星良は完全にバカにしたような顔になった。

「まだそんなこと言ってるの？　いい加減に目を覚ましてよ」

「それはこっちの言う台詞よ。そもそもあなたをシンプロに入れたのは、深緑さんが女子アナにしてくれるって約束してくれたからよ」

「無理だって、もう」

「いいえ、今からだって遅くないわ。これからイメージチェンジすれば、卒業までに間に合うわよ」

星良はほとんど哀れむような目になった。

「女子アナだって、そう良い仕事でもないわよ。タレントみたいにちやほやされるのは若いうちだけ。三十過ぎたら、ほとんど画面から消えるじゃないの」

「だから、早めに良い相手を見つけて結婚するのよ。大富豪やテレビ局の跡継ぎと結婚した人だっているんだから」

りつ子の目には、それから先の星良の姿も浮かぶ。結婚を機に引退し、名流夫人となって文化事業に携わる。やがて夫の支援を受けて文化財団を設立し、自分の名を冠した賞を設ける。毎年授賞式には各界の名士を招待し、その様子はマスコミでも大々的に取り上げられ……。

ああ、なんて素晴しいんだろう。その華やかな中心にいるのは星良で、その星良を生んだのはりつ子なのだ。

星良は耳触りの悪い声でゲラゲラと笑った。

「もう、ホント絶望的ね、〝りつ子さん〟の考えって」

席を立った星良を追って、りつ子は玄関に出た。

「今週の日曜日、ショッピングに行きましょう。もうそろそろ、秋物のバーゲンだから」

「先約があるの」

星良は靴を履いて振り向いた。

「神宮球場のチャリティー野球大会。白百合園の子供たちも招待されてるの。私、司会頼まれたんだ」

そして、ドアから顔を半分覗かせて付け加えた。

「衣装のことはもう忘れてよ。毎回スタイリストさんが、あれこれ持ってきてくれるんだから」

「だって、あなたのスタイリスト、センス悪いじゃない。つまんない服ばっかり着せて……」

だが、みなまで聞かず、星良はドアを閉めてしまった。

りつ子はまたしても溜息を吐いた。

ホントに、毎日すれ違いばっかり……。

学校の後でテレビ局に直行するので、一日に顔を合わせるのは朝食の時だけだ。学校が休みの日も、仕事で出て行く。そして仕事の合間にはボランティア活動も始めたらしい。

特に白百合園と言う三鷹市にある福祉施設を熱心に訪問している。去年、テレビの仕事で園長をインタビューしたのがきっかけだったらしい。百人ほどの肢体不自由児が収容されており、病院と教育施設の他に作業場も併設されているという。

「白百合園で作ってる無農薬野菜、地元では評判なんですって。今度、パンの工房も出来るそうなの」

白百合園の話をするときだけは、星良の顔から皮肉の影が消え、楽しげに目を輝かせた。だからりつ子も笑顔で送りだそうと努めてはいるのだが……。

星良の将来はどうなるの?

何とかしなくてはと思う。女子アナ路線に軌道修正しなくてはならない。早く手を打たないと、このままでは星良は人生の選択を誤ってしまう。だが、気ばかり焦って少しも良い考えが浮かばない。

どうしよう？　どうしたらいいの？

星良が母親の手を離れ、自分の足でしっかり歩き出したことに、りつ子はいっこうに気付いていなかった。

星良が慶應大学の最終学年に進級し、二十二歳を迎えた年に事件は起こった。

深夜近く、局の車に送られて帰ってきた星良は、ショルダーバッグを置くなり宣言した。

「〝りつ子さん〟、私、結婚する」

まさに青天(せいてん)の霹靂(へきれき)で、りつ子は完全な不意打ちを食らった。

りつ子は星良から誰かと親密な交際をしていると聞いたことがなかった。よしんば親に内緒にしていても、人気タレントの親密交際はほとんどの場合マスコミにスクープされる。星良にはこれまでスキャンダルがなかった。だからりつ子は安心していたのだ。

それなのに……。

「藪(やぶ)から棒に、何を言い出すの？」

りつ子は一瞬で青ざめたが、星良は明日の天気の話でもするように平然としていた。

「今日、プロポーズされた」

「だ、誰に？」

「支倉幸二。ヤクルトスワローズの選手」

そう言われても全然分からない。りつ子はスポーツに興味がないのでプロ野球も見たことがない。当然、選手の名前など一人も知らなかった。

「急に、どうして？」

「去年、神宮球場のチャリティー野球で司会やった時、知り合った」

星良はかねてより児童福祉に関心があり、様々な施設を訪問して実地に勉強を続けていたが、支倉幸二も同じだった。プライベートで肢体不自由児の施設を訪問し、神宮球場には私費で十席を確保して毎試合各施設から子供たちを招待している。

二人は初対面ですっかり意気投合した。

「幸二さんの上の弟さんも、脳性小児麻痺で身体が不自由だったんですって。幸二さんが甲子園に出る前の年に亡くなったんで、プロになってからは、少しでも弟さんと同じ立場の子供たちを応援したいって、ボランティア活動を続けてるの。白百合園にも一緒に行ってるのよ。園の子たちを見てると、弟さんを思い出すんですって。私も、あそこへ行く度に翔太君のことを思い出すわ」

　星良がりつ子に対してワンセンテンス以上話すのは珍しいことなのだが、この時はすっかり動転していて、まるで気付かなかった。

「……翔太って誰？」

　星良は明らかにそれと分かる冷笑を浮かべた。

「小野寺真澄さんのお兄さんよ。脳性小児麻痺で車椅子生活だったけど、優しくてユーモアがあって、大好きだったわ。翔太君だけじゃない、真澄さんもお母さんも、あの家の人はみんな大好きだった。優しくて、のんびりしてて、面白くて。それなのに塾通いとお稽古で小野寺さんと遊べなくなって、二年になったら組み替えで別のクラスになっちゃって、毎日すごく寂しかった」

　りつ子はイライラしてきた。

「くだらないこと言わないでよ。だからその野球選手と結婚するって言うの？」

「一番大事なことよ」

　星良はまっすぐにりつ子を見据え、背筋を伸ばした。

「幸二さん、野球選手を引退したら、肢体不自由児を応援する活動をしたいって言ってるの。私も、いつかそういう仕事をしたいと思ってた。私たち、同じ目標を持ってるの。だから、今は別の道を歩いてるけど、将来は同じ道を歩いて行けると思うわ」

そして、見たこともないほど幸せそうな顔で微笑んだ。

「ただ、私が彼と結婚する一番の理由は、愛してるから」

だまされた、欺かれたという思いがこみ上げて、りつ子は頭に血が上った。これまで苦労に苦労を重ねて必死で育ててきたというのに、星良は母親の目を盗んで恋人を作り、結婚するという。こんなひどい裏切りがあるだろうか。こんなひどい仕打ちがあるだろうか。赤の他人ならともかく、自分の娘にこんな目に遭わされるなんて。

「許しませんよ、結婚なんか！」

「別に、関係ないし」

「子供のくせに、生意気なこと言うんじゃありません！」

「もう二十歳過ぎてるし」

「まだ学生じゃないの！」

「だから何？」

「あんたって子は、親の目を盗んで、よくも……」

さすがに「男と乳繰り合って」とは言えなかった。

「報告だけはしたから」

星良は面倒くさそうに話を打ち切った。

「もう寝る。明日早いから」

あくびしながら言い捨てて、さっさと部屋に入ってしまった。

りつ子は怒りのあまり、寝るどころではなかった。すぐに深緑に電話した。プロダクション以外の連絡先も星良を通じて知っていたから、夜中だろうがお構いなしだった。

「仁さん、どうしてくれるの！　星良が結婚するって言うのよ、何処（どこ）の誰だか知らない野球選手と！」

「支倉幸二だろう」

意外にも、深緑の声は落ち着いていた。

「知ってたの？」

「いや、さっき星良から報告を受けたばかりだ」

「ねえ、何とかして。冗談じゃないわ。あの子はまだ学生なのよ」

「僕も最初は驚いたんだけどねえ……」

日頃の深緑に似合わず、何とも歯切れが悪かった。

「認めるしかないんじゃないかな」

「何ですって？」

　あなたは芸能プロダクションの社長でしょう。売り出し中のタレントが結婚なんかしたら大損害じゃないの。どうして阻止しないの？

　りつ子は一くさり深緑をなじり、やっと少し落ち着いた。それを待っていたように、深緑は口を開いた。

「この結婚は、星良のマイナスにならないと思うんだ。いや、むしろプラスになるかも知れない」

　りつ子が言い募ろうとするのを、深緑は「まあ、聞きなさい」と制して先を続けた。

「美談なんだよ。二人はチャリティー活動を通して知り合い、病気の子供たちへのボランティアを続ける中で、恋が生まれたわけだ。支倉はマスコミにも評判良いし、球団関係者からの信頼も厚い。将来の監督候補の呼び声もある。有望株だよ。星良も、女子大生の間は良いが、今のキャラクターをずっと続けるのは難しい。そんなら支倉と結婚して、福祉に力を入れる姿をマスコミにアピールした方が、仕事の幅も拡がる」

　深緑はそこで一息入れて、実は……と切り出した。

「星良からはだいぶ前に、卒業したら児童福祉関係の仕事に就きたいと相談された。

浮ついた気持ちじゃなくて、そのための勉強もしているようだった。そういう星良が支倉と出会ったのは、偶然じゃなくて必然のような気がする。だからこそ、星良は結婚をチャンスにもう一回りも二回りも大きくなると、そう踏んでるんだ」

りつ子は受話器を握りしめた。

「女子アナの話はどうする気？」

受話器から押し殺した笑い声が漏れてきた。

「人気女子アナの上がりは野球選手の奥さんだよ。星良は真ん中をすっ飛ばしていきなりゴールしたんだ。ある意味、快挙じゃないか」

その声で、りつ子は頼みの綱が切れたことを悟った。

「それじゃ、星良の結婚を認めるつもりなのね？」

「僕はね。りつ子さんもその方が良い。タレントにトラブルは禁物だ。喧嘩(けんか)して親子が疎遠(そえん)になったら損だと思うよ」

りつ子は黙って電話を切った。

誰も頼りにならない。誰も結婚を止めてくれない。誰一人、味方になってくれない。

誰一人……。

誰もいない狭いリビングを見回して、りつ子は唇を噛んだ。

第八章

りつ子はリモコンを取り、テレビを点けた。木曜日は十一時から始まる昼のワイドショーに、星良がコメンテーターとして出演する。時間になるとＣＭから画面が切り替わり、テーマミュージックが流れて司会の二人、男性タレントと女性アナウンサーが現れた。

りつ子は画面に顔を近づけ、背後のコメンテーター席に座る星良の姿に目を凝らした。

星良ったら、またベージュじゃないの。昨日のモーニングショーもベージュの服だったのに。だいたい、この番組は背景が白っぽいからビビッドな色の服を着なさいって、あれほど言ったのに。まったくもう、人の言うことを少しも聞いてないんだから。

りつ子はメモ帳を取り上げ、チェック項目を書き出した。番組が終わったら電話しなくてはならない。いつでも掛けられるように、電話は目の前に置いてある。

洗濯物をベランダに干し終り、川口永子がリビングに戻ってきた。訪問介護のヘルパーで去年からりつ子の世話を任されている。年齢は五十代半ばだが、若々しくて動作も敏捷だった。

りつ子は今年七十歳になる。三年前に脳梗塞の発作を起こして左半身が不自由になり、以来介護ヘルパーの世話を受けていた。

現在は要介護三で、不幸なことに病気の後遺症で顔が左右歪んでいる。しかし、鏡を見るときは老眼鏡をかけないので、自分の顔がどうなったか、まだ自覚していない。それは不幸中の幸いだった。

「今日は星良さん、『昼のワイドスクープ』ですね？」

「ええ。でもね、この服、昨日と良く似てるのよ。ベージュで、ボートネックで。これじゃ、同じ服を着ていると思われるわ」

「お忙しいから、お洋服選びも大変ですね」

「そのためにマネージャーがいるんじゃないの。何やってるのかしら、まったく」

永子は空のカゴを洗濯機の横に戻すと、チラリと壁のカレンダーに目を遣った。

「八時からは『クイズ〝どっちが先？〟』にも出演なさるんですね。録画の準備、出来てますか？」

「ええ、昨日のうちにしておいたわ」

「一日に二つの番組を掛け持ちするなんて、大変ですね」

りつ子は楽しそうに首を振った。

「あれは先月の末に収録が終わってるのよ。今日は午後から『あなたとクラシック』の収録なの」

「まあ、すごい。あれ、良い番組ですよねえ。私、大好きです」

「星良はクラシックなんか聴いたこともないけど、私はあの子がお腹にいるとき、胎教のために毎晩モーツァルトを聴いたわ」

それからしばらくの間、永子を相手に子育ての苦労の数々を話した。星良の話をするときのりつ子は、いつも少しうっとりした顔になる。自分に酔っているのだった。

永子はいつも神妙に頷き、相づちを打ち、時にはさも驚いたような顔で感嘆の声を上げ、適当な頃合いを見計らって話題を変える。

「そうそう、お昼ご飯はどうなさいます？」

「……そうねえ」

「昨日がけんちんうどんでしたから、今日はサンドイッチなんか如何です？　それとも、干物でも焼いてご飯にしましょうか？」

「じゃあ、サンドイッチにするわ」

「中身はハム、卵、野菜で良いですか？」

「ええ。結構よ」

　永子が台所に立つと、不意に玉垣家のお茶の時間に供された「サンドウィッチ」が目に浮かんだ。英国式を守っていたので、野菜サンドの具はキュウリだけだった。あれほどお金のある家なのに、どうして頑なにあんな美味くもないサンドイッチを食べていたのだろう？

　りつ子は「サンドウィッチ」の残像を振り払うように瞬きすると、壁のカレンダーに目を転じた。星良の仕事のスケジュールが赤いサインペンでぎっしり書き込んである。沢山仕事が入っていて、赤の入らない日はないほどだ。

　悔しいけど、深緑の予言した通りになったわね。

　星良はシンプロの戦略によって、結婚を機にバラエティ・タレントから文化人タレントへと路線を転換した。深緑をその決断に踏み切らせたのは、星良の知識と経験だった。大学在学中から勉強して福祉の知識を蓄え、施設への訪問を積み重ねて子供たちや職員とも交流を深めていたから、付け焼き刃ではない。そして本人がいずれ子供の福祉に携わる仕事がしたいと、以前から強く希望していた。

同時に、夫の支倉幸二の存在も大きい。飛び抜けたスター選手ではなかったが、冷静な頭脳派で確かな実力があり、選手・監督・球団からの信頼も厚かった。引退後はコーチ、監督への道が約束されていたが、肢体不自由児の養護施設運営に乗り出した。星良と同じく病気や障害のある子供の福祉に関心が深く、長年ボランティアで活動を続けてきたので、その転身は世間からも好意的に受け入れられた。

深緑は星良と支倉の組み合わせは、二倍ではなく、二乗三乗のパワーを発揮すると読んだ。そして、その読みに賭けた。

深緑は夫婦が施設で働く姿をマスコミを通じてアピールした。その上で星良を硬派の雑誌の対談やテレビの討論番組に出演させ、講演会も催した。地道に活動を続けるうちに、星良には「子供の福祉に関するスペシャリスト」というイメージが確立し、路線転換に成功したのである。

今や朝・昼・晩のニュース番組でレギュラー・コメンテーターの地位を確保し、人気の高いクイズ番組やバラエティ番組にゲスト出演し、ラジオで自分の番組を持ち、講演会のチケットも完売する人気だった。

本当に、人間何が幸いするか分からないもんだわ……。

りつ子は少し皮肉な思いにとらわれる。大反対した結婚が、結局は星良に幸運をもたらしたのだ。

星良がりつ子に支倉を紹介したのは、マスコミに婚約を発表した後だった。

支倉に対しては「野球選手なんか、どうせ頭が空っぽで無神経で女好き」という偏見を抱いていたが、実際に会ってみると、身体は大きかったが、態度は物静かで礼儀正しく、知性的な感じのする青年だった。りつ子は正直、意外な気がした。星良が予想に反して良き伴侶を得たこともだが、それ以上に、支倉が星良を妻に選んだことに。

「セラちゃん、良かったわね。おめでとう。結婚式はどうするの？ せっかくだからうんと盛大にしましょうよ。お客様も大勢呼んで。きっとマスコミも取材に押しかけるわよ」

りつ子はすっかり支倉が気に入り、自分までウキウキしてきた。ホテルの豪華な大広間にぎっしり詰めかけた招待客と、巨大なウェディングケーキに入刀する花嫁姿の星良、晴れがましさと嬉しさで目を潤ませる黒留袖の自分の姿が目に浮かんでくるようだった。

しかし、星良はきっぱりと言った。

「結婚式は挙げないわ」

「え？　どういうこと？」

りつ子は真意を測りかねて星良の顔を凝視した。

「だって、結婚するんじゃないの。式を挙げないってことがありますか」

「私たち、そういうことは好きじゃないの。プライベートなことをメディアに晒すなんて絶対にイヤだし。親しいお友達を招いて報告会みたいなことはしようと思うけど、仕事絡みのお客さんを何百人も呼んで大々的に披露宴やるみたいなのは、嫌いだから」

そして、話を打ち切るように席を立った。

りつ子はその後も何度か結婚式を提案したが、星良は言下に拒絶した。当人たちに挙式の意志がない以上、引き下がらざるを得ないのだが、残念でならなかった。りつ子にしてみれば疎遠になっている親戚を呼んで、今の幸せを見せつけるチャンスだったのに。

それなのに星良ったら、あんなことを……。

思い出すと今でも胸がきりきりと痛む。星良と支倉は入籍後、新婚旅行でハワイへ行き、そこで親しい友人たちを招いてささやかな結婚式を挙げた。しかも、その席に迪彦と再婚相手を招待したのだった。

ずっと後になってその事実を知ったとき、りつ子は星良に背後から刺されたような気がした。

「あんたって子は、いったいどういうつもりなの？」

語気荒く問いただしたが、星良は少しも悪びれなかった。

「当然でしょ、親子なんだから」

「ママのことはのけ者にして」

「別にいつでも会えるし、良いじゃない」

「パパの再婚相手まで呼ぶなんて」

「こういう機会でないと、なかなか会えないし」

「そうやってママをないがしろにして、少しは申し訳ないと思わないの⁉」

「全然」

星良は冷然と吐き捨てたが、不意に口元を抑えてトイレに駆け込んだ。しばらくトイレにこもってから、青ざめた顔で出てきた。嘔吐(おうと)していたらしい。

りつ子は恐る恐る尋ねた。

「もしかして、おめでた？」

星良の顔にはハッキリと恐怖が表れたが、りつ子はそれを驚きと勘違いした。

「まあ、おめでとう！　良かったわね、セラちゃん！」

そのまま抱きしめようと腕を伸ばしたが、星良はそれを払いのけ、悲鳴のような声で言った。

「牡蠣に当たったのよ！」

「あら、でも、心当たりあるでしょ？　生理はどうなってるの？」

「来てるわよ、ちゃんと！」

「ねえ、病院に行った方が良いんじゃない？　ママも一緒に行ってあげるから……」

「放っといてよ！」

星良はひどく興奮して、取り乱していた。そんな姿は久しく見たことがなかった。りつ子は妊娠初期で精神が不安定なのだと判断した。

「ねえ、落ち着いて。興奮すると身体に障るわよ」

星良は無言でりつ子を睨み付け、椅子から立ち上がった。そして、そのまま支倉と暮らすマンションへ帰っていった。

それでもりつ子の心には幸福感が満ちあふれていた。

星良に子供が出来た。こんな嬉しいことがあるだろうか。生まれて初めて孫を得るのだ。きっと可愛くて優秀な子に違いない。

今度こそ、失敗しないように頑張ろう。星良の轍を踏ませないように、余裕を持って小学校受験に取り組もう。まずは優秀な塾を探さないと……。

しかし、数日後に深緑からかかってきた電話で、りつ子は奈落の底に叩き込まれた。

「……今、なんて言ったの？」

「堕胎だよ。星良がお腹の子供を堕胎した」

一瞬、深緑の言うことが分からなかった。あまりにも理解を超えていたからだ。

次に衝撃がやってきた。空から降ってきた大きな鉄の塊に直撃されたような衝撃だった。完全に打ちのめされ、ぺしゃんこにされて、りつ子は受話器を握ったまま、へなへなと床に座り込んだ。

「いったい何があったんだ？　相思相愛で結婚したのに、初めての子供を堕ろすなんて、普通じゃ考えられない」

「……嘘よ。そんなこと、うそ……」

涙が溢れ、嗚咽がこみ上げて喉がふさがった。受話器から、深緑の溜息が聞こえた。

「本人がそう言ってる。嘘や冗談ですむ話じゃない」

「星良は、今、何処？」

「病院だ」

「何処の？」

「聞いてない」

「嘘！」

深緑が知らないはずがない。星良のスケジュール一切を把握しているくせに。

「行ってどうする？　病院で星良を怒鳴り散らして、それで事態が好転すると思ってるのか？」

声の調子がガラリと変った。一流芸能プロダクションのやり手社長の、冷たく凄みのある声に。それまでりつ子相手に、一度も聞かせたことのない声に。

「良いか、よく考えろよ。今更騒いだってどうにもならない。それどころか、下手すりゃ星良のタレント生命が危なくなる。俺はマスコミに漏れないように極力手を打つから、アンタは家で静かにしてろ。こっちから連絡するまで、絶対に動くな。絶対だぞ」

返事を待たずに、深緑はガチャンと電話を切った。

りつ子は二重の衝撃に立ち上がる気力もなく、ただ茫然とその場に座り込んでいた。

それから一週間後、何の前触れもなく、星良が訪ねてきた。

悪びれた様子は全くなく、さばさばした口調だった。

「長居はできないの。仕事の合間にちょっと抜けてきたから」

「……来るなら、電話くらいしなさいよ」

「良いじゃない。どうせ、家にいるんだから」

言いたいことは山のようにあったが、取り敢えず時間を置いたことで、胸の中を荒れ狂っていた嵐は沈静化していた。

「コーヒーか紅茶でも、飲む？」

「要らない」

星良はリビングのテーブルの向かいに座った。

「身体の調子は、どう？」

「悪くない。ちゃんとした病院で処置してもらったから」

不意に、まったく思いがけず、りつ子の目から涙がこぼれた。さすがに星良は目を逸らした。

「ママは昔、結婚前にパパの子を身籠もって、おばあさまに無理矢理堕胎させられたの。そのせいで、二回妊娠したけど、すぐに流産してしまったわ。三度目にやっと授かったのがセラちゃんと倫ちゃんだった。初めての子供を堕ろしたことで、ママがどれだけ苦しんだか……」

そこまで話して、りつ子はティッシュで洟をかんだ。

「何故、赤ちゃんを堕ろしたりしたの？　せっかく授かった子を。ママのようになりたいの？」

星良はまっすぐにりつ子の目を見返した。

「私は絶対、ママのようにはならないわ。だから堕ろしたのよ」

意味を理解しかねて、りつ子は目を瞬いた。

「どうせ〝りつ子さん〟に話したって理解出来ないから、これ以上は言わないわ。でも、とにかくそういうわけだから、孫は諦めてね。じゃ、さよなら」

星良は立ち上がり、後も見ずに出ていった。そしてそれ以後、りつ子の元を訪れることはなくなった。

「おまちどおさまでした」

永子がサンドイッチの皿を持って、台所から出てきた。

「お飲み物は、紅茶ですか？」

「ええ。そうするわ」

永子が紅茶を淹れている間に、りつ子は電話に手を伸ばし、星良の家の番号を押した。コール音の後に留守番電話の案内が流れた。りつ子はメモに目を落とし、話し始めた。

「ああ、セラちゃん？　ママよ。今日のワイドスクープの服だけど、あれ、何？　ダメじゃない。昨日のモーニング・アイと同じに見えるわよ」

録音機能のリミット三分を過ぎて電話が切れると、もう一度かけ直し、メモを読みながら次々と指摘を続けた。

「それとね、いつ電話しても留守番電話ばっかり。そんなに一日中家を空けてるわけ？　いくらなんでも良くないわよ。物騒じゃない。泥棒が入ったらどうするの？」

また三分が過ぎ、留守番電話が切れた。りつ子は舌打ちして受話器を見たが、紅茶の良い香りが漂っているので、電話を切った。

「本当にしょうがない子。あんなに留守ばかりするなら、留守番くらい置けば良いのに」

りつ子は電話を脇に押しやり、永子の淹れた紅茶のカップを取り上げた。

「ああ、良い香り」

「ダージリンです」

「私はこれが一番好きだわ。アールグレイって、何だか香水みたいな匂いが……」

砂糖を少し入れて、ストレートで飲むのがりつ子は一番好きだった。ミルクティは玉垣家と大鷹家の残り香がする。

「本当に、泥棒に狙われないかしら。心配だわ」

永子はふんわりとした微笑を浮かべて、サンドイッチを頬張るりつ子に言った。

「大丈夫ですよ。きっと警備会社を頼んでいらっしゃるでしょう。そんなことしなくても、星良さんのマンションならセキュリティは万全ですよ」

「そうね。それなら大丈夫ね」

「りつ子さんは星良さんのことで、ご心配が絶えませんね」

「ほんと。イヤになっちゃうわ。母親って損ね」

「うらやましいわ」

永子はもう一度微笑んだ。

「うちは両親とも早くに亡くなったんで、親にそんな風に心配してもらったことないんですよ。何でも自分でやらないといけなくて」

「まあ、お気の毒に」

りつ子はそれで腑に落ちた。初対面から永子とは何となく馬が合う気がしたが、それはきっと二人の境遇が似ていたからかもしれない。

「苦労なさったのねえ。実は私も高校一年の時に……」

永子はりつ子の身の上話に熱心に耳を傾け、共感を示すように何度も大きく頷いた。

「りつ子さんを拝見してると、親ってありがたいなって、しみじみ思いますよ」

永子は食べ終わった食器を台所に運び、洗い物を済ませてエプロンを外した。

「それじゃ、私はこれで失礼いたします。今日はお手紙は?」

「ああ、デスクの上に置いてあるわ。また帰りにポストにお願いします」

永子はデスクに置かれた封筒を鞄にしまった。星良宛の手紙である。りつ子は二日に一通は娘に手紙を書いている。

「明日また、同じ時間に伺いますので」

「どうもご苦労様。お気をつけてお帰りになってね」

りつ子も笑顔になり、軽く頭を下げた。過去に介護ヘルパーは何人か来たが、川口永子が一番気に入っていた。同じ話をしても、永子に聞いてもらうと心が満たされた。

永子はマンションを出ると、駅に向かった。

郵便ポストの前を通り過ぎ、その先にあるコンビニの前で立ち止まった。永子は鞄からりつ子の手紙を取り出した。そして手紙を丁寧に、小さな破片になるまで破り、店の外に設置された燃えるゴミのくず入れに捨てた。

翌日、朝刊を広げてりつ子は目を疑った。広告の欄に星良の顔写真が大きく載り、「文倉星良、衝撃の半生記！　実の母との壮絶な日々を赤裸々に綴った渾身のドキュメント！」の文字が躍っている。その横には本の写真があって『毒殺する母』のタイトルがデカデカと記されていた。

これは、何？

まるで意味が分からなかった。紙面には少し小さな文字で、本を読んだタレントの名前とコメントが印刷されていた。りつ子は新聞を遠ざけて目を凝らした。

「衝撃の事実の前に、文字通り言葉を失った」

「あのセラちゃんにこんな悲しい過去があったなんて、涙が止まりません」

「ただただ、良く生き残ったと思う。抱きしめてあげたい、星良」

「すべての親に、そしてこれから親になる人に是非読んで欲しい。子供を毒殺しないために」

りつ子はそれらのコメントを何とか咀嚼し、理解しようと躍起になった。するとどう解釈しても、そこから見えてくるのは敵意であり、憎悪であり、怨念だった。

星良はこの本に私の悪口を書いたの？　私が星良をひどい目に遭わせたと、そう書いてあるの？　どうして？　私はいつだって星良のために一生懸命頑張ってきたわ。それなのに、どうして？

周囲の景色がぐるぐると回り、りつ子は広げた新聞の上に突っ伏した。

「りつ子さん！」

耳元で永子の声がする。顔を上げると、目の前に心配そうに覗き込んでいる永子の顔があった。いつの間にかヘルパーの来る時間になっていたのだ。

「どうなさったんですか？　ご気分がお悪いんですか？」

りつ子は震える手で、新聞の広告を指さした。永子はチラリと一瞥し、すぐにりつ子の方に視線を戻した。目に同情の色がある。すでに朝刊であの広告を見ていたのだろう。

「星良が、どうしてこんな本を……」

「周りが勧めたんでしょう。有名人の告白本は売れますから」

永子はさらりと答え、安心させるように微笑んだ。

「気にしちゃダメですよ。ビジネスだと思って割り切らないと」

だが、りつ子は新聞を取り、永子に押しつけた。

「お願い。今から本屋に行って、この本を買ってきて」

「わざわざ読まない方が良いですよ。不愉快になったら、イヤじゃないですか」

「お願い。買ってきて」

りつ子の頑(かたく)なさは十分承知していたので、永子はそれ以上反対せずに応じた。買い物代行も仕事のうちだ。

「じゃ、行ってきます」

駅前の本屋まで行くので、往復二十分かかる。

その二十分を、りつ子はほとんど千秋の思いで待った。

永子が帰ってくると、餌(えさ)を求めるひな鳥が巣から首を伸ばすように、自由の利(き)く右手を突き出した。

「はい、どうぞ。危ないとこでした。残り一冊になってて……」

ろくに返事もせず、引ったくるように本を奪い、頁(ページ)を繰った。永子が呆(あき)れているのは承知の上だ。

読み進むにつれて、りつ子は衝撃のあまり、全身がわなわなと震えそうだった。

『毒殺する母』と題された著書は、こんな前書きから始まった。

〈私は一度死んだことがある。

殺したのは母だった。

死の瞬間まで、長い時間を掛けて殺され続けた。身体ではなく心を。

私はずっと死んでいた。

やっと息を吹き返したのは、高校三年の時だった。

それから少しずつ楽に息が出来るようになり、やがて完全に生き返った。

だから、もしかしたら今の私は幽霊かも知れない。それとも余生だろうか。

ただ、一つだけ確実に言えることがある。

私は今、とても幸せだ。生きているのが嬉しくて楽しい。

だからこそ、死にたいと思っている人、心が死にかけている人たちにこの本を捧(ささ)げたい。そして伝えたい。

生きていて。あなたが生き返るときは必ずやってくるから、と。〉

それだけでもりつ子は愕然(がくぜん)として目を疑ったが、次に続く本文は更に衝撃的だった。

へ私の母の人生はいつも「こんなはずじゃなかった」という苦い思いに占領されていた。そして「こんなはずじゃなかった」という現状を自らが思い描く姿に修正すべく、全力で悪戦苦闘してきた。

母にとって「こんなはずじゃなかった」の最たるものが私という娘だった。私は母の理想からはほど遠く、常に期待を裏切り続ける存在だった。母からすれば不幸の源であったのかも知れない。それを正しい姿に矯正してやることは、母にとっては愛だったのだろうが、私にとっては地獄だった。

私は二卵性双生児として生まれた。兄の名は倫太郎という。

兄は私とは正反対だった。明るくて素直で人見知りせず、誰からも好かれた。そして、勉強も運動もお稽古事も、なんでも人より良く出来て、上達も早かった。

私が失望の象徴なら、兄は夢の化身だった。一家の希望の星だった。

母は祖母と折り合いが悪かった。元々性格が合わない上に、二人とも非常に気が強く、更に結婚の経緯なども相まって、ほとんど修復しがたいまでに関係がこじれていた。

その祖母も、兄を溺愛していた。そして、独占しようとした。当然、母は反発した。子供の頃、家の中ではいつも兄を巡って、母と祖母とが牽制し合い、反発し合って、異常な緊張感が漂っていたように思う。

その中にあって、私はまるでいないも同然だった。兄のついでにやっと思い出してもらえる存在でしかなかった。〉

「何言ってるのよ！」

りつ子は思わず声を上げた。

いないも同然ですって？　赤ん坊の頃ミルクを飲まなくなって、マーゲン・ゾンデでやっと命永らえたのを忘れたの？　そのために私がどれほど苦労したと思ってるの？　倫ちゃんを姑に奪われたのだって、元はといえば星良のマーゲン・ゾンデで疲れ果ててしまったからじゃないの！

あんなに苦労を掛けたくせに、いないも同然なんて、よく言えたもんだわ！

〈母が子供たちに小学校受験をさせようと決意したのは、どういうきっかけからだったのか、私には良く分からない。それでも、それが地獄の始まりだったことは良く分かっている。

私を怯えさせたのは、母の異常なまでの情熱だった。本当に目の色が変わっていた。

母はまったく別人になってしまった。私はそれが恐ろしかった。

受験が近づくと、恐怖は私を呪縛（じゅばく）した。母のあの恐ろしい目が迫ってきて、その目の中に飲み込まれる夢を見るようになった。だから、夜、寝るのが怖くなった。朝になると睡眠不足でボウッとした。そのボウッとした頭に、またしても母の目が浮かんでくる。あの頃は昼も夜も、何処にも逃げ場がなかった。本当にどうして良いか分からなかった。

受験当日、私は塾では難なくこなしていた試験科目をすべて失敗した。おまけに体調不良で肺炎を起こしたり、試験会場で嘔吐してしまったりで、結局受験した学校にすべて落ちてしまった。そんな不名誉な記録を作ったのは、親戚中で私だけだった。あの時、私は無意識に母を試したのではないかと思う。母が本当に私を愛しているかどうか……。

嘔吐で汚れた服で試験会場を出たとき、私はハッキリと、母の憎しみを感じた。ショックだった。私は母に愛されていない。子供なら無条件で与えられるはずの母の愛を、私は受け取れないのだ。

それはきっと、私に愛される資格がないからだ。母の望むような自分ではないからだ。このままでは永遠に愛してはもらえない。母の望むような自分にならない限り……。

ほとんど絶望的な気持ちを抱えて、私はそう思った。その思いが、それから長い間私を呪縛し、苦しめることになるとも知らずに。

今なら分かる。愛とはそんなものではない。条件を満たすと湧いてきて、条件に満たないと湧いてこない、そんなものは愛ではない。打算と欲望のタッグに過ぎない。

愛とは無条件の感情だ。意図せずに湧き出して、すべて、丸ごと飲み込んでしまう感情だ。父が母のすべてを愛し、私のすべてを愛してくれたように。〉

「わざとだったの！」

星良のその告白に、りつ子は後頭部を思いきり棍棒で殴られたような衝撃を受けた。あれほど必死で取り組んだ小学校受験を、二年以上かけた一大事業を、星良は自らの意志でぶちこわしたと言うのだ。

「裏切り者！　恩知らず！　よくもだましたわね！」

〈私が母の「臆面もない掌返し」を明確に意識し始めたのは、小学校に入学してすぐの頃だった。

小学校受験の頃は、まるで神様のように尊敬して褒めそやしていた進学塾のO塾長を、いきなり「詐欺師」と非難したのだ。私は耳を疑ったが、母には忸怩たる思いなど微塵もなかった。

そして、あれほど「みんなと仲良くしなさい」「人には親切にしなさい」と言っていたのが、仲の良い同級生に脳性小児麻痺の兄がいると知った途端、急に仲を裂こうとしたのにも驚いた。

小学校に入学すると、進学塾の他に、兄と一緒に英語とピアノと水泳の教室に通うようになった。兄は器用なのでどれも簡単にこなしていたが、私は苦手だった。

それでも必死に努力した。何とか母の期待に応えたい、愛されたい、その一心だった。

そして努力の結果、五年に進級する頃には、苦手だったピアノも格好が付く程度に弾けるようになり、スイミング・クラブでも初めて対抗試合の選手に選ばれた。

だが、五年からは受験に専念するため、どちらも止めるように命じられた。それではせっかくの努力が無駄になってしまう。私が抗議すると、母は冷然と言い放った。

「元々才能がないのに、これ以上続けたって無駄よ。ピアニストになれるわけでも、オリンピックに出られるわけでもないんだから」

頭から冷水を浴びせられた気分だった。ただ母に愛されたいと願い、必死に努力を続けた四年間だったのに、それは最初から無駄だったのだ。母の望む愛のハードルは、もっと遥(はる)か高みにあったのだ。〉

「当たり前でしょ！　伸陽会には目の玉が飛び出るほどの月謝を払ったのに、星良の受験は全部失敗したじゃないの！」

確かに、りつ子は星良に道徳の授業に出てこないようなことも言った。きれい事を言っていたら負け犬になるからだ。子供を負け犬にしたくないのは親の愛情ではないか。

「きれい事なんか毎日学校で聞かされたはずよ。教師の言うきれい事はバカにするくせに、親が本音を言ったからって、どうして責めるの！　勝手なこと言うんじゃないわよ！」

〈六年生の夏休み、兄が急死した。スイミング・クラブで練習中、心臓麻痺を起こしたのだ。全くの突然死で、苦しむ間もなかったらしい。

兄の亡くなった日、私を見た母の目を一生忘れられない。口に出さなくてもよく分かった。どうして兄の代わりに私が死ななかったのかと思っていることは。

あの時、私は生まれて初めて、本気で死にたいと思った。〉

「そんなこと嘘だわ！　誤解よ！」


〈私は慶應中等部に合格さえすれば幸せになれると信じていた。父が帰ってきて、母と三人で暮らせるようになると。そして、それを励みに毎日を送っていたのだ。

だが、父は去って行った。

おまけに、せっかく合格した慶應は、私にはまるで合わない学校だった。

何と言っても幼稚舎から上がってきたクラスメートのエリート意識が鼻持ちならなかった。彼らの「自分たちは特別」という選民意識はどこから来るのだろう？　まだ十三歳にもならず、学校を一歩出たら非力な子供でしかないというのに。

私には彼らが滑稽だったが、中学受験を経て入学した多くの同級生は違っていた。進んで彼らの軍門に降り、仲良しグループの一員になりたがった。

その後も感じたが、慶應の学内には幼稚舎組・中学受験組・高校受験組・大学受験組と、明確なヒエラルキーがあった。それを受け容れる気のまったくない私は、クラ

スでも浮いた存在だった。〉

「なんて勿体ないことを言うの？　慶應閥は一大勢力なのよ。強力な人生のセイフティ・ネットよ」

それを与えてやりたいからこそ、りつ子は迪彦の海外赴任に同行せず、別居までして慶應中等部を受験させたのに。

「親の苦労を水の泡にして！　バカ娘！」

〈過食嘔吐というのは習慣化する。止めようと思ってもどうしても止められない。朝起きて歯を磨くように、食べ物に手が伸びてしまう。そしてもう、これ以上は入りきらないくらい胃袋に食べ物を詰め込んでしまう。

食べているときは身体にポッカリ開いた穴を埋めるような気持ちで必死で食べているのに、食べ終わったときの何とも言えない嫌な気分をどう表現したら良いのだろう。一言で言えば自己嫌悪だ。惨めで情けなくて、この世から消えてしまいたいと思う。

それからトイレに駆け込んで、喉に指を突っ込んで食べた物を吐き戻す。それは身体に詰まった汚物を掻き出しているような気分だ。少しでも残っているときれいにならない。だから胃が空っぽになるまで吐き続ける。

こんな生活が苦しくないはずがない。家にいる間中、何度もこれを繰り返すのだ。ただ食べるために吐き、吐くために食べる。自分でも嫌でたまらなかった。人間でなくて汚物の製造器になったようなものだ。何とかして人間に戻りたかった。

多くの場合、摂食障害の遠因は母子関係の齟齬だという。私も心療内科の担当医にそう言われた。

しかし、上手く行かない母子関係が原因なら、治療は難しいかも知れない。持って生まれた性格は変わるはずもないから、性格の合わない母と子が仲良くなるはずもない。一番手っ取り早い方法は別居することだが、未成年の子供が独立するのは容易ではない。

私の場合は芸能界入りで救われた。

立ち直るチャンスを与えてくれたのは、所属しているシンシア・プロの深緑仁社長である。〉

「私が頼み込んで、シンプロに入れてもらったんじゃないの」

星良は芸能界入りに乗り気ではなかった。それを説得して大手芸能プロダクションに所属させたのは、すべてりつ子の働きではないか。

「深緑に感謝して、どうして私には感謝しないのよ？」

〈しばらくして、深緑社長から「夕飯をご馳走する」と電話があった。二つ返事で承知したのは、寂しかったからだと思う。母と同じ家に住んで鼻面を突き合わせているのは苦痛以外の何ものでもなかったのに、私には頼れる親戚も、相談に乗ってくれる親友もいなかった。何処にも行き場がない、誰も分かってくれない状態に、私自身が耐えられなくなっていたのだろう。

「君は家を出て独立したいんだろう？」

開口一番、そう尋ねられた。頷くと深緑社長は先を続けた。

「じゃ、うちのプロに入ってタレントになると良い。ありきたりのバイトとは桁違いに金になるよ……ま、売れっ子になればの話だけどね」

私は一番疑問に思っていることを聞いてみた。

「どうして、私なんかスカウトしてくれるんですか？」

ちっとも美人じゃないのに……と言う前に、深緑社長は答えた。

「ブスだから」

「なぜ？」

「大体タレントになるような子は美男美女が多いから、みんな似たような色になる。チヤホヤされるのに慣れてるから、考えが浅くて感受性が鈍い。君のお母さんみたいに」

私はその一言でプッと吹き出し、深緑社長が好きになった。

「ブスは仲間たちのはしゃぎ振りを、後ろから指をくわえてじーっと見ることも多いだろう？」

「はい」

「だから面白い。人の見えないものも見えるはずだ。バカじゃ話にならないが、りつ子さんと大鷹さんの子供なら、頭の方は優秀なはずだ。何しろ慶應だから、それもブランドだし」

私はもう一つ聞きたかった。

「痩せなきゃダメですか？」

深緑社長はじっと私の顔を眺めてから言った。

「俺は君をユニークなタレントで売り出そうと思う。ユニークには路線が二つあって、コメディとシニカルだ。コメディセンスに恵まれた素材はデブでもいっこうに差し支えない。明るく楽しいデブは好まれる。だが、どうも君はそうじゃない」

　私は感心して深緑社長の顔を眺めていた。

「シニカルで売るなら、痩せてないと難しい。不機嫌なデブは目障りなだけだが、痩せていると哲学的に見える。芥川龍之介がデブだったら、今の人気はないと思わないか？」

　私は声を立てて笑った。そんな風に笑ったのは、兄が亡くなって以来初めてのことだった。

　母は昔振った男だからと言う理由で、ことある毎に深緑社長をバカにしていた。でも、私に言わせれば浅はかなのは母の方だ。

「男子三日会わざれば刮目して見るべし」と言うことわざがある。その間に大きく成長したことが、どうして分からないのだろう。母が最後に深緑社長と会ってから、すでに四半世紀が過ぎていたのだ。

　学生時代の深緑社長は軽薄なプレイボーイだったかも知れないが、その後お父さんを亡くし、苦労して芸能プロダクションを設立した。それを業界でもトップクラスの地位まで押し上げた。そんな人が凡庸であるはずがない。

　結局、母は人を見る目がないのだ。唯一の例外は父だけだろう。〉

「よくも、よくもこんなことを！」

りつ子は怒りと屈辱で震えそうだった。

あの深緑が、高校生のりつ子の前で、間抜け面をして愛想を振りまき、歓心を買おうとしていたあの深緑が、どの面下げてこんな偉そうなことが言えるのだ？

「星良も星良よ！　母親をバカにして！」

〈すると、母はまた新しいハードルを出してきた。二重瞼に整形しろというのだ。

この女は徹底的に私が憎いのだと思った。あるがままの私では受け容れられないのだ。自分が手を加えて作り上げた形でない限り、認められないのだ。

母とはまた一悶着あったが、結局、私は深緑社長に勧められて整形手術を受けることにした。テレビ映りを考えたら二重にしたのは正解だった。もし、母との関係がこれほど悪くなかったら、すんなり納得できただろう。〉

「星良、あんただって一貫性がないわよ。同じ命令でも、母親の命令は拒否して、深緑の命令なら従うんじゃないの。おまけに、結果オーライだって認めてるくせに！」

〈大学入学と同時に、私はシンプロに入社して、タレント活動を始めた。

　初めて飛び込んだ芸能界は、私には別天地だった。生まれて初めて母の束縛を離れて、自由に振る舞うことが出来たからだ。すべては深緑社長が、私に合わせて無理のない仕事を選んでくれたからだと思う。

そして、この自由な世界で、新しい可能性にチャレンジすることが出来た。辛いことがなかったわけではないが、母の支配下に置かれた生活に比べれば、はるかにマシだった。

ところが、とんでもない事態が持ち上がった。

母がマネージャー気取りで、私の仕事先にくっついてくるようになったのだ。ロケ現場に衣装や化粧道具を持ち込み、局では共演者の楽屋に挨拶回りに出かけていった。タレントより出しゃばるマネージャーが何処の世界にいるだろう。お陰で母の存在はスタッフやタレント仲間に知れ渡ってしまった。私は誰かに「星良ちゃんのママって……」と言われる度に、それが良いことであれ悪いことであれ、恥ずかしくて堪らなかった。

そして、ついに母にとって嬉しいことに、写真週刊誌に載る日がやってきた。同じシンプロの先輩であり人気スターの能勢和也さんの彼女と間違われたのだ。

その時の母の喜び様は、見ていて胸が悪くなるほどだった。記事が載った写真週刊誌を常に持ち歩き、ことある毎にそれを取り出して話題にしたがった。クチでは「いやあねえ」と言っていたが、その実嬉しさに頰を紅潮させ、身をくねらせていた。本当に反吐が出そうだった。

実のところ、あれは能勢さん側のリークだった。今ではもう公になっているので書いても差し支えないと思うが、当時能勢さんは現在の奥さんと交際中だった。奥さんにはその時、まだ離婚に応じない夫がいた。つまり、法律的には不倫関係にあった。それを嗅ぎ付けられそうになったので、先回りしてガセネタをスクープさせたのである。

シンプロではほとんどの人間が知っていた。何も知らずに浮かれていたのは母だけだった。

この事件を契機に、深緑社長の計らいで私には専属のマネージャーと付き人が付くようになり、やっと母をお払い箱にすることが出来た。どれほど清々したか、言葉では言い表せない。〉

「ひどい！　星良、あんたは何もかも分かっていて、自分の母親を笑い者にしたのね！」

悔し涙で視界がぼやけた。

「娘のくせに、よくもこんな非道な真似(まね)が出来るわね！」

〈私の人生最大の幸福は、支倉幸二と結婚したことだと思う。

馴(な)れ初(そ)めについては、結婚前後のインタビューその他で何度もお話ししていて、もはや付け加えることもない。

ここで初めて告白したいのは、結婚してすぐに妊娠した子供を堕胎した事実だ。

多くの人は理解できないだろう。結婚して、初めての子供を授かったというのに、どうして堕胎などしたのか。愛する人と結婚して、普通なら幸せの絶頂にあるはずなのに。

だが、私が妊娠を知ったときに感じたのは、恐怖と嫌悪だった。母になることが恐ろしく、耐え難かった。それは、私もまた母のような親になるかも知れないと思ったからだ。それだけで身の毛がよだち、心が萎縮(いしゅく)して石のように固まった。

子供を産みたくない。育てたくない。母親になりたくない。母のような母親になりたくない。絶対に子供を不幸にしてしまうから。〉

りつ子は衝撃で息が止まりそうだった。星良はこれまで、初めての子供を堕胎した理由を明らかにしなかった。それが、りつ子への嫌悪にあったとは！

「……鬼！　人でなし！　人間失格よ、あんたは！」

星良はお腹(なか)の中に宿った新しい生命を何と思っていたのだろう。

どんな屁理屈(へりくつ)をつけたところで、我身が可愛いから子供を堕ろしたことに変わりはない。星良は自分の身勝手で子供を殺したのだ。

〈悩んだ末に、私は自分の気持ちを正直に夫に打ち明けた。子供を持ちたくない、と。夫の顔を見るのが辛かった。その顔から喜びが消え、衝撃と困惑が現れ、それが苦悩に代わるのを見ているのは、本当に辛かった。私は最愛の人を傷つけているのだ。一度も私を傷つけたことのない人の心を、私がこの手で引き裂いているのだ。

夫がどれほど悩み、苦しんだか、私の想像を超えているだろう。それでも最後に顔を上げ、まっすぐに私を見つめて言ってくれた。

「人間の結びつきは、血縁だけじゃないと思う。僕と星良は元は赤の他人だけど、今は誰よりも信頼し合って一緒に暮らしている。そういう絆(きずな)を広げていこう。施設の子供たちが、僕たちの子供なんだ」

夫のその言葉を聞いたとき、本当に生きていて良かったと思った。私はこの人に巡り会うために生まれてきたのだと、心からそう思う。〉

「キレイごと言うんじゃないわよ。支倉の家族のことでは散々な目に遭ったじゃないの。忘れたわけじゃないわよね？」

支倉は親兄弟と絶縁状態にあった。結婚後ほどなくして支倉の母が亡くなると、父親はアルコール依存症になり、下の弟は詐欺まがい商法に手を出して借金を作った。支倉と星良はその後始末で疲弊し、それ以後ほとんど関係を絶っているのだ。

〈今、私はとても幸せだ。

でも、この世にはまだかつての私のように、苦しんでいる子供たちが大勢いるだろう。

その子たちが救済されることを祈らずにはいられない。

彼らが苦しみから解放され、地獄から脱出するために、少しでもお役に立てればと思い、ここに封印していた過去を告白した。

そして、この告白を母と決別する宣言としたい。

最後にもう一度言います。

生きていて。あなたが生き返る日は必ずやってくるから。〉

「全部嘘よ！」

りつ子は本をテーブルから投げ出した。

「嘘ばっかりよ。こんなこと、嘘ばっかり……」

思わず右手で顔を覆った。

「りつ子さん、大丈夫ですか」

永子が近寄り、本を拾ってテーブルに戻した。

「川口さん、ひどいわ。あんまりなのよ……」

りつ子は永子を相手に息巻いた。

星良だって慶應に受かったときは泣いて喜んでいたじゃないの。私が顕英舎を見つけて通わせなかったら、絶対に合格できなかったはずなのに。

ダイエットだって、整形だって、それは私が言い出したことじゃないわ。深緑が出したシンプロ入りの条件だった。それなのに、深緑に感謝して私を恨むなんて、お門違いも甚だしいわ。

子供の頃の母子喧嘩や言葉の行き違いを、今になって人生の重大事件に仕立てるなんて。それじゃ、今の星良は誰のお陰でここまでになったの？

「娘は母の作品よ！　星良は私が作ったのよ！」

母のような母親になりたくないから子供を堕胎したですって？

嘘ばっかり！　そんな理由で子供を堕ろせるもんですか！　愛する夫との間に出来た、初めての子を！

星良は嘘つきよ。本当は子供が嫌いなのよ。だから子育てがしたくないんだわ。子育てに時間を取られて、タレント活動の妨げになるのがいやだったんだわ！

それなのに、それを全部私のせいにするなんて……！

ひどい！　ひどい！　ひどいッ！

「良く分かりますよ」

永子は宥めるように頷き、りつ子の背中を撫でた。

「でも、本当にご本人が書いたかどうか、分からないじゃないですか」

りつ子は怪訝そうに見返した。

「タレントさんの本は、本人のインタビューを元に、ゴーストライターが書いてるんでしょ？　だから話を盛る……少し大袈裟にしたり、事実と違うことを混ぜたりもするんじゃないですか」

りつ子は永子の言葉を頭の中で反芻した。

「前にも、自分の本がスキャンダルになって、本の内容が事実と違うって訴えた俳優さんがいましたよ」

「……そうかしら」

「そうですよ」

永子はまたしても大きく頷いた。

「いちいち気にしていたら、身が持ちませんよ。りつ子さんあっての星良さんなんですから、気にしない方が良いですよ」

りつ子は少し安堵したようにほっと息を吐いた。

「そうかしら」

「そうですよ」

永子は台所に目を遣った。

「カニ雑炊作ったんですけど、すっかり冷めちゃいました。温め直しますね」

その日も仕事を定時に終え、永子はりつ子のマンションを辞した。

次の訪問先へ向う道すがら、りつ子のことを考えた。

娘が本に書いた内容は、多分事実だろうと思う。それは仕事の依頼を受けたときの面接で、ハッキリ感じた。

「とにかく、母のことを私の耳に入れないで下さい」

いきなり言われて、永子は戸惑って星良の顔を見返した。訪問介護をしていれば、相手先の家族の指示を仰ぐ用件も出来する。

「そういうことは私のマネージャーに言って下さい。彼女が対応しますから」

続けて、断固たる口調で言った。

「電話も、手紙も、とにかく母との接触は一切拒否します。私、手紙の文字を見ただけで過呼吸になるんです。だから、全部ポストに投函する前に廃棄して下さい。それと、母からの電話は留守電につなぐようにしてあります。本人が何か言ったら、適当にごまかしといて下さいね」

その時の星良の顔は、微笑を浮かべて穏やかに見えた。にこやかな笑顔で実の母との絶縁を宣言するというのは、厳しい顔でされるより不気味で怖かった。同時に、ここまで自分の母親を憎悪するのはよくよくのことだろうと、大いに同情もした。

そんなことがあったので、星良がりつ子を告発する本を出しても、特に驚きはない。しかし、りつ子には青天の霹靂だったに違いない。

りつ子の訪問介護を始めて二年近くになるが、その間ずっと、娘一辺倒の生活を目の当たりにしてきた。

星良の出演したテレビ番組は全部録画して繰り返し見る。対談やエッセイの載っている雑誌はすべて買い、きれいにスクラップして溜めている。そして、毎日チェックした点や感想を電話し、それだけでは足りずに手紙を書いている。決して娘の元へは届かないとも知らずに。

りつ子はある意味愚かな女だろう。まるで悲劇のヒロインにでもなったつもりか、大袈裟に自己憐憫に浸る傾向がある。ワガママで身勝手なところもあるし、何より脳梗塞の発作によって失われてしまったかつての美貌を、まだ保っているかのように錯覚しているところは、滑稽を通り越して哀れでさえある。足下にある幸せに気付かず、それを踏みつけにして無い物ねだりを続けるような所も多分に見受けられた。

それにしても、決して悪人ではない。永子は苦労してきたので、悪人の定義に当てはまる人間と何人も出会った。根も葉もない誹謗中傷をして他人を陥れる人間、陰湿な弱いものいじめを繰り返す人間、標的を決めて部下を攻撃していないと精神の安定が保てない人間、悪意の様々なバリエーションを、身を以て体験したような気がする。

それと比べれば、りつ子はだまされやすいお人好しと言って良い。

娘を愛しているという気持ちにも、娘のために一生懸命やってきたという言葉にも、嘘はないと永子は思う。ただ、娘にはそれが伝わらなかったのだろう。娘の考える愛とりつ子の与える愛は、形が違っていたのだ。血液型の合わない血を輸血したようなものかも知れない。

永子はふと、トイレの洗浄剤の注意書き「混ぜるな、危険！」を思い浮かべた。どちらもちゃんとした製品なのに、混ぜると毒ガスが発生してしまう……ちょうど、りつ子と星良のように。

りつ子が違うタイプの母親なら、星良との確執は生まれなかっただろうし、星良が違う性格の娘なら、りつ子と仲良くやれたのかも知れない。

永子はふと自分のことを考えた。毎日飽きもせずにテレビと雑誌をチェックしては、電話を掛け、手紙を書き続けるりつ子を見ても、軽蔑を感じたことはない。胸に湧いたのは哀れさと、うらやましさだった。りつ子を見ていると、とうの昔に亡くなった両親を思い出した。

りつ子は今は半身不随で要介護三の身の上だが、かつては離婚の慰謝料を投資に回し、手堅く運用して資産を増やした。だから毎日ヘルパーを頼み、一人で暮らしてゆける。一介の専業主婦だったことを考えれば、それだけでも大したものだと思う。

もしかしたら、りつ子の持って生まれたエネルギーは、家庭の中に収まるには、大きすぎたのかも知れない。だからあちらこちらにぶつかって、色々なものを壊してしまったのかも知れない。

りつ子がその有り余るエネルギーを子供ではなく別のことに向けていれば、みんな上手くいったかも知れない。

もったいない……。

永子は思わずため息を吐いた。

永子が帰った後、りつ子はテーブルに便せんを広げ、考え込んでいた。どうしても星良に一筆したためなくてはならない。でも、どういう風に書き出せば良いのだろう？

永子が淹れてくれた紅茶は冷めてしまった。りつ子はカップを取り、ゆっくりと飲み干した。それから大きく息を吐いて心を落ち着けた。

さて……。

ペンを取り、便せんに走らせる。

星良、初出版おめでとう。『毒殺する母』面白く拝読しました。

でも、どうして出版する前に一言相談してくれなかったのか、残念でなりません。

そもそも題名と表紙が全然合っていません。誰があんなカバー・デザインを決めたのですか?

それと、文章があまり良くありません。あまりに素っ気なくて、読者の心の琴線に触れてこないのです。このゴーストライターは勉強不足で、語彙が貧困だと思います。もっと的確な表現、上手い言い回しがあるのにと、読んでいて情けなくなりました。

あなたにこの本の企画を勧めた人たちは、軽率と言わざるを得ません。あなたのキャラクター・イメージを考えれば……。

りつ子はそこで手を止めた。

そうだわ……!

素晴しいアイデアを思い付いた。もう手紙なんか書いてる場合じゃない。

りつ子は便せんを脇に押しやり、備忘録に使っている雑記帳を取り出した。

星良はまったくデタラメな告白本を書いた。それがよく売れているという。
それなら、私自身が真実を書けば良いのよ。どちらが正しいか、世間に問うてやるわ。
久方ぶりに闘志の炎が燃え上がり、その目に生き生きとした輝きが宿った。
りつ子はペンを取り、しばらく考えてから雑記帳に本のタイトルを書いた。
毒母ですが、なにか

解説――「母殺しのパラドックス」からの解放

斎藤環

本書を読んでいて、懐かしく思い出した小説がある。城山三郎『素直な戦士たち』だ。一九七八年に刊行された小説だが、昭和の受験戦争の激しさが活写されている。本書のヒロイン、りつ子が娘のお受験に執着する態度は、『素直な戦士たち』で息子を東大受験に駆り立てる母親・千枝の態度を髣髴とさせたのだ。

千枝はわが子を東大に合格させるという遠大な野望を実践すべく、結婚前から綿密な計画を立てる。二十四歳で見合いをして、知能指数が高く覇気のない男性を夫にする。子作りの体位まで指定してみごと男子を授かるが……という紹介はここまでにするが、母親が子に自分の夢の実現を託すという発想は、本書とひどく似通って見える。

しかし、似ているのはそこまでだ。昭和のほぼ同じ時代を背景としながら、本書はなんと幼稚園受験から闘いがはじまる。ただし、りつ子の野望は単に「自分の夢を娘に託す」ことではない。なにしろりつ子自身が、すでに東大を出ているのだから。

高校一年で両親を脱線事故で亡くしたりつ子は、父親の実家である富裕な玉垣家に引き取られた。上流社会の生活になじめず孤立したりつ子は、周囲の娘たちのように学習院に進学することを避けるべく必死で受験勉強に励み、東大に合格する。しかし就職の段階で女子を阻むガラスの天井に突き当たり、方針変更、美貌を武器に婚活に勤しみ、名家大鷹家の長男、迪彦を射止める。そんなりつ子が双子を授かった。倫太郎と星良である。はじめは受験のことなど考えていなかったりつ子は、周囲からお受験の熾烈さを聞かされて、子どもたちを塾に通わせるようになる。しかし、娘の星良は小学校受験にことごとく失敗し、りつ子にとっては屈辱的なことに、公立小学校に通うはめになる。婚家から侮られる屈辱に耐えかねて、彼女は周囲の連中を見返してやることを決意する。

そう、りつ子の生存原理はきわめてシンプルだ。中流階級の出自に対する引け目と、だからといって周囲から侮られるのは我慢できないという高いプライド。この原理ゆえに猛烈な努力で東大には入学できたし、結婚も思い通りになった。しかし娘の星良は、そうはならなかった。彼女からすればひどくできの悪い娘のせいで、りつ子の人生の軌道は少しずつ狂いはじめる。

せっかく娘が慶應中等部に合格して歓喜にむせんだのもつかの間、ヘビー級の不幸が立て続けにりつ子を襲う。しかし最大の不幸は、丹精込めて育て上げたはずの娘、星良から見捨てられてしまったことだ。芸能界に入り、晴れて売れっ子タレントになった星良は、母との連絡を一切絶つ。そればかりか、母が自分にしてきた仕打ちを告発する『毒殺する母』なる本を出版したのである。彼女が星良のためを思ってしてきたことは、ことごとく娘を傷つけ、追い詰め、摂食障害になるほど苦しめてきたのだ。今更ながら、それを知ったりつ子は愕然とする。

この展開から、私はまた別の本を連想した。女優、小川真由美の娘でミュージシャンの小川雅代が書いた『ポイズン・ママ　母・小川真由美との40年戦争』（文藝春秋）だ。詳細は省くが、こちらは大女優の母親の奔放で身勝手な振る舞いに振り回され続けた娘の告発本である。過干渉型支配のりつ子とは対照的なようでもあるが、娘にとって有毒な母親であった点は共通する。

最近目にする機会の多い「毒親」という言葉は、スーザン・フォワード著『毒になる親　一生苦しむ子供』（講談社＋α文庫）から生まれた言葉である。「子どもの人生を支配し、子どもに害悪を及ぼす親」を指す。父親を指す場合もあるが、私の印象では、母親がそう呼ばれる場合のほうが圧倒的に多い。特に娘から母への告発が最も多いように思う。

私はかつて、こうした母娘関係の特殊性に注目して、『母は娘の人生を支配するなぜ「母殺し」は難しいのか』(NHK出版)という本を書いたことがある。母と娘の支配関係の根源には、ジェンダー・バイアスの問題が潜んでいる。どういうことだろうか。

りつ子は努力して東大に入るも、女子には高学歴でもまともな就職口がほとんどないと知り、婚活に切り替えてみごとに成功する。彼女はそうした成功体験を、娘にもなぞってもらいたい。だから受験に血道をあげ、将来はミス慶應になって富豪か名家に嫁がせるという夢を捨てられない。この願望が本質的にはらんでいる矛盾に彼女は気づかない。女子が受験エリートであるかどうかと婚活の成果は直接には結びつかないからだ。社会のジェンダー・バイアスに苦しめられてきたりつ子は、自分なりの生存戦略に基づいて敷いたレールを、強引に娘になぞらせようとしたのだ。あくまでも、娘の幸福を願って。

このように母はしばしば、まったく無自覚に、それこそ「良かれと思って」娘を支配しようとする。りつ子は星良を抑圧し、献身し、同一化する。いずれも母による支配の典型的なやり方だ。受験勉強に向かわせるべく抑圧し、摂食障害になった娘の治療のために献身的に奔走し、タレントとなった娘に嫌がられながらマネージャー役として付き添い、自身もタレントになったかのように錯覚する（同一化）。母はしばしば娘の身体を借りて自身の欲望を満たそうとするため、自己愛と献身と支配の区別がきわめて曖昧になりやすい。だから私はいつも強調している。「あなたのためを思って」は、例外なく呪いの言葉なのだ、と。

星良はりつ子を嫌悪している。当然だ。幼少期から条件付きの愛情によってさんざん振り回され、傷つけられ、せっかく自立しつつある自分につきまとって干渉がましくアドバイスしてくる。ならば、もう棄ててしまえば良いではないか。誰しもそう思うだろう。毒母呼ばわりしてまで関係を切らないのは矛盾ではないか？　と。しかし、それは言うほど簡単ではない。一般に母親による娘の支配は、それに抵抗しても従っても、娘の心に独特の「空虚さ」の感覚をもたらさずにはおかないからだ。まして、抵抗したり逃げ出したりした娘は、解放感ばかりでなく強い罪悪感も抱え込むことになる。毒母の支配を受けた娘は、比喩的に言えば母親と細胞レベルで融合しており、母殺しを試みようとしても、自分までひどく傷つく結果になりやすい。

星良が摂食障害になるのは、その意味からも自然ななりゆきである。摂食障害という病気は、しばしば成熟拒否や「女性らしさ」の拒否とされている。星良が拒んでいるのは、評判の美人である母親の女性らしさだったはずだ。つまり原因の一つは母性の拒否なのだ。拒否すればするほど自分も傷つくという意味では、摂食障害にも「母殺しのパラドックス」がひそんでいる。

　それゆえに星良の告白本『毒殺する母』の顚末(てんまつ)は実に痛快である。母に支配されてきた自身を分析し、同時に母の欲望をも看破してみせる。母から自由になって伴侶(はんりょ)を得た幸福を強調し、決して子どもは持たない（つまり「孫は抱かせない」）と宣言しつつ、母親との決別の言葉を記す。実際、経済的な自立や理解あるパートナーとの出会いによって毒母の支配から逃れたという女性は少なくない。ここで何より重要なのは、娘自身が、母親は特別な人間などではない、と知ることだ。母親もまた不完全な一人の女性であると気づくことで、母親の権威は相対化される。星良にその視点を与えてくれたのは、おそらく芸能プロダクション社長の深緑だったのだろう。

　そう、ここまでしないと母は棄てられないし、実はここまでしても、母は棄てられてくれないのだ。本書の素晴らしいラストにはふれずにおこう。実はこのシーンにいたって、私はりつ子を少しだけ見直した。ここまで居直れれば、これはもう立派なものだ。一種の風格や威厳すら感じられる。彼女はこれからも孤立し続けるかもしれないが、毒母というアイデンティティを得たことで、彼女ははじめて主体性を回復したのかもしれない。この調子で、なまじ反省なんかせずに、一人孤独に毒母道を邁進(まいしん)してほしい。それはそれで彼女の「生きた証(あかし)」というものではないか。

(令和二年七月、精神科医・筑波大学教授)

この作品は平成二十九年十月新潮社より刊行された。

JASRAC 出 2005100-202

毒母(どくはは)ですが、なにか

新潮文庫　や－82－1

令和二年九月一日発行
令和四年七月二十五日二刷

著者　山口恵以子(やまぐちえいこ)

発行者　佐藤隆信

発行所　株式会社新潮社

郵便番号　一六二―八七一一
東京都新宿区矢来町七一
電話　編集部(〇三)三二六六―五四四〇
　　　読者係(〇三)三二六六―五一一一
https://www.shinchosha.co.jp

価格はカバーに表示してあります。

乱丁・落丁本は、ご面倒ですが小社読者係宛ご送付ください。送料小社負担にてお取替えいたします。

印刷・株式会社三秀舎　製本・株式会社植木製本所

ISBN978-4-10-102271-0 C0193